ABEL HERMANT

Ermeline

PARIS
MODERN-BIBLIOTHÈQUE
ARTHÈME FAYARD et Cie, ÉDITEURS,
18-20, RUE DU SAINT-GOTHARD, 18-20

ERMELINE

C'ÉTAIT UN FUMIER
SANGLANT.

ABEL HERMANT

ERMELINE

1796

Illustrations d'après les dessins

DE

G. CONRAD

PARIS

MODERN-BIBLIOTHÈQUE

ARTHÈME FAYARD & Cie, ÉDITEURS

18-20, Rue du Saint-Gothard, 18-20

MAIS LOUVEAU DUT, LE LENDEMAIN,
QUITTER CETTE MAITRESSE DE HASARD.

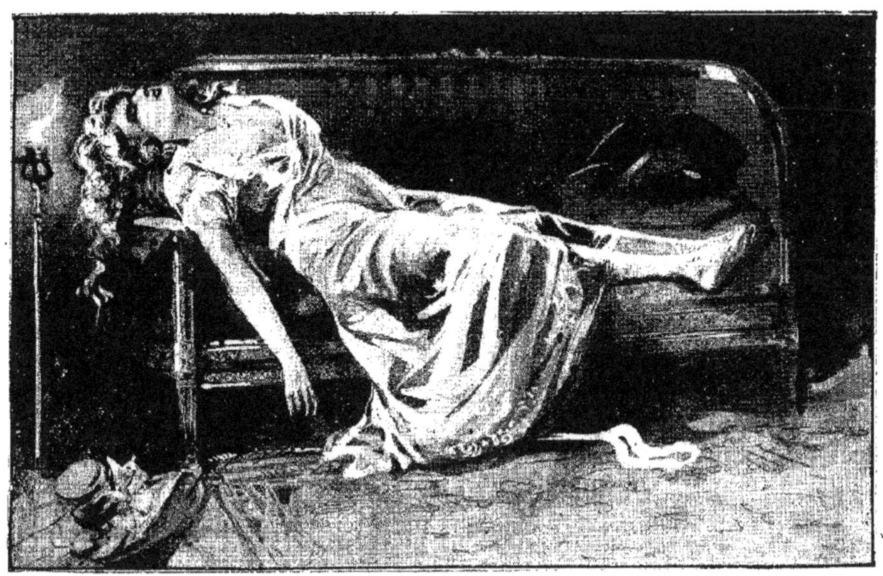

Elle se révèle mure, admirable

I

Ermeline dort.

Mais ce n'est point dans la nacelle d'acajou que décorent deux cygnes de bronze tordant l'un vers l'autre leurs cols symétriques, entr'ouvrant leurs becs d'où s'échappent deux festons de lourdes fleurs.

Sur le dur canapé, dont le dossier s'érige à angle droit, puis s'échappe en courbe, elle a les jambes allongées, le buste rigide, la tête qui se renverse. Tous ses cheveux pendent par derrière, poudrés de tant de poudre rouge et de tant de poudre d'or que la veilleuse antique, posée loin, suffit pour allumer des éclairs dans cette chevelure somptueuse et métallique.

Son profil roxelanien est affiné par des transparences. Sa poitrine, que la hardiesse de cette cambrure délivre, n'est plus prisonnière dans la tunique de linon. Elle se révèle mûre, admirable : car les femmes — lorsque leurs modes simplifiées restaurent la religion des formes et répudient les artifices — semblent pouvoir, au gré de leur coquetterie désarmée mais invincible, redevenir statues. Telle dort Ermeline parmi la blancheur de l'étoffe qui la voile sans la vêtir. Mais la statue fait exception au calme habituel et à la noblesse des attitudes sculpturales. Le sommeil l'a foudroyée au désespoir : c'est Niobé figée en marbre dans la convulsion d'un sanglot.

L'étouffement des tapis, le développement des rideaux amples, le demi-deuil de leur soie violette qui, vers le plafond, se neutralise et se perd en des profondeurs d'ombre mouvantes, la dissimulation de toutes les ouvertures et de toutes les issues, garantissent le secret de cette chambre, qui est close et séparée. Le seul bruit qui lutte avec le silence est un bruit intérieur, irréel peut-être, puisque nulle oreille ne le perçoit : celui de la pendule d'or, où siège le buste aveugle d'Homère, sous un globe.

Le visage d'Ermeline s'anima d'un frémissement, dont les rythmes et les ondes trahirent une brève lutte : elle sentit que la pose accidentelle où elle s'était endormie devait la fatiguer affreusement ; sa nonchalance, tour à tour calculatrice et irraisonnée, lui suggérait tantôt de se résigner à un réveil qui lui permettrait de s'installer mieux, et tantôt lui refusait le courage de se secouer. Ses yeux s'ouvrirent. Elle fut effarée : elle se trouvait moins lucide à présent que tout à l'heure quand elle dormait. Puis, brusquement, ses idées se détournèrent. Elle promena un regard las autour de toute sa chambre, et comme si elle observait les choses pour la première fois, pour la première fois elle remarqua que cette chambre était fermée de partout. Elle se vit seule et fut triste. Son idée de la solitude devint vague, et universelle : du même coup, sa tristesse devint immense, l'envahit et l'imprégna toute. Elle se vit seule au monde. Elle se vit retranchée de la société, comme un organe inutile au corps, et qu'on ampute. Elle subit l'angoisse des excommuniés.

Alors elle eut froid ; et cela parut d'abord provenir de cette cause morale, plutôt que du froid de février qui s'était glissé, le feu mourant, par toutes les fentes des portes drapées et des fenêtres invisibles. Elle eut froid dans la tête, puis au cœur, puis à tout son corps demi-nu. Elle eut l'horrible froid qui parfois prenait aux entrailles les femmes de cette époque, et qu'elles enduraient par orgueil plastique sous les bises de frimaire, stoïques jusqu'à la phtisie et jusqu'à la mort, plutôt que de s'infliger l'humiliation d'un vêtement épais.

Elle voulut appeler une fille qui la servait, Gertrude, et lui ordonner de rallumer le feu. Mais elle pressentit l'ennui des appels réitérés, des ordres et des explications ; par une sympathie d'habitude, elle se mettait aussi à la place de cette fille, elle pressentait l'ennui du lever si tard, par un tel froid. Elle prit donc sur le lit une grande fourrure, elle s'y enveloppa, elle se rassit, avec un genou entre ses mains croisées, dans une attitude méditative.

Le souvenir des événements qui étaient la cause de sa veillée ne se représenta qu'alors dans son imagination : ce fut la conséquence immédiate de l'attitude par hasard choisie. Elle se rappela qu'elle attendait en vain, dans les transes, Frédéric Louveau, son mari, disparu depuis dix-huit heures. Et elle éprouva, quelques minutes, les souffrances normales de l'attente vaine : frissons, claquements de dents, tiraillements du cœur, avec une espèce d'automatisme indifférent, comme elle eût présenté les symptômes de n'importe quelle maladie physique.

Son âme était comme la mer, dont les agitations superficielles ne se communiquent point aux profondeurs. Tandis que le rappel des joies abolies, la rancune de l'abandon, le suppliant désir et l'espoir obstiné d'un dénouement heureux, y créaient des courants contraires et des remous à fleur d'eau, elle n'était troublée intimement que par la persistance de ce sombre froid, par cette mystérieuse angoisse d'isolement et d'excommunication. Cette angoisse, Ermeline en retrouvait, de distance en distance, des souvenirs toujours analogues, lorsqu'elle fouillait la perspective de sa mémoire : ils se distribuaient comme des points de repère aux diverses étapes, aux saisons critiques de sa vie. Le plus récent datait des jours où son cœur, vide et délabré, était, sans prévoir le salut si proche, à la veille d'aimer Louveau... Retombait-elle maintenant à ces souffrances, parce qu'elle était au lendemain de ne l'aimer plus ? — Certes, Ermeline ne devait pas concevoir un tel soupçon dans l'instant même où grondait encore, à la surface de son âme divisée, l'orage que la désertion de Louveau y soulevait. Et cependant, comme si cet inopportun, cet inintelligible soupçon l'eût traversée, elle estima que pour remédier à son intense froid d'âme, il fallait ranimer les cendres de l'amour, comme tout à l'heure celles du feu.

Mais de même elle pressentit que cela serait long et trop pénible. Mieux valait demander encore à quelque enveloppement protecteur cette chaleur qui ne pouvait pas renaître d'elle-même. Elle se réfugia parmi des souvenirs, elle s'y enroula comme dans un manteau qui la réchaufferait.

Elle évoqua d'abord les images les plus opposées à son actuel délaissement. Elle voulut se transporter dans le salon de sa mère. Elle en ressuscita la délicate et spirituelle compagnie, cette bourgeoisie riche qui, à la fin du siècle, s'était approprié, sans gaucherie de parvenu, toutes les élégances de la noblesse, la dépassant même par je ne sais quel charme de consistance et de réalité que la noblesse d'origine ne possédait point : comme si l'habitude héréditaire d'un peu de vie positive et de certaines occupations pratiques, loin d'être mortelle aux qualités de luxe, leur servait au contraire de fondement solide et de substance.

Elle se revit elle-même donnant la réplique aux hommes éminents qui venaient là discuter la révolution de demain. Si jeune, elle avait déjà la repartie vive et le mot, mais une incapacité de raisonner droit, qui faisait sourire jusqu'à sa mère, elle-même assez peu géométrique cependant. Celle-ci, frileuse et valétudinaire, ne bougeait pas du coin du feu, la tête toujours emmitouflée de lingeries. C'est vers son grand fauteuil capitonné que se dirigeaient le plus souvent et avec persistance les yeux aigus d'Ermeline enfant. Elle lisait dans le cœur de sa mère, avec la pénétration de cet âge, qui observe tout, même ce qu'il ne peut expliquer ni comprendre. Elle y devinait une merveilleuse activité sentimentale, un dégoût des entremets amoureux qui avaient été le régal des cœurs friands de ce siècle, une curiosité de la passion qui commençait à bouillonner au moins dans les romans. Elle devinait, en un mot, que le cœur mécontent de cette femme voulait pour le cœur humain une sorte de révolution qui le ramenât à la loi de nature, comme la Révolution ramènerait la société aux principes de l'éternelle justice. Plus fine encore, Ermeline devinait que sa mère, surtout imaginative, ne ferait guère que la théorie de cette révolution ; et dans son propre cœur qui alors se gonflait un peu, l'espoir se glissait d'être elle-même prédestinée à traduire ces rêveries dans la pratique, et à vraiment vivre les sentiments nouveaux.

Ermeline se rappela ensuite, comme si elle y trouvait une première confirmation de cet avertissement prophétique, les charmants tableaux de la vie indépendante et saine qu'elle menait à cette époque. Les familles bourgeoises qui délivraient leurs nouveau-nés du supplice de l'emmaillotement, affranchissaient volontiers leurs filles de la tyrannie des conventions. Elles n'enfermaient pas leur innocence, qui n'ignorait point, et qui, plus robuste, toujours intacte, se hâlait pour ainsi dire au grand air sans se flétrir ni perdre sa fleur. Ermeline, de même que ses jeunes compagnes, était libre de sortir seule. Cette liberté les exposait à des aventures et à des tentations, et leur cœur inexpérimenté sentait trop vivement pour se contenir toujours ; mais contre le danger qu'elles affrontaient sans crainte, elles étaient défendues par une honnêteté native, transmise de mère en fille depuis des siècles, ainsi qu'une noblesse qui se transmettrait par les femmes, et devenue invincible comme une habitude, infaillible comme un instinct.

Il s'éleva dans la mémoire d'Ermeline un léger bruit de chuchotements, qui représentait le souvenir des confidences jadis reçues. Elle suspendit un instant le cours de sa rêverie, comme si elle eût espéré que l'Ermeline d'autrefois allait faire des confidences pareilles à l'Ermeline d'aujourd'hui. Mais pour toute réponse, son cœur se contracta. L'angoisse et le froid la reprirent. Elle se ramassa sur elle-même. Elle ramena autour d'elle le tissu trop lâche de ses souvenirs. Elle les rappela tous à son secours avec un grand cri intérieur. Ils revinrent en foule, semblait-il, et en désordre pour étourdir cette persistante souffrance : mais, au contraire, ils s'ordonnaient dirigés par elle, et comme afin d'illustrer la remarque antérieurement faite que cette même angoisse lui avait sonné jusqu'ici toutes ses heures critiques. Ils l'illustraient si bien que, sans nettement se rendre compte de ce qui était la loi de sa destinée, Ermeline commençait à entrevoir le principe de cette loi, et acquérait comme un nouveau sens : le sens de la direction de sa vie.

Cette angoisse de retranchement et d'excommunication, Ermeline l'avait éprouvée pour la première fois, mais presque indéterminée, comme un malaise, comme une menace, aux premiers jours de la Révolution ; plus violente ensuite, et toujours plus, atroce et continue sous la Terreur. Les tragiques événements n'y étaient pour rien ; elle vivait en dehors de la tourmente et comme au-dessus des nuages. Mais elle était restée femme dans une société où les autres femmes perdaient tous les attributs de leur sexe, et qui ne semblait plus offrir à une véritable femme sa place et sa part de la communauté. Cette espèce d'insoumission à l'empire de la raison pure, qu'Ermeline affichait si joliment dans sa jeunesse, n'est-ce point le signe de la femme et comme le sexe de son intelligence ? L'esprit de logique et de déduction, qui est viril par essence, avait envahi le cerveau des femmes et en avait chassé l'intelligence féminine. Elles ont un autre privilège : leurs sens n'obéissent point comme les nôtres à des sollicitations purement matérielles, il leur faut jusque dans le vice le soutien d'un sentiment ou l'excitation d'une fantaisie, et les filles perdues elles-mêmes démontrent par leur insensibilité que la femme est impropre au libertinage. Dans l'espèce d'anarchie morale où presque toutes les femmes d'alors étaient tombées, avec la facilité multiple de leurs amours, on ne peut dire qu'elles devenaient filles : c'était moins une chute qu'une métamorphose, puisqu'elles revendiquaient cette faculté que la nature même leur refusa, et qu'elles se ravalaient, telles que des hommes, à la fatalité du plaisir.

Si Ermeline avait su déduire et préciser ainsi les subtils motifs de son isolement, c'est pour le coup qu'elle eût elle-même cessé d'être vraiment femme. Mais elle avait l'inquiétude irréfléchie, inexpliquée, de ce mal étrange qui travaillait la société autour d'elle, en désaffectant, pour ainsi dire, tous les éléments féminins, et qui la frappait elle-même, Ermeline, d'une sorte de mort sociale. Du même coup, un instinct s'éveillait en elle de s'imposer à cette communauté qui la rejetait. Lors de la Terreur, avec un entêtement qui ressemblait à l'accomplissement d'un devoir, elle avait maintenu son salon ouvert : vestale à demi consciente, dont l'office était de sauver pour la France des jours à venir le trésor des choses féminines.

Elle crut après Thermidor que son heure était enfin venue. Cette révolte des appétits, qui ne faisait que mettre le comble à l'affolement des mœurs en substituant à l'orgie sadique une débauche plus riante,

Ils ont la débauche et n'ont pas la femme.

mais plus affranchie et plus nue, Ermeline y voulut voir la rénovation de la société, l'aurore de la Femme. Elle crut sentir que son excommunication était levée. L'instinct d'aimer s'éveilla en elle aussitôt, comme un signe qu'elle allait rentrer dans l'activité de la vie. C'était la première fois, bien qu'elle fût déjà veuve d'un sieur des Granges, et surtout bien que cette créature visiblement faite en vue d'aimer, vécût, depuis son enfance presque, dans la continuelle expectative d'une passion.

Elle devait aimer l'un des chefs de cette armée du plaisir, à qui elle attribuait l'ambition de régénérer l'autre sexe, pour le rendre digne enfin de cette passion qu'une Ermeline attendait. Frédéric Louveau, le petit bout d'employé qu'elle épousa, qu'elle fit riche, lui démontra son erreur cruellement. Où courait-il maintenant, las d'elle, retourné, par goût, à de plus crapuleuses jouissances ? Et cette société où Ermeline avait cru se réintégrer enfin, n'excluait-elle point les femmes restées femmes, plus impitoyablement que jamais, aussi bien par la fantaisie scandaleuse des curiosités que par la facilité des divorces ? Elle se retrouvait donc meurtrie, abandonnée, non d'un homme, mais du monde; et ainsi que pour résumer, pour conclure, elle promena ses regards autour de la chambre en demi-deuil, qui était absolument close et séparée.

La disparition de Louveau n'était donc qu'une cause secondaire et occasionnelle de l'angoisse qui torturait Ermeline. Mais Ermeline était femme, incapable d'attacher longtemps sa pensée à des objets vagues et généraux. Il fallait qu'elle s'en prît à quelqu'un ; il fallait qu'elle s'en prît à lui. L'image de l'infidèle, de l'ingrat, l'assaillit. Renversée, elle jaillit du manteau dont elle n'avait plus que faire, car elle étouffait à présent, brûlée d'une subite fièvre, enveloppée, caressée partout par les souvenirs du premier mois de cette passion, aujourd'hui en ruines. Et des larmes coulaient le long de ses joues.

Elle se dressa tout à coup, les joues en feu, les pleurs séchés. Elle était pudique et outragée. La haine lui venait de ce misérable qui la délaissait ainsi : non certes parce qu'il la délaissait, mais parce qu'elle s'avouait liée à lui encore, par un lien honteux de regret et de désir, et que son cœur en même temps lui criait qu'elle n'aimait plus. Elle fut calme. Elle reconnut la nécessité d'une séparation irrévocable. Mais elle souhaitait qu'il revînt. Et cachant avec ses mains son visage, elle retomba sur le canapé, confuse, ne résistant plus.

Elle n'avait plus qu'une pensée : « Où est-il ? » Elle se la répétait sans remuer les lèvres : « Où est-il ? » Et soudain elle la cria : « Où est-il ? » dans un cri rauque, inhumain, qui l'épouvanta elle-même. Et puis elle se releva, elle s'accouda sur la cheminée devant la pendule, elle en caressa le globe d'un geste distrait ; et elle se plaignait doucement : « Où est-il ? Où est-il ? »

— Dans la rue. Depuis l'autre matin, il est parti. Il fuit devant lui-même, au hasard et sans savoir pourquoi. Inquiétude? Malaise d'âme? — Taillé en hercule, tout en muscles, Louveau ne semble guère capable de ces sortes d'affections. — Fatigue? dégoût du plaisir? — Non, c'est un magistral viveur, et le vice lui est santé. Quelque chose pourtant lui manque, et leur manque à tous. Ils ont la débauche et n'ont pas la femme. Louveau comme les autres ; bien qu'il ait possédé, lui, ce qui leur manque : mais qu'importe, s'il n'a pas su le connaître, si ce mariage, qui pour Ermeline fut au moins une illusion de quelques mois, pour lui fut une vulgaire passade ?

La débauche, et non la femme. Ils ne s'en doutent, ils ne s'en soucient guère. Et cependant c'est assez pour que ces hommes jeunes et doués d'une vitalité fabuleuse, ayant besoin, comme toutes les jeunesses qui vivent surtout dans l'avenir, de voir loin et droit devant eux, sentent au bout de tous leurs plaisirs qu'ils se heurtent comme à un mur, et qu'il n'y a pas d'ouverture d'avenir de ce côté-là.

Louveau est une âme d'enfant : table rase où jadis fut sans doute inscrite la coutumière somme de préjugés patrimoniaux, de vices et de vertus héréditaires, où naguère les souvenirs d'aventures et de passions durent laisser encore de significatives empreintes ; mais il est retombé à l'ignorance du bien et du mal, et ce nihilisme absolu a fait place nette dans son âme, en a lissé la cire molle, redevenue apte à subir les impressions les plus diverses : c'est ainsi que ce cataclysme suprême pourra devenir à l'occasion le moyen d'une restauration plus complète, car il a fait de Louveau un être exceptionnel dans l'histoire de l'humanité, un être sans passé, sans antécédents, sans ancêtres.

Mais en attendant, cette conscience, qui s'est effondrée sur ses principes comme un palais de Venise sur ses pilotis, se débat au milieu de ses ruines. Cette âme, qui s'est désorientée, cherche son pôle et s'affole. Certes, Louveau ne connaît ni les malaises, ni les remords. Mais sa vie est sans équilibre : c'est la continuité du vertige.

Dans cette maison, près de cette femme, il ne respire plus. Il sort le plus qu'il peut. Hier matin il est parti : voici le matin et il n'est pas rentré.

Où s'en va-t-il ? Dans la rue. Ermeline, séparée du monde, reste dans sa chambre close : lui, la rue l'attire. Aux époques révolutionnaires, comme les individus ne comptent pas et que tout le peuple veut penser ensemble, descendre dans la rue est la condition pour vivre : car l'âme commune ne peut naître que du coudoiement de la foule. Sous la Terreur, les obscurs et les paisibles qui font la masse d'une nation, vivaient le matin leur vie individuelle ; mais à quatre heures après-midi, tout Paris était dans ses rues, et sur la place de la Révolution, la Révolution exécutait ses ennemis ou ses victimes.

Louveau exècre le souvenir de ces sanglantes années. Pourtant il regrette l'aspect des rues, où il ne se reconnaît point. Des gens qui vivent passent dans la rue, la rue ne vit pas. Des passants circulent : on ne voit plus de ces groupes qui préparaient les grandes foules, et où la conscience publique semblait se tâter pour naître. Comme on ne séjourne plus aux carrefours, on a l'air de partir après un spectacle qui est fini et qui ne recommencera jamais plus. Paris a l'air de se vider. Paris est à vendre, déshonoré d'affiches qui annoncent des encans. Louveau, qui n'est descendu dans la rue que pour s'y perdre, y demeure indépendant et isolé.

Il va. Une enseigne appelle ses regards. Elle est plantée au milieu des sculptures, au fronton d'une porte cochère seigneuriale. Elle annonce un de ces temples du corps, où les athlètes du Directoire rendaient à leur idole unique un culte barbare et dévergondé. L'offre d'un bain prodigieux le séduit. Il entre. Chaque pavé de la cour spacieuse est liséré d'herbes, et comme les salons de l'hôtel abandonné ont des fenêtres de part et d'autre, on voit au travers et d'outre en outre. Mais Louveau ne monte point par l'escalier clair aux degrés de pierre nue, à la rampe de fer forgé. Par des marches étroites, glissantes, il descend ; par des couloirs où des flammes de lanternes chevrotent, il va vers un mystérieux caveau. Il flaire le vieux parfum des vins qui semble suinter avec l'humidité des murs. Mais non, c'est un relent de vin neuf, de vin chauffé; et ce vin n'est point dans les tonnes, mais dans une vasque de marbre : les rayons pâles qui se faufilent par les soupiraux flottent sur la nappe de pourpre, et dès qu'elle se plisse, s'y décomposent en nuances sourdement irisées comme aux facettes d'un grenat.

Louveau est plongé dans le bain d'ivresse : il est tel qu'un blessé qui se remuerait dans son sang. Ses bras s'agitent et rament autour de lui. On dirait qu'ils écartent, avec des gestes d'effroi, la douteuse et tiède liqueur qui donne une réalité de cauchemar aux images de la Terreur précédemment évoquées dans la rue. Mais des mains souples qu'il voit à peine, et qui vont, viennent, comme des lueurs sans contours, le massent et le pétrissent. Puis il s'échappe de la vasque sanglante, si merveilleusement fort et jeune que l'orgueil de sa bonne santé rétablit pour un instant l'équilibre dans son âme tumultueuse : et sa conscience où ne parviennent plus que des sensations musculaires, semble se palper elle-même avec contentement, comme ses doigts palpent ses biceps qui roulent sous leur pression.

Le voici dehors au grand air, dans le froid de février, piquant comme un froid d'hiver et radieux comme un printemps. Combien d'heures s'est-il donc oublié? Une rougeur au bord du ciel vert annonce déjà la fin du jour, et la physionomie de la rue s'est encore modifiée. Maintenant des voitures passent, filent, et d'abord leur fracas étourdit Louveau tout au souvenir de la rue des précédentes années, où il n'y avait par les chaussées que des piétinements lourds d'hommes. Légères, à deux roues, conduites par des muscadins, par des femmes qui sont des Atalantes maniant le fouet virilement, elles courent rapides, folles, renversant et rouant les piétons. Des cavaliers galopent aux portières, s'interpellent, se saluent de deux mots anglais prononcés bizarrement. Louveau s'abandonne au mouvement qui le saisit et qui l'entraîne. Voici donc Paris vivant comme naguère d'une même et commune vie! C'est la foule enfin... mais ce n'est pas la foule d'hier : celle-ci, tourbillonnante et emportée, n'est plus fouettée que par des appétits.

Elle va, elle revient sur elle-même, elle tourne en cercle, comme si elle ne savait pas où elle va. Mais la nuit est tombée. On dirait que ce mouvement sans but se précise, que cette course incohérente est dirigée. Elle ramène Louveau vers les boulevards, elle le jette sur le trottoir dénivelé, au pied de la tour ronde du pavillon de Hanovre. Des voitures s'y arrêtent, dont les portières claquent, et il s'en échappe des apparitions mythologiques de femmes, des nudités entr'aperçues derrière la trahison des mousselines. Il entre : c'est un bal. Et pour Louveau ébloui, la digne fin, le bouquet de cette journée de vertige, c'est le vertige de la valse qu'il valse, et qui fait tournoyer autour de lui le cristal des lustres, les ors confondus des corniches et des pilastres, parmi le sautillement des immenses chapeaux de femmes, parmi l'envolement et le gonflement des écharpes que déroulent autour de lui des Iris extasiées.

Tout à coup, entre la coda d'une valse et la ritournelle d'une autre, il y a, dans toute cette cohue, un absolu et bref silence, comme le silence d'un pressentiment concerté; puis un brouhaha, une poussée, un refoulement, des cris de femmes ; et celles qui gardent leur sang-froid, pensent à s'évanouir. Une compagnie de soldats a fait irruption dans la salle : elle a cerné les danseurs, et maintenant elle se resserre autour d'eux comme un filet qu'on ferme. Les femmes s'échappent en passant courbées sous les bras qui se soulèvent pour elles; mais tous les hommes sont pris, pressés, colletés, et déjà on les pousse en troupeau vers la *salle de rechange pour les pantalons couleur chair*, où un conseil de revision s'improvise.

Louveau a compris : c'est la réquisition. A cette époque où les engagements se ralentissaient, où les lois militaires étaient fantastiquement violées, pour se procurer des recrues, on procédait souvent ainsi. On appréhendait tous les cavaliers dans un bal, on gardait les plus vigoureux, et on les emportait aux frontières les pieds et les poings liés.

Par miracle, Louveau a échappé seul. Il est caché sous une banquette, derrière les robes de femmes qui sont assises. Il rampe vers la seule porte qu'il ne voie pas gardée. Il l'ébranle doucement : elle résiste, elle est close ; quoi qu'il fasse, il est pris.

Eh bien! qu'on le prenne! C'est comme une inspiration qui lui vient, et en même temps il lui semble que son avenir s'éclaire, qu'il a enfin une route ouverte devant lui. Il se dresse tout pâle, sa perruque blonde défrisée, son claque défoncé, son grand binocle tordu, les verres en miettes. Et il va tranquillement vers une autre porte qui est restée ouverte, mais gardée par deux hommes avec un bas-officier. Un des soldats se jette

UNE COMPAGNIE DE SOLDATS A FAIT IRRUPTION DANS LA SALLE.

sur lui, l'empoigne au collet. Il le repousse d'une telle force qu'on hésite et qu'on le respecte un instant. Il marche droit au sergent, lui parle à l'oreille, et les voici attablés au café du bal avec des verres et du vin. Louveau entend bien partir comme les autres, mais partir volontairement. Une bouteille suffit pour que l'engagement soit baclé. Et Frédéric Louveau est informé que la demi-brigade dont il fait partie désormais se met en route demain pour la rivière de Gênes, où elle va renforcer l'armée d'Italie.

La nuit s'achevait, glaciale, et Frédéric se retrouvait dans la rue. Il s'était comme dégrisé en sursaut. Il marchait à pas lents, réguliers, avec cette cadence, avec ce balancement qui dénote l'harmonie des forces et une réserve d'énergies. Parfaitement raisonnable et sérieux, il pensait à Ermeline ; et il se dirigeait par le plus court chemin vers le logis que, dans quelques heures, il devait abandonner.

Il se renferma d'abord dans sa chambre particulière. Il rajusta ses vêtements. Puis il appela Gertrude, et lui ordonna de prévenir Ermeline qu'il venait déjeuner chez elle.

Elle-même, répugnant à lui reprocher par son désordre et par les traces de sa fatigue, la mauvaise nuit qu'elle avait passée, fit accommoder sa chevelure. Quand il entra, elle souriait, reposée, modeste en dépit de son costume provocant. Leur abord fut aussi courtois que réservé. Ils échangèrent quelques paroles indifférentes. Puis ils se placèrent vis-à-vis, aux deux extrémités d'une table portative où étaient servies, avec le thé, les viandes froides que leurs gros appétits exigeaient. Tandis qu'Ermeline piquait des reliefs de truffes avec une affectation de pignochage, Frédéric prit la parole en démolissant un pilon de dinde avec une brutalité voulue.

« Ermeline, dit-il, vous n'ignorez pas que les Directeurs s'efforcent de relever en Italie les affaires de la République, lesquelles sont fort bas. Peut-être même, bien que vous viviez retirée, avez-vous eu connaissance, voilà deux ou trois jours, du décret qui nomme le général Bonaparte au commandement en chef de l'armée. Je me suis demandé si, en de telles conjonctures, je pouvais profiter encore du petit subterfuge dont j'ai joué jusqu'à présent pour me soustraire au service. Vous savez que j'ai fourni un remplaçant il y a trois ans, comme la loi m'y autorisait. Je ne me conformai pas, quelques mois plus tard, à la loi nouvelle qui retirait cette autorisation. Je recouvrai, l'année suivante, le droit dont je n'avais cessé de jouir, pour le perdre de nouveau deux mois plus tard sans m'en inquiéter davantage. Cette posture ne laisse pas d'être dangereuse. On fait courir le bruit, à tout propos, que le Directoire va prescrire une revision générale des congés, tant pour les réfractaires comme moi, que pour ceux qui ont obtenu leur libération à prix d'argent. Mais, Ermeline, ce danger n'est rien. Que diriez-vous de moi, qu'en dirais-je moi-même, si je demeurais attaché aux douceurs de votre foyer, si je restais sourd à l'appel de la Patrie ? Je n'ai donc pas balancé. En un mot, je me suis engagé dans un régiment qui va joindre la division du général Serrurier. Nous partons demain, au point du jour. »

La longueur de cette déclaration avait épargné à Ermeline la surprise du choc final. Elle prévoyait le dernier mot depuis la première phrase. Elle ne récrimina point. Elle ne songea qu'à tomber avec grâce. Deux larmes lui montèrent aux yeux, mais ne s'échappèrent point de ses paupières ; et elle dit en souriant, d'une voix qui s'altérait à peine : « Eh quoi ! mon ami, nous allons donc nous quitter ?

— Ermeline, dit-il avec une certaine agitation, il le faut. »

Il attaqua de nouveau sa pièce de volaille, mais sans aucun appétit. Alors il but une grande tasse de thé, jeta sa serviette, et reprit son discours interrompu.

« Ermeline, je vais partir, peut-être pour bien longtemps, qui sait ? pour toujours. Le lien qui nous unit va devenir, s'il subsiste, plus imaginaire que réel ; et, quand même, il vous gênera. Vous ne manquerez de rien, je le sais : mais une femme ne peut vivre sans l'appui et la protection d'un homme, je pars... »

Elle fit un geste.

« Oh ! je ne doute point que votre délicatesse donne au souvenir du passé — oserai je dire : au regret ? — les quelques semaines, les quelques mois qui sont convenables. Mais je connais les nécessités de la vie et le douloureux devoir qu'elles m'imposent. Il faut, Ermeline, que cette séparation soit complète. Je pense que vous voudrez bien tout à l'heure me suivre à la Municipalité, afin que notre divorce y soit prononcé avant mon départ. »

Il se leva, en signe de décision. Mais cette manifestation d'autorité n'était pas utile : Ermeline n'objectait rien. La voyant si résignée, il n'osa plus s'éloigner, comme il en avait eu l'intention, jusqu'à l'heure de partir ensemble pour la Municipalité. Au lieu de gagner la porte, il fut vers la cheminée, prit une chaise. Elle vint s'asseoir en face de lui, comme si elle recevait sa visite.

Deux heures s'écoulèrent ainsi, très cruelles pour Ermeline, mais également et doucement cruelles. Elle pensait fort peu. Elle ressemblait à ces personnes qui attendent dans une chambre voisine le dernier soupir d'un mourant, et dont le chagrin demeure suspendu tant que l'agonie n'est point achevée. Elle assistait à l'agonie de son amour, qu'elle savait condamné sans appel. Elle n'était donc plus, comme cette nuit, partagée entre le doute et l'espérance. Elle ne faisait plus qu'attendre la fin, et mesurer le temps qui passait.

Louveau, lui, était comme l'héritier impatient ; et tandis qu'Ermeline, morne, les yeux fixes, n'éprouvait aucun besoin de parler, il ne savait lui-même comment retenir la volubilité de sa langue. Pour se détendre un peu, il se mit à lui raconter l'irruption des soldats au bal, de la même voix lente et persuasive qu'un maître qui s'adresserait à un enfant. Il entra même dans les menus détails touchant à sa journée d'hier, avec le laisser-aller affectueux et cet usage des plus insignifiantes confidences. qui règne dans les ménages très unis. Elle fut touchée ; et en rougissant elle lui avoua qu'elle avait veillé toute la nuit.

« Je ne me doutais guère, dit-elle... » Elle n'acheva point. Elle fut gênée d'avoir changé ainsi le ton de l'entretien. Tous deux ensemble levèrent les yeux vers la pendule, et l'heure, bien que matinale encore, ne leur parut pas indue.

On leur appela un fiacre. Ils descendirent vivement : ils avaient hâte d'en finir avec les formalités. Mais cette dernière station fut plus longue, plus pénible qu'ils n'avaient imaginé : car ils durent passer à leur tour après de nombreux couples qui se désunissaient comme eux. Toutefois ces exemples répétés atténuèrent pour Ermeline l'effet même de la cérémonie, et elle eut peine à s'y intéresser plus, lorsqu'il s'agit d'elle-même, qu'auparavant lorsqu'il s'agissait d'inconnus.

Quand ils remontèrent en voiture, ce fut elle qui eut besoin de parler. Louveau ne savait plus que lui répondre. A la porte de leur maison, il se précipita pour lui offrir la main, et aussitôt lui dit adieu. Elle demeura suffoquée : « Mon Dieu ! dit-elle, me quitterez-vous ici ? Ne monterez-vous pas quelques instants, jusqu'à l'heure de votre départ ? »

Il s'excusa maladroitement.

« J'espère, balbutia-t-elle, ne se contenant plus, que si vous revenez quelque jour à Paris, vous m'avertirez... Vous ne me priverez pas à jamais de votre vue ? Cela serait trop cruel. Vous reviendrez ici, Frédéric ?

— Certainement, dit-il d'un air plus maussade encore, toujours avec le plus grand plaisir. »

Des gens allaient et venaient. Des indifférents passaient au travers de cet adieu bizarre et déchirant fait à même le trottoir. Ermeline sentit que ses larmes allaient jaillir ; elle s'élança dans l'escalier en poussant une plainte bruyante. Elle était saisie d'autant de surprise que de chagrin, comme si elle n'eût rien compris à ce qui s'était accompli précédemment. et que son mari vint, à l'improviste, de rompre avec elle en pleine rue.

Elle courut à sa chambre, en jetant les portes. Elle ne voulait plus y voir clair : elle arracha les rideaux de leurs embrasses, et de nouveau la chambre fut close, sans ouvertures, sans issues. Mais Ermeline n'y prenait plus garde. Elle appartenait tout entière à l'émotion présente. Et elle pleurait comme un enfant.

Comme un enfant. Sans plus d'idée ; et même sans savoir pourquoi. Son âme était vide : il n'y restait plus d'autre image que celle des pleurs qu'elle répandait. Elle ne vivait plus que par la conscience de ses larmes. Elle était comme un fleuve qui se sentirait couler et s'échapper à lui-même en débordant. Elle n'avait même pas le nom de l'infidèle sur les lèvres. Le gémissement qu'elle émettait d'une façon continue, était inexpressif et à peine humain.

Comme un enfant égaré, elle eût éprouvé le besoin de se raccrocher aux premières basques d'habit, à la première jupe venue, de s'en remettre entièrement à la première personne qui passerait. Elle avait peur aussi, car il faisait noir autour d'elle. Il ne se glissait qu'un filet de jour sous les rideaux violets. Et elle était si brisée, désarticulée par la douleur, qu'elle n'aurait jamais eu la force de les rouvrir, ces rideaux. Il fallait donc qu'elle appelât Gertrude : et puis elle aimait Gertrude. elle n'avait au monde que cette fille, il fallait bien qu'elle l'aimât.

Elle appela, mais d'une voix si faible, que certainement on ne pouvait pas l'avoir entendue. Alors elle se découragea tout à fait. Ce petit contretemps fut pour elle le comble de l'infortune ; et elle se remit à pleurer si abondamment qu'un instant elle s'arrêta pour s'en étonner, pour se demander comment il pouvait lui sortir des yeux une si grande quantité de larmes. Elle s'installa pour pleurer : demi-assise, demi-étendue sur le canapé ; sa robe glissait de ses épaules, elles-mêmes si gracieusement tombantes ; ses bras allaient à l'abandon ; son visage se perdait parmi les humides boucles de ses cheveux ; ses yeux ruisselaient : c'était Byblis, à l'heure de la métamorphose.

Le temps passait, les dernières forces d'Ermeline semblaient se dissoudre. Dehors, ce fut le crépuscule. Elle le devina et elle en subit les influences calmantes, bien qu'elle fût artificiellement plongée dans une obscurité plus profonde. Mais lorsque décidément la nuit tomba et que les ténèbres furent irrémédiables, elle eut un crise nouvelle de peur. Elle se trouva tout à coup des forces, d'incroyables forces pour appeler, pour crier ; et au cri d'épouvante qu'elle poussa, Gertrude accourut enfin avec des lumières.

Ermeline d'abord ne la reconnut pas. Puis elle ne se sentit pas rassurée le moins du monde par la présence de cette servante. De grands frissons remontaient le long de son corps. Elle se renversait, elle s'étirait, elle se tordait presque. Et elle répétait avec insistance : « Appelle ! appelle ! » Il lui fallait une autre personne, — qui ? elle ne savait pas, mais quelqu'un, la personne qui lui inspirerait confiance. Et Gertrude qui restait là effarée, se demandant que faire, ayant peur aussi avec cette folle ! Et brusquement elle se sauvait, folle elle-même. Elle descendait l'escalier. Et puis, comme elle songea que son maître était un soldat maintenant, cela l'induisit à se ressouvenir qu'une femme, au deuxième étage, avait un amant tout jeune qui portait un uniforme. C'est à cause de cela qu'elle remonta les deux étages, qu'elle heurta violemment à cette porte.

Ermeline est calme. Elle se rassaisit. Avait-elle perdu connaissance ? Elle ne sait plus. Maintenant elle est allongée sur son lit, et si détendue qu'elle a le sentiment d'être grandie. Comme elle est à la renverse, elle regarde le ciel du lit, et ne voit rien autour d'elle. Mais elle entend. La voix, comme les couleurs, agit sur les cerveaux malades, et ce sont les deux voix qu'Ermeline entend qui l'ont ainsi parfaitement calmée

Il y a une voix de femme, une voix pleine, musicale, un peu basse, et d'abord l'autorité de cette voix a brisé les nerfs d'Ermeline. Oh ! ce n'est certes pas une femme pareille à elle-même qui est entrée ici. Ce n'est pas une sœur et une consolatrice. C'est le protecteur qui lui manquait. Depuis que cette voix a parlé, Ermeline n'a plus peur.

Mais tandis que cette voix la réconfortait, une autre voix l'a caressée. Celle-ci est la voix d'un homme, d'un homme à peine adolescent. Ermeline aimerait à le voir ; et elle le pourrait si facilement : elle n'a qu'à tourner la tête. Mais elle se plaît elle-même à prolonger son incertitude et à se figurer l'inconnu avec sa fantaisie. Elle fait comme les gens qui, au lieu de décacheter une lettre, interrogent l'écriture de l'enveloppe.

Une chose lui fait beaucoup de bien : depuis qu'elle est ainsi calme et que les deux autres n'ont plus à s'empresser autour d'elle, tout en restant là pour la veiller ils ont repris leur entretien. Ils parlent un peu bas, mais elle devine la douceur des paroles qu'ils se murmurent. Amants ? Sans doute. Camarades plutôt, d'une camaraderie ambiguë. Un désir lui vient, avec un peu de jalousie, d'intervenir dans cet entretien aussi vif que tendre. Elle résiste encore. Elle veut d'abord connaître leurs noms. Enfin elle entend le jeune homme qui donne à la femme un nom extraordinaire, un de ces noms de guerre empruntés à l'antiquité, et qui étaient de mode alors : Volumnie. Volumnie lui répond à son tour en l'appelant tour à tour d'un nom de famille et d'un petit nom, tantôt Souberbielle, tantôt Henri.

Ermeline, décidée enfin, se tourne, et au bruit qu'elle fait, Volumnie, Souberbielle, sont aussitôt près de son lit, chacun lui prenant une de ses mains. D'un grand regard étonné, elle les examine, pour n'avoir plus à y revenir et les connaître d'un seul regard. Les voilà tels qu'Ermeline s'attendait bien à les voir. La femme est une guerrière, masque irréprochable de Pallas, qu'anime une expression souveraine de hardiesse et de bonté. Lui, c'est toute la grâce de l'adolescence, et tel est le désordre de son costume que n'y retrouvant plus la mode ni la date de l'actualité, on pourrait le prendre, aussi bien que sa compagne, pour le charme ressuscité d'une époque très ancienne. Mais Ermeline songe à son propre désordre, au négligé où cet enfant l'a surprise. Elle jette à la dérobée un coup d'œil de pudeur éperdue sur sa robe qui lui échappe et qui s'entr'ouvre. Elle n'ose plus relever les yeux sur Henri qu'elle devine rougissant lui-même. Mais quoi ? c'est un enfant. Elle cherche les yeux de Souberbielle : ils se baissent plus timides et plus alanguis que les siens. Elle savoure sans méfiance la volupté insaisissable et inavouée de cette émotion, en se rassurant elle-même d'un sourire de maternité.

Cependant Volumnie s'est écartée. Elle donne à Ermeline des explications nettes et méthodiques : Souberbielle est le secrétaire d'un commissaire des guerres, et part avec lui ce soir même pour Nice où est le quartier général de l'armée. Volumnie, pour le rejoindre là-bas, va le suivre à une demi-journée en arrière : elle part demain à l'aurore. Ermeline veut-elle poursuivre l'ingrat qu'elle a tant pleuré ? Volumnie l'emmènera. — On s'embarquait sans plus de façon, à cette époque où les voyages étaient aventureux et interminables : on se jetait dans une chaise de poste pour traverser la France, sans prendre le temps de faire ses paquets, et avec les vêtements que l'on avait sur le corps.

« Des vêtements ! Ce sont des vêtements d'homme qu'il faudrait. Volumnie le sait bien, elle qui, depuis Valmy, marche sous l'uniforme à la suite des armées. A l'idée de pourchasser Louveau, Ermeline a la fièvre. Elle ne pensait plus à lui. Elle y pense, mais sans tendresse à présent ni chagrin, toute à l'ardeur de courir après lui. Pourtant elle ne s'occupe de rien. Elle a toujours la main prise dans la main de Souberbielle. C'est Volumnie qui retourne les armoires, qui fouille dans les hardes de Frédéric. A quoi bon ? Ermeline peut-elle s'habiller de l'ample défroque de ce lutteur ? Sa taille se rapporterait mieux à celle de Souberbielle. Pour l'essayer à Ermeline, il se dépouille de son habit. Son cou mince est dégagé, les manches de sa chemise, qui à chaque geste se relèvent, découvrent un bras charmant : c'est Chérubin. Mais c'est Ermeline et non Chérubin qu'on accommode et elle s'anime au jeu, tout en ne s'aidant point, en se laissant manier avec la nonchalance des convalescents.

Mais c'est assez, huit heures approchent, Souberbielle doit partir. Volumnie le renvoie. Ermeline est témoin de leur dernier embrassement. Aussitôt elle abandonne à Henri ses deux mains qu'il baise, qu'il dévore de baisers. Et puis Ermeline reste seule avec sa nouvelle amie, sa compagne de demain et de tous les jours désormais. Elle est tranquille, mais retombée à la tristesse morne. Heureusement elle est rompue, le sommeil l'abat.

Le lendemain, elle est éveillée par le bruit de sa porte qui s'ouvre. Il fait encore nuit. Volumnie est là debout, prête, vêtue de ces habits d'homme où elle semble plus à l'aise. Ermeline se lève, comprenant à peine qu'il est l'heure. Elle a l'estomac serré comme aux lendemains de jeûne ou de grands chagrins, la tête lourde : c'est bien tôt pour se lever. Mais elle avise ce costume de Souberbielle que Volumnie lui a descendu. Elle hésite. Elle se décide à le revêtir, avec une pudeur qui la fait se détourner de cette autre femme, si peu femme. Et quand elle est habillée complètement, elle se trouble davantage. Il lui semble que ces vêtements la possèdent et la caressent : ils sont comme une douce tunique de Nessus où elle a emprisonné tout son corps pour jamais.

Elle descend l'escalier à pas assourdis, et si gauche, si féminine, sous ce travesti, que Volumnie, reprise de la gaieté folle d'hier soir, essaie, mais en vain, d'en réveiller les éclats chez sa compagne, ce matin sérieuse et pénétrée.

La guerre éclata. Voici les soldats en foule.

II

Beaucoup d'heures avaient passé ; mais il ne paraissait point à Ermeline que la présente journée fût très différente de l'incohérente journée d'hier. Ses idées, toujours en fuite les unes devant les autres, ne faisaient que lui traverser l'esprit. Toutefois, leur course continuait plus lente, plus régulière surtout, rythmée au trot cadencé des chevaux. De plus, au lieu d'être toute prise par des émotions et par des sentiments, Ermeline n'était plus étourdie que d'images matérielles défilant aux portières de la voiture. Leur succession trop rapide encore lui donnait toujours le vertige, mais un vertige atténué comme à dessein pour ménager une transition ; et elles avaient aussi une sorte de vertu curative, car les paysages sont des remèdes.

Après deux heures de trajet nocturne et de somnolence continuée, après d'autres heures crépusculaires, également plutôt dormies que vécues, la forêt de Fontainebleau, comme une médication tout de suite violente, avait brusquement attaqué les nerfs d'Ermeline avec sa majesté silencieuse. L'apaisement des forêts est contagieux : et celle-ci que ne trouble ni le murmure d'une source ni le cri d'un oiseau, trop luxuriante cependant pour suggérer les images de la solitude et de la dévastation, réalise irréprochablement l'idée d'une existence végétative. Les arbres étaient nus ; les roues s'attardaient à l'épaisseur des feuilles sèches, entassées en tapis.

Après ce premier coup porté, ce fut la nourriture légère de cette campagne française, plaines fertiles encadrées de peupliers en rideaux, petits tableaux tout composés, faciles à comprendre, et qui se présentent dans leur plus grand charme quand ils se détachent sur un ciel très pâle — pâle comme était le ciel aujourd'hui.

Ermeline les regardait, successifs et toujours pareils. Elle les regardait fixement. Elle n'était occupée que de ces apparitions aimables, qui semblaient travailler, avec des précautions infinies, à remettre la paix dans son âme. Elle songeait si peu aux autres choses extérieures, qu'elle n'adressait pas même à sa compagne une parole de politesse. Elle se repliait si peu sur elle-même, qu'elle n'avait, pour ainsi dire, plus conscience de son corps. Elle ne pensait plus à ces vêtements d'homme qui l'avaient si bizarrement affectée ce matin.

Mais quand les paysages, vers le soir, se brouillèrent, quand la buée des glaces, achevant d'en effacer les fantômes, s'interposa entre les regards d'Ermeline et la nuit, il fallut enfin qu'elle se renfonçât dans la voiture ; et du même coup elle rentra en elle-même. Elle n'y voyait guère plus qu'à travers une vitre ternie : mais elle devinait, par delà ce fragile obstacle, la nuit en elle comme dehors, et elle se représentait l'indétermination de son être sous la forme d'un espace ténébreux et sans limites, où je ne sais quoi d'invisible et d'à peine réel tournoierait. Elle avait un effroi de plus qu'hier, l'effroi d'aller toujours et de s'enfoncer dans l'inconnu, sans autre compagnie qu'une inconnue. Rien ne lui mesurant plus la rapidité de la course, son imagination en exagérait les allures jusqu'à une accélération fantastique. Les deux femmes devaient voyager toute la nuit : elles ne s'arrêtaient qu'à Mâcon.

Ermeline, de ses yeux agrandis par l'effort qu'ils faisaient pour voir, fixa hostilement Volumnie. Elle se méfiait de cette femme qui l'avait emmenée sous un prétexte et sans que l'on comprît bien pourquoi. D'abord on ne la connaissait point : Ermeline voulut la connaître, elle en avait bien le droit. Est-ce que par hasard l'autre dormait? Elle-même, brisée de fatigue, mais trop excitée pour dormir, se révolta contre ce sommeil qu'elle jalousait aussi. Et d'une voix impérieuse, Ermeline, qui, toute la journée, aux relais, aux repas, n'avait presque rien dit, ou parlé comme une absente, somma Volumnie à brûle-pourpoint de lui annoncer qui elle était : elle faillit lui demander de raconter son histoire, mais le romanesque de la question, posée en ces termes, lui parut jurer avec la réalité poignante de la situation, et en fin de compte, elle tourna sa phrase autrement.

De l'autre coin d'ombre où siégeait Volumnie, la voix d'hier, la voix autoritaire et bienveillante parla. Ce fut d'abord mystérieux comme la réponse d'un oracle, qui vous arrive des profondeurs où le regard ne pénètre pas. Mais les divers sens se viennent en aide et se complètent : à peine Volumnie eut-elle parlé qu'Ermeline réussit à la voir. Elle recouvra aussitôt l'assurance et la quiétude que la seule présence de cette femme virile suffisait à lui procurer. Elle reprit alors les manières féminines qui lui étaient naturelles. C'est avec une affectueuse inflexion et presque de la coquetterie qu'elle pria Volumnie de se faire enfin connaître. Intimes de fait, elles s'ignoraient encore. Que savait d'elle Ermeline, sinon qu'elle était sa voisine, qu'hier elle l'avait soignée, avec ce jeune garçon, et qu'aujourd'hui elle l'emmenait à la poursuite de son mari? A cette parole, Louveau fit une rentrée brusque dans la pensée d'Ermeline, et il y apparut incolore comme le souvenir d'un mort.

Mais déjà Volumnie a entamé cette histoire, que sa jeune amie n'osait pas explicitement lui réclamer : elle ne redoute point pour son récit les formes narratives et solennelles. L'histoire, épique et décousue, semble inventée à plaisir pour occuper une insomnie : elle va désordonnée comme cette course à travers les ténèbres. Ermeline écoute, penchée sur sa compagne comme sur un gouffre, avec un sentiment de précipitation et de chute.

Cependant, les premières paroles de Volumnie ressuscitent d'abord en elle le souvenir de ses jeunes années, qui furent analogues. C'est bien les mêmes origines, le même milieu de bourgeoisie, moins riche peut-être et moins luxueux, mais rattaché aux mêmes traditions, fidèle aux mêmes habitudes. Dans le portrait de Volumnie enfant, Ermeline enfant se reconnaît. Pourquoi donc, aussitôt après, sent elle la bifurcation de leurs destinées, jusqu'à ce moment parallèles?

Voici la jeune fille à l'âge où un peu de raison s'éveille, et déjà Ermeline lui trouve des airs de cette virilité, qui est à ses yeux le signe distinctif de l'actuelle Volumnie. Est-ce une véritable femme que formera cette éducation à principes, au-dessus de laquelle Ermeline voit planer le bon sens d'un père théoricien et raisonneur?

Étiennette Moreau (tel est son nom) apprend de bonne heure quelle est dans la société la mission d'une épouse, d'une mère. Le premier effet d'une instruction si conforme en apparence au vœu même de la nature, est un bouleversement immédiat et une espèce d'inversion. Les aveux de Volumnie révèlent une adolescence garçonnière dont sa compagne peut à peine comprendre les désirs précoces, trop semblables à des besoins. — Ermeline fait à cette occasion un retour sur elle-même. elle songe à ses propres sens qui n'ont point cette autonomie et qui ne savent parler qu'avec son cœur : elle prend ainsi conscience, dans une lucidité fugitive, de ce qui est sa qualité essentielle de femme.

Cette même qualité, à peine Volumnie l'a-t-elle perdue, qu'elle tombe aux aventures. Elle se marie à quinze ans, à la suite d'une berquinade trop osée. Elle s'en allait à cheval, accompagnée d'un frère plus jeune, dîner chez un voisin de campagne où son père l'avait précédée. Le cheval prend peur et s'écarte à la traversée d'un ruisseau. Elle s'évanouit, elle tombe. Le fils du voisin, qui était venu au-devant, et qui attendait là justement derrière un buisson, en jouant de la flûte, s'élance, tel un dieu rustique. Le frère complaisant s'éloigne. Elle rouvre les yeux; et l'accident, la secousse, l'imprévu, peut-être aussi le joli arrangement du décor... elle est séduite, elle aime pour la vie.

Pour la vie, ce n'est pas une parole vaine qui lui échappe : car on devine aux termes brûlants qu'elle trouve encore pour décrire la rapidité folle de sa séduction, les dramatiques alternatives de sa passion d'abord contrariée, les circonstances de sa faute, puis les joies intimes de son mariage, on devine que ce premier souvenir est encore le moins effacé, que Volumnie appartient toujours, par la reconnaissance de la chair, à celui qui l'initia. — Ces peintures hardies jettent la conscience d'Ermeline dans un trouble inattendu. Elle ne sent plus aussi clairement qu'il y ait une différence tranchée, comme une différence de sexe, entre elle-même et cette femme. Elle se reconnaît de nouveau, elle se reconnaît trop aux tableaux que sa compagne lui trace. Elle n'oserait plus examiner de trop près les souvenirs de son dernier amour et la nature des regrets qui l'attachent encore à Louveau: elle n'aurait qu'à y découvrir un libertinage du même genre ! Et pendant un instant, elle déteste de toutes ses forces l'homme qui l'a jetée hors de son caractère de femme, qui a fait d'elle une Volumnie.

Elle devient la maitresse de l'armée.

La nuit s'écoule, les chevaux courent et le récit continue. C'est maintenant la description du plus excentrique ménage, et l'autre signe mâle de Volumnie, son intelligence d'homme, s'y accuse. Elle est établie en province avec Gilquin, son mari, non loin des frontières allemandes. Cette fille sensuelle se met à réfléchir et à raisonner. Elle s'éprend des idées révolutionnaires. Elle communique sa flamme à Gilquin. Cette nouvelle passion les éloigne l'un de l'autre : ils se négligent, tout en s'aimant. Le mari, un peu mou et faible, incline vers les modérés ; elle, dès le début, s'exalte.

La guerre éclate, l'armée passe, voici les soldats en foule dans la petite ville perdue. La chute est fatale pour Volumnie, en présence de tentations si prodigieusement multipliées. Elle devient la maîtresse d'un officier qui l'enlève. Elle devient la maîtresse de l'armée.

Elle a fait six lieues à peine, qu'elle s'échappe. Chez les êtres moralement travestis, la destination originelle se trahit encore par intervalles à des contradictions inattendues : Volumnie se réveille femme, elle pleure sa faiblesse, elle pleure son adultère. Elle retourne au toit conjugal assez tôt pour sauvegarder les apparences. Gilquin même ne soupçonne rien. Mais Volumnie, après deux jours de larmes sincères, revient à la raison et aux doctrines. Elle ne se repent plus d'avoir failli : elle ne se reproche que son parjure, tout en déclarant absurde et hors nature son serment de fidélité; elle se reproche d'avoir trompé la confiance aveugle de son mari ; elle n'a, pour apaiser ce remords, qu'à lui tout avouer noblement.

Elle n'hésite point. Gilquin pardonne, et rien n'est changé dans leur vie. Il pardonne! Une fois encore Volumnie redeviendra femme : il pardonne! mais elle-même ne lui pardonne point cette indulgence, où elle sent un fond de lâcheté. C'est assez pour qu'elle le prenne en mépris et en dégoût. Elle écrit à son adresse une lettre hautaine d'excuse, qu'elle dépose sur quelque meuble, et elle repart à l'aventure, elle s'en va retrouver son amant.

Elle suit l'armée. Suiveuse d'armée? Non pas : elle est volontaire de la République. Sur les champs de bataille, elle fait le coup de feu. Aux cantonnements et aux bivouacs, elle prend son plaisir où elle le trouve. Son cœur est à la merci des caprices de la notoriété : elle devient la maîtresse tour à tour de tous les officiers qu'un fait d'armes met en vue.

La folie n'est-elle pas au bout de cette existence déréglée? Voilà, en effet, que le récit de Volumnie s'embarrasse. Elle déclare elle-même qu'elle a comme un trou dans sa mémoire. Son amant vient d'être mandé à Paris. Le tribunal révolutionnaire le juge, le condamne. Elle voit tomber sa tête, elle reçoit les éclaboussures de son sang. Alors sa raison, sa volonté lui échappe. Elle glisse, elle perd pied, elle est emportée dans un tourbillon. Jusqu'où sera-t-elle descendue? Elle ne se rappelle même plus, égarée, irresponsable peut-être. Mais elle comprend bien, et elle veut faire comprendre à Ermeline, qu'il y a un abîme entre les deux époques de sa jeunesse, quoique toutes les deux semblent, en fin de compte, marquées de scandales identiques : sa conscience distingue entre les premières années d'expansion matérielle, toujours saine jusque dans le dévergondage, et les mois qui suivent, orgiaques, exécrables. — Ermeline, qui sans un froissement a reçu la confidence des premiers excès, se recule d'elle à présent, et il s'établit dans la voiture comme un silence de consternation.

Bientôt, la voix de Volumnie recommence à parler : elle est douce et insinuante comme à l'exorde d'un plaidoyer d'abord timide; elle est ferme toutefois, et l'on sent l'assurance de la prochaine réhabilitation. Elle parle de Souberbielle. Le jour où pour la première fois elle l'a rencontré par hasard, elle n'a point ressenti le trouble avant-coureur de la passion. Lui, semble-t-il, pas davantage. Mais leurs regards se croisèrent, et ils se saluèrent d'un sourire, comme des gens qui se reconnaîtraient. Dès lors ils furent amis, et sans secrets l'un pour l'autre. Volumnie dit le charme de cette camaraderie entre deux êtres, qui ne semblent différer l'un de l'autre que par leurs âges. Elle dit la salutaire influence de ce contact sur son cœur qui se rajeunit, sur sa raison qui se régénère. Elle révèle à Ermeline, qui n'a vu que le Chérubin, un Souberbielle qu'elle ne soupçonnait pas, esprit aigu, intelligence lucide : Ermeline traduit cette vague information en ajoutant une expression de sérieux à l'image souriante et enfant qu'elle a conservée d'Henri.

— Ce n'est qu'après plusieurs semaines, et par l'excès même de sa tendresse longtemps pure, que leur amitié se pervertit ; mais jamais il n'y eut d'amour entre eux, pas même de jalousie. Ils ne renoncèrent point aux prérogatives de leur liberté : ils ne voulurent même pas restreindre leurs confidences, qui étaient la grande joie de leurs entretiens. Cette amitié pourtant est si forte que Volumnie n'a pu se résigner à une séparation, et que pour suivre son ami elle a préféré abandonner tout. Comme déjà elle s'en félicite! Rien que pour cette unique journée de voyage, elle sent qu'elle achève, en s'éloignant de Paris, la guérison commencée. Elle se retrouve saine et forte comme au temps de la Patrie en danger : il lui semble qu'elle reprend la suite de sa jeunesse, coupée durant près de trois ans par un tumultueux intermède.

Ermeline est reconquise. Que ne pardonnerait-elle à Volumnie en considération de Souberbielle ? Elle respecte cette énergie, elle admire cette exubérance, elle s'enthousiasme. Mais elle est trop émue à la pensée de Souberbielle et de cette camaraderie délicieuse, et son cœur, qui vibre encore, ajoute à son enthousiasme le sentiment et la tendresse. Elle veut, comme Souberbielle, aimer Volumnie et être aimée. Il lui semble que ce partage d'une même affection créera entre elle-même et Henri une sorte de fraternité.

Mais voici qu'elle a un de ces scrupules fréquents aux cœurs très délicats, toujours portés à croire qu'on leur en veut, pour des offenses légères qu'ils ont été seuls à remarquer. Elle est honteuse d'avoir si brutalement exigé l'histoire de Volumnie; et pour établir la réciprocité, avec une pensée de soumission, elle se met en devoir de lui raconter la sienne : sa compagne doit la connaître si mal, et par des rapports de servante.

Elle hésite. Elle ne sait comment dire. Et la voiture va toujours à travers le silence nocturne. Pour se rendre la tâche plus facile, Ermeline se rapproche insensiblement de Volumnie. C'est tout près de son oreille qu'elle veut parler, d'une voix confidentielle. Mais comme les choses d'hier soir sont déjà loin ! Pâlissant à l'éclat plus vif des récentes impressions, qui paraissent conserver seules l'aspect de la réalité, elles revêtent si bien celui du rêve, qu'elles préparent Ermeline au sommeil. Elle tombe en effet et s'endort sur l'épaule de Volumnie.

Si profond que ce sommeil fût, inauguré par un rêve, il ne pouvait se poursuivre sans rêve. Ermeline eut présentes jusqu'au matin les images de sa journée d'hier. Elle s'étonnait en dormant de les trouver si vite décolorées, fanées : même le tact de sa conscience s'en inquiétait, comme d'un deuil quitté trop tôt et peu décemment. L'étonnement qui faisait le fond de son rêve se traduisait sur son visage calme par une expression enfantine.

Elle se trouvait au réveil dans ces mêmes dispositions : mais plus forte, piquée aussi par la fraîcheur de l'air renouvelé. Elle avait plus de courage pour jeter au fond d'elle-même un regard investigateur. Elle n'osa peut-être point risquer un examen tout à fait sincère, mais elle comprit, sans se l'avouer en propres termes, que le passé lui échappait, et qu'il fallait s'y raccrocher.

Elle en prit la résolution ferme, et ce n'est plus pour Volumnie, c'est pour elle-même, afin de raviver sa blessure, qu'elle recommença le récit de son abandon, plusieurs fois, à satiété. Le soir, au bout de l'étape, à Mâcon, lorsqu'elle fut assise en face de Volumnie à une table d'auberge, mangeant de grand appétit, buvant un fort bourgogne, elle recommença encore, avec plus d'acharnement et d'âpreté. Elle irrita sa rancune jusqu'à la haine : la haine lui faisait au moins illusion, et dissipait provisoirement les menaces de l'indifférence.

Mais cet effort l'épuisait. Bientôt elle se sentit lasse, un peu amollie. Elle estima qu'elle avait enfin le droit de se reposer parmi des idées plus fraîches. Celle d'Henri se représenta d'elle-même : Ermeline ne la repoussa point. Elle posa des questions à Volumnie, qui répéta, non sans plaisir, les plus touchants détails de leur affection. Elles demeurèrent ainsi toutes les deux, n'ayant que faire d'aller par la ville : elles avaient tant roulé ! Mais les souvenirs qu'elles évoquaient, meublant leur chambre banale, y mettaient de l'intimité, comme si elles y avaient transporté ces petits objets habituels qui sont nos pénates, et qui donnent à n'importe quel gîte de hasard une apparence de foyer.

Elles s'y endormirent sans pensée d'exil, et puis, trop accablées pour penser à quoi que ce fût. Elles repartirent de bon matin, mais reposées, accoutumées au mouvement, mieux installées et chez elles dans leur voiture. Elles recommencèrent leur inépuisable revue des souvenirs. Ermeline en dirigeait le choix à son gré, s'attaquant à Louveau avec violence, quand elle se prenait en flagrant délit d'oubli, puis s'abandonnant au plaisir d'écouter paresseusement Volumnie, qui la ravissait avec son amitié pour Souberbielle.

Ermeline fut surprise, presque choquée, de sentir, après de longues heures, qu'une satiété lui venait. Mais une curiosité lui venait aussi. Volumnie avait fait allusion maintes fois, elle-même sur un ton de curiosité mal satisfaite, au protecteur de Souberbielle. Ermeline lui demanda son nom ; elle eut à l'apprendre une surprise nouvelle : le commissaire des guerres était un ci-devant noble, chevalier de l'Isle de Charlieu.

Ermeline, après un silence, allait poser à sa compagne de nouvelles questions. Volumnie, la prévenant, ajouta : « Il a renoncé bien entendu à son titre et à sa particule. Il se fait appeler Delille, tout court ; mais nous l'appelons plus communément Charlieu. »

Après une pause encore, Ermeline s'apprêtait de nouveau à interroger Volumnie. Celle-ci la prévint encore, et donna vite, avec une animation qui trahissait un intérêt contenu, presque dissimulé, tous les renseignements désirables. Charlieu, disait-on, avait émigré aux premiers jours, et était revenu presque aussitôt, malgré ses quarante-cinq ans, prendre du service. Mais son enthousiasme était tombé comme un caprice. Il avait quitté l'uniforme, repris obscurément à Paris sa vie oisive et riche d'autrefois, amateur de tableaux et de livres, accaparant à bon compte les dépouilles dispersées de l'ancien luxe, mises en vente aux quatre coins de la France. Le général Bonaparte, qu'il avait flatté un jour par de glorieuses prédictions, l'emmenait à sa suite en Italie avec un titre officiel, mais sans autre fonction effective que d'observer les mœurs, de dessiner les monuments et d'étudier les musées.

« Je n'ai jamais eu la chance de le voir, ajouta impatiemment Volumnie; mais je le connais bien, Souberbielle m'a parlé de lui très souvent : Henri sait faire en quelques phrases claires et nettes, des portraits plus saisissants que la réalité même, car il y ajoute, sous une forme vive, ce que son intelligence découvre et qui échappe à la nôtre. Charlieu, dit-il, a de beaucoup dépassé la quarantaine. C'est un de ces hommes entre deux époques, nés dans l'attente d'une révolution, et criant haut qu'ils espèrent bien ne pas mourir sans y avoir assisté. D'ailleurs un ci-devant accompli, raffiné à l'ancienne mode, affectant les manières de la cour. Il fut chargé autrefois de plusieurs missions à l'étranger, il s'y distingua par ses bonnes fortunes autant que par son habileté diplomatique. On lui prête une reine, ma chère, et sa devise est : « Point de lendemain. » Mais l'âge vient, et cette fameuse révolution n'en finit pas d'éclater. C'est donc, pensent les Charlieu, nos cadets qui vont en être les ouvriers, et notre génération inutile sera balayée dans l'oubli. Ils ne s'y résignent pas de bon cœur : ils sont à l'âge critique, où les hommes veulent rajeunir et veulent aimer. L'homme de « point de lendemain » a soif d'une passion. La révolution éclate enfin : elle coïncide pour lui avec cette fièvre de la seconde et hâtive jeunesse. Il s'y jette à corps perdu ; mais il a trop de vieille expérience. Ses yeux qui brillent encore, lancent des éclairs intermittents; mais ses lèvres désabusées ne peuvent plus renoncer à l'habitude du sourire. Il doute, en vérité, que ces jeunes gens puissent arriver à grand'chose. Plus tard, sincèrement, bien qu'avec une sourde conscience et une honte de mal comprendre les temps nouveaux, il conclura qu'il a vu juste et que l'événement lui a donné raison. Il en sera désappointé tout ensemble et méchamment satisfait. En attendant, il ne sait vivre qu'au milieu des plus jeunes : il leur en veut, il les aime, il les taquine. Souberbielle est le favori. Petit-cousin de Charlieu, cousin très éloigné, très roturier, il conserve dignement, affirme son maître, l'héritage d'esprit de la famille. Charlieu croit se reconnaître en lui, mais plus jeune, et cette illusion le flatte, malgré ses grands airs de supériorité. Il a dit un jour à Souberbielle : « Venez travailler avec moi aux bureaux de la guerre. » Il le bourre, il le choie, il le boude : en un mot il ne peut plus se passer de lui.

Volumnie répétait à la lettre des paroles de Souberbielle : on le sentait à la soudaine différence du style, qui n'était plus le style de sa conversation ordinaire, qui n'était même point le style de l'époque, et qui détonnait de nouveautés. On le sentait plus encore à sa voix, qui devenait la voix de Souberbielle, à son geste qui l'imitait : car il est fatal d'imiter l'action des gens, quand on parle sous leur dictée.

Aussi Ermeline, oubliant d'abord le modèle, ne prenait plus garde qu'à l'auteur du portrait ; c'est lui seul qu'elle apprenait à mieux connaître; la subtilité de son esprit ne gâtait pas le charme de sa personne, et pour devenir un faiseur de caractères, il n'en restait pas moins un Chérubin.

Mais Volumnie, annonçant par un changement d'attitude et par une reprise de sa voix naturelle qu'elle parlait maintenant en son propre nom, ramena l'attention d'Ermeline sur le personnage qui les intriguait toutes deux. Ermeline, venant en aide aux conjectures de son amie, réunit tout ce qui lui restait de souvenirs sur les Charlieu qu'elle avait connus dans son enfance. Elle finit ainsi par créer dans son propre cœur une sympathie artificielle pour cet homme, un peu désorienté, comme elle-même, dans un monde qui se renouvelle de fond en comble et qui a rompu avec tout son passé. Elle prétendit gratuitement, mais non sans vraisemblance, lui attribuer toutes les qualités de distinction susceptibles de répondre aux vœux de ses propres délicatesses. Et tout à coup, profitant d'un silence pour faire un effort d'âme vers son mari qu'elle venait encore de négliger longtemps, elle se demanda, par contraste, comment celui-là, dont la brutalité était sensible sous le mensonge de son élégance empruntée, avait pu s'emparer d'elle si puissamment, pouvait la dominer encore.

On approchait de Lyon. Après un voyage aussi précipité, les quelques jours qu'elle devait séjourner en cette ville, faisaient à Ermeline l'effet d'un repos très long. Lyon lui apparaissait comme un asile définitif. A cette impression favorable d'asile, de repos, s'associait l'image de Souberbielle : il viendrait sans doute à la rencontre de ses amies. Lui demeurerait à Lyon plus d'une semaine. Charlieu, qui s'était mis en route bien avant le général Bonaparte, et qui n'avait point de motif pour se trouver à Nice avant lui, voyageait en bref, mais comptait faire, aux grandes villes, des haltes importantes. Ermeline, qui ne pouvait plus désormais penser à Souberbielle sans penser à lui, eut cette petite fièvre d'une curiosité qui se sent enfin sur le point d'être satisfaite. Mais il n'y avait guère d'apparence qu'elle vît Charlieu pour cette fois.

Toutes ces impressions, qui étaient vives, se modifièrent étrangement lorsqu'elle entra dans Lyon. N'ayant jamais vu de montagnes, les collines élevées qui ceignent la ville, suffirent pour l'oppresser. Des brouillards d'une matité, d'une souplesse particulière, montaient du Rhône et cheminaient vers les hauteurs, affectant, par leurs déchirures, les formes d'êtres vaporeux et surnaturels. Le mystère de cette ville brumeuse et renfermée agissait sur Ermeline ; mais au lieu de céder au charme d'un trouble nouveau pour elle, cette âme, dépourvue de tout instinct religieux, s'en effrayait démesurément. Elle résistait de toutes ses forces à l'envahissement de ces mystiques fumées, comme elle eût résisté par exemple à la séduction des architectures gothiques, pour elle barbares et même inintelligibles. Mais en dépit d'elle ces nuages l'enveloppaient irrésistiblement et offusquaient sa lucidité.

Elle se ressaisit un peu, lorsqu'elle découvrit, en avançant par les rues, des ruines à tous les pas. Il lui parut alors que c'était là une ville très antique, et sans rapports avec le monde actuel, mais qui heureusement s'effondrait. Seulement, quand la voiture déboucha sur la place Bellecour, immense de cette immensité provinciale que décuple l'insuffisance de la figuration des foules, plus immense de la dévastation universelle et de l'écroulement des maisons, Ermeline eut le sentiment d'être jetée loin de toute civilisation, et pour la première fois elle sentit l'exil.

La société de Volumnie lui était devenue trop habituelle pour compter encore. Ermeline se trouvait avec sa compagne aussi seule qu'avec elle-même. Elle ne pouvait plus se passer enfin d'avoir une autre personne à ses côtés. Souberbielle ? Certes, elle pensa fort doucement à lui. Mais Souberbielle était un enfant. Il fallait une grande personne. Elle n'en concevait point d'autre que Charlieu. Souberbielle, Volumnie, elle-même n'étaient que trois enfants, partis comme des fous. Leur unique protection, leur suprême recours était en ce personnage inconnu. Et l'âme désemparée de la jeune femme accordait une confiance respectueuse à celui qu'elle n'osait plus poursuivre, même en imagination, d'une curiosité trop hardie, véritablement indiscrète.

Cette idée fixe d'être retournée à l'enfance, devenait précise et matérielle jusqu'à l'illusion de sentir sa taille même diminuée. Ermeline comprit enfin pourquoi : elle devait, ainsi que toutes les femmes en habits d'homme, paraître en effet plus petite. Elle pensa donc à ces vêtements. Elle pensa du même coup à Souberbielle si jeune, et que sa fantaisie s'obstinait à rajeunir davantage. Leur amitié, qu'une seule rencontre avait fait naître, lui paraissait d'autant plus touchante qu'à de tels âges elle était sans conséquence et voluptueuse impunément. Mais se montrer à lui sous ces vêtements qu'il avait portés, cela choquait Ermeline comme une effronterie discordante ; ces vêtements, que Souberbielle devait connaître par dedans, ne la défendaient plus assez contre la pénétration de son regard clair. Elle allait donc, elle allait en public, et sans que nul s'en doutât, trahir pour un seul, avec l'hypocrisie de les cacher mieux sous des étoffes moins complaisantes, les secrets intimes qu'hier encore elle ne se troublait pas ainsi de livrer à tous, avec la complicité des mousselines. Elle ne pensait plus à Charlieu, et à Louveau encore moins.

Dès qu'elle vit Souberbielle, à l'auberge

Les deux femmes résolurent de s'embarquer le même jour.

où l'on dînait ensemble, ces émotions ambiguës et par trop brouillées se dissipèrent. La joie d'Ermeline fut sans détour, d'un élan naïf et spontané. Souberbielle avait cette vivacité incomparable des gens que l'on surprend en pleine action et en train de vivre. Son air déterminé était d'un homme, mais au lieu de compromettre l'expression jeune de son visage, il en accusait la fraîcheur, en y ajoutant le contraste et le ragoût d'une précocité. La gaîté saine des trois amis leur épargna ce refroidissement pénible qui gâte au premier instant les rencontres les plus impatiemment souhaitées. Ils retrouvèrent du premier coup leurs idées claires et leurs sentiments nets, en se réfugiant dans leur intimité, loin des fâcheuses brumes du Rhône.

Ermeline et Souberbielle ne furent troublés qu'une fois, à l'improviste et sans motifs apparents. Ils se regardèrent, ils rougirent. Une voix cria au fond d'Henri : « Comme je l'aime ! » Jamais encore sa conscience n'avait parlé si haut, ni avec un tel accent d'autorité. Il lui sembla qu'il faisait à cette minute même l'acquisition d'une faculté nouvelle. Son cœur était à nu devant lui. Il revécut dans leurs détails, et toutefois dans un éclair, les épisodes peu nombreux de sa naissante affection : la première vue d'Ermeline, l'agitation du départ, l'émotion continuée qui l'avait travaillé à son insu durant tout son voyage en tête à tête avec le chevalier de Charlieu ; elle ne travaillait plus à présent souterrainement, mais au grand jour. Les plus insignifiants hasards de ce repas devenaient chacun, pour cette âme transportée, l'occasion d'une joie particulière. La conscience distincte qu'il en avait, au lieu de l'émousser, doublait cette joie, et lui donnait par tout l'être un retentissement prolongé. Ce jeu d'analyse, nouveau pour lui, l'amusait passionnément. Il s'égayait aussi, non sans fierté, de se voir agir et causer librement comme un homme qui se possède, tandis que son cœur s'égarait.

Vers le milieu du dîner, il eut un grand accès d'amitié pour Volumnie. Alors, il essaya de comparer les sentiments si divers que ces deux femmes lui inspiraient. Mais sa raison commençait à s'obscurcir un peu. Sans avoir bu, il était ivre. Ermeline, très heureuse et sans se demander pourquoi, subissait aussi l'ivresse irraisonnée des joies sans cause. Quelques paroles de garçonnière camaraderie furent échangées entre Volumnie et Souberbielle : ce furent les seules tendresses qui s'exprimèrent, durant tout ce repas où trois cœurs sensibles se trouvaient si vivement intéressés.

Ils gardèrent, pendant les jours qui suivirent, une pareille discrétion, vivant d'émotions sous-entendues. Enfin, Charlieu, qui ne voyait plus son secrétaire, le fit, avec une certaine affectation, prévenir qu'il s'embarquait le lendemain matin, à trois heures. Il prenait, jusqu'en Avignon, un bateau-poste. Les deux femmes résolurent de s'embarquer le même jour, mais sur le coche d'eau, qui partait seulement à une heure après midi, et faisait le voyage en trois étapes, avec un arrêt chaque soir pour la couchée. Après un tel retard, et de ce train, ce serait miracle si l'on se rencontrait encore en Avignon : d'autant que Charlieu ne pensait guère s'y arrêter, se réservant de séjourner à Marseille. Aussi le repas des adieux se prolongea-t-il fort avant dans la nuit. Nul des trois ne pouvait se résoudre à donner le signal de la séparation. Souberbielle ne se coucha point ; il se rendit à bord directement, et trouva que Charlieu l'avait devancé.

« Il paraît, dit le chevalier, que vous avez de grands intérêts dans cette odieuse ville ruinée ; car sans reproche, monsieur Souberbielle, depuis sept jours vous ne m'avez pas fait l'honneur de dîner ou de souper une fois avec moi.

— Je vous en présente mes excuses, monsieur », fit distraitement Souberbielle, sans prendre garde aux intentions bienveillantes que masquait l'ironie de Charlieu.

Le chevalier était un homme bien bâti et de taille. Malgré une rudesse d'allures qu'il affichait, et un certain négligé en surface, il sentait ses origines. Il possédait ce nez courbe qui est signe de race, tout ensemble fin et fort, ces lèvres qui, en dépit de leur franchise et de leur saveur, annoncent trop d'esprit pour promettre de la sensualité. Mais tout le caractère de sa physionomie était dans ses yeux : gris et mobiles, clignant un peu pour voir mieux et de près, servant bien, avec cette myopie avisée, son observation courte, mais fine et sûre ; d'autres fois ils s'agrandissaient, les pupilles dilatées, avec la fièvre de vivre, et en détresse, avec des lueurs de rêverie qui dérangeaient toute son expression narquoise et positive, avec ce rien de badauderie remarquable chez les hommes d'âge qui fréquentent des gens plus jeunes. Il lui prenait alors des timidités contre lesquelles son geste brusque protestait ; mais il n'arrivait pas à en dissimuler toute la gêne, et elles se combinaient d'une façon bien bizarre avec l'air tant soit peu impudent, impudent sans vulgarité, mais impudent, que donnait à son grand visage ce nez détaché, en avant.

Il prit, à l'indifférente réponse de son secrétaire, cette attitude intimidée, comme s'il venait d'en recevoir une rebuffade. De brèves manœuvres s'exécutèrent, qu'on ne vit point, et le bateau se détacha. Les deux rives étaient fort distantes, et d'abord on n'apercevait rien; puis les crêtes des collines s'indiquèrent, et bientôt on y devina des maisons de campagne, parmi les ombres plus touffues des jardins qui les entouraient. Çà et là, un coteau était hérissé de vignes. Le jour se faisait peu à peu, par des secousses d'éclaircies. Les collines cessèrent enfin, et presque subitement, d'être des silhouettes : du même coup, elles devinrent beaucoup moins distinctes, dans les brumes d'un matin très frais. Le fleuve apparut tumultueux et jaune, avec des remous si formidables que l'on s'étonnait d'y glisser, de ne pas y être ballotté comme sur mer.

Souberbielle était en proie à cette allégresse envahissante qui ne se contente plus d'agiter les fibres du cœur, mais qui propage ses vibrations à travers toute la matière de l'être, et qui lui rend le mouvement nécessaire, haïssable l'immobilité. Il remuait imperceptiblement sa tête, ses mains. Pour donner à sa poitrine le plus de développement possible, il la dilatait par des aspirations plus profondes que de coutume. Il lui semblait enfin que pour se mettre à son aise tout à fait, il aurait eu besoin de pousser un long cri d'extase, chantonnant et continu.

Charlieu ne pouvait se méprendre à ces signes d'amour et de joie. Cette allégresse le gagnait, mais elle l'inquiétait aussi. Il sentait que d'un seul coup d'aile, la jeunesse et la passion d'Henri venaient de s'enlever trop haut pour que ses regards pussent en suivre le vol désormais. Il eut le cœur serré, comme si son compagnon de voyage l'avait abandonné en chemin. Pour se persuader qu'il n'était pas seul en effet, il eut l'impérieux besoin de lui parler, et de le forcer à répondre.

Il saisit le prétexte du jour qui se levait, et se mit à discourir à propos des paysages, avec cette inévitable pédanterie des voyageurs en récidive, qui volontiers prennent des allures de guides. Il avait jadis suivi deux fois cette même route, à l'aller, au retour, lors de sa mission à Naples. C'était sa vanité de parler en connaisseur, de l'Italie. Il avait eu des aventures dans le royaume des Deux-Siciles, qu'il comptait bien retrouver dans le Piémont et la Lombardie, mais sous des formes nouvelles et accommodées à ses appétits de cœur nouveaux : il se figurait naïvement que l'Italie avait dû,

LE CHEVALIER ÉTAIT UN HOMME BIEN BATI.

comme lui-même, subir les atteintes de l'âge et l'influence des événements tragiques.

Il parlait toujours, avec une sorte d'entêtement, prêt à s'émouvoir si Souberbielle y avait rendu la main. Mais le jeune homme demeurait obstinément taciturne : il avait d'abord jeté un regard inintelligent sur celui qui parlait, comme s'il ne le connaissait point ; puis il s'était renfermé en lui-même, apercevant du premier coup ce que le chevalier sentait aussi confusément, qu'il n'y avait plus entre leurs âmes absolument rien de commun.

Cette inexplicable divergence devint encore plus frappante, lorsque Charlieu, qui s'irritait de parler seul, changea de ton. Le langage qu'il avait appris dans son enfance ne se rapportait plus à ses sentiments actuels : et ceux-ci, lorsqu'il s'efforçait de les exprimer, se réduisaient peu à peu, par l'insuffisance des mots dont il les gênait. Charlieu en revenait alors aux petites phrases aiguës, sèches, sceptiques, aux apophtegmes sur la morale et aux maximes touchant les femmes. Souberbielle, si distraitement qu'il écoutât, saisit à l'entendre la nature et le motif de cette mésintelligence qui venait de s'élever soudain entre son protecteur et lui : ces mêmes réflexions piquantes, lui-même, hier encore, les eût débitées à Charlieu souriant ; il n'en goûtait plus aujourd'hui le sel, il en dédaignait l'esprit. Être double, cœur doublé d'une conscience, il ne pouvait subir que de doubles métamorphoses : son cœur venait de s'éveiller, sa conscience venait de s'ouvrir. Elle n'avait ni trait, ni mordant, mais de la clairvoyance ; elle ne goûtait plus les finesses du chevalier, mais le chevalier n'eût rien compris aux mystères qu'elle pénétrait. Depuis vingt-quatre heures, Charlieu et Souberbielle ne voyaient plus le monde à travers les mêmes bésicles.

Peu à peu ce morne entretien, qui était presque un monologue, tournait à l'aigre. Charlieu répétait des mots de l'abbé Galiani, qu'il avait cultivé jadis à Paris, puis à Naples. Il conclut : « Les jeunes gens d'aujourd'hui n'ont plus assez de verve et de jeunesse pour comprendre le charme de ces choses-là. » Souberbielle ne put retenir un sourire malicieux. Ce fut leur première brouille sérieuse.

Charlieu ne se donna plus la peine de cacher sa mauvaise humeur. Il devint tyrannique. A l'arrivée, il se déclara très fatigué du voyage, et prétendit rester deux ou trois jours dans Avignon. Souberbielle ne mit pas les pieds dehors. Il passa deux jours à la chambre, sans littéralement rien faire que retourner cette question : « Donnerons-nous à Volumnie et à Ermeline le temps de nous rattraper ici ? »

Dès le troisième matin, le chevalier annonça qu'il entendait repartir sur l'heure, pour Aix-en-Provence. Il n'avait su trouver d'autre voiture qu'une méchante carriole, attelée de deux mules. Aussi morose qu'une petite-maîtresse à un lendemain de migraine, il poussait les hauts cris aux cahots de ce véhicule pitoyablement suspendu. Souberbielle, qui avait couru s'assurer que le coche d'eau n'arrivait point, partait désappointé, rageur, et les larmes aux yeux. Mais il oublia ce gros chagrin au premier aspect de la campagne.

Venu de Lyon par le Rhône, et, depuis, enfermé dans une auberge, il avait passé sans y prendre garde, sans être lentement préparé, des froides régions du centre, au printemps du midi. Mais aux portes de la vieille cité des papes, le soleil méridional n'éclaire pas un sec paysage de Provence : il rayonne sur un paysage du nord. La campagne est plantée d'arbres, ou plutôt elle en est peuplée. Ils ne se ramassent pas en groupes, ni en bouquets : ils demeurent isolés, indépendants, de sorte qu'au lieu de pousser en hauteur, ayant de l'air ils s'épanouissent, et balancent de lourdes têtes arrondies. Quelques-uns cependant se disposent en rideaux légers. Ils accusent les moindres différences de plans, mesurent à l'œil les distances, et donnent ainsi de l'espace, de la profondeur, de la perspective, à cette plaine si encombrée. Toutes les nuances de verdures s'y heurtent, depuis le vert solide des châtaigniers jusqu'au vert pâle des petits saules, au vert-de-gris de quelques oliviers très rares encore. Quant aux arbustes qui frissonnent, leur tremblotement est si rapide qu'on a peine à leur attribuer une couleur ; on ne leur trouve que des reflets.

Chaque fois que l'horizon se dégageait, Souberbielle voyait alentour des collines teintées de lumière ; et derrière, la ville massée en pyramide, avec deux tours. Mais le plus souvent ils étaient perdus sous les feuillages. Tout à coup, ils eurent devant eux la Durance, qui roule au milieu de ce doux pays comme un torrent de dévastation et de stérilité, rivière à lit et à plages de galets. Elle débordait. Charlieu jura : le service du bac était suspendu. Ils entrèrent dans une maison sans apparence, où on leur proposa d'attendre quelques heures, tout au plus la nuit entière : la crue ne s'annonçait point grave, et pouvait, d'un moment à l'autre, s'arrêter. Le plus simple était de retourner, puisque Avignon était tout proche. Mais Charlieu s'entêta, et il demeura une grande partie de la journée assis au bord de l'eau, les yeux fixés sur le fleuve, qui d'heure en heure devenait plus menaçant. Souberbielle ne se possédait plus de joie. Il fit même à Charlieu quelques avances. Il découvrit avec étonnement que le chevalier n'admirait point comme lui la trouée du torrent furieux dans cette plantureuse campagne : le siècle dont fut Charlieu, ne sut jamais comprendre les beautés de la sauvagerie. Souberbielle qui, décidément, ne pouvait plus s'entendre avec lui malgré toute sa bonne volonté, le quitta. Il remonta le cours de la Durance, promena le long des rives son allégresse toujours pareille; il la berça au bruit des pierres qui roulaient.

Le lendemain, outré du mauvais gîte, Charlieu déclara qu'il passerait quand même : le fleuve était encore plus gros que la veille. Il fallut payer fort cher les bateliers; mais enfin Souberbielle et Charlieu reprirent place dans leur carriole, que l'on installa tout attelée sur le bac. Le passeur les engagea par prudence à descendre de leur banquette : si les mules prenaient peur, ils pouvaient bien tomber à l'eau, embarrassés dans leur voiture. Ils suivirent le conseil, bien que le pont du bac fût, à toute minute, balayé d'un bout à l'autre par des vagues. Les mules d'ailleurs ne paraissaient point effrayées plus que de raison. Une autre voiture apparut au bout de la route. C'était celle d'Ermeline et de Volumnie. Elles saluèrent Henri d'un signe imperceptible, et insistèrent pour qu'on les passât.

Leurs chevaux eurent à peine senti les oscillations du radeau, qu'au rebours des mules, ils se cabrèrent. Souberbielle n'eut que le temps de se jeter à leur tête. Mais les deux femmes refusèrent de quitter leur chaise, ne se souciant point, disaient elles, de se mouiller les pieds. Charlieu, que la seule présence de ces deux beautés ranimait, ouvrit brusquement la portière de leur voiture et s'y jeta, disant : « Voilà qui est sans façon, mais je ne souffrirai point que deux femmes soient plus téméraires que moi. »

Souberbielle devint tout pâle de jalousie. Il faillit lâcher les chevaux pour monter en quatrième dans la voiture. Il reprit assez de sang-froid pour comprendre que cette folie pourrait leur coûter la vie à tous les quatre. Il jeta vers Ermeline un regard désespéré. « Si je reste là loin de vous, aurait il voulu lui dire, c'est afin de vous sauver. » Elle fit signe qu'elle comprenait ; mais c'était presque un mensonge : la galanterie bizarre de Charlieu l'avait violemment surprise et séduite. Comment n'eût-elle pas, étant femme, préféré cette bravade inutile au sacrifice moins avantageux de Souberbielle?

Elle eut pitié de lui cependant, lorsqu'elle le vit sur l'autre rive, si pâle et les poignets gonflés. Elle n'osa lui parler. Volumnie, moins réservée, lui souriait ; et Charlieu qui se redressait après avoir salué les deux femmes, s'en aperçut. « Vous les connaissez? » demanda-t-il à son secrétaire, quand ils furent seuls dans leur carriole que distançait l'autre voiture mieux attelée.

LE SERVICE DU BAC ÉTAIT SUSPENDU.

Souberbielle s'occupait par contenance à envelopper ses poignets dans un mouchoir, que, de colère, il déchirait. Il releva la tête. Ses yeux étincelaient ; et d'un air de défi : « L'une, dit-il, est ma maîtresse, et c'est afin de me suivre qu'elle est en route pour l'Italie. Tout ce que l'autre a sur le corps m'appartient. »

Charlieu se récria : « Voilà une sotte fantaisie, de vous faire suivre à une journée de route par deux femmes, au lieu de m'en donner l'agrément ! Comme vous ne vous intéressez pas, j'imagine, également à toutes les deux, vous garderiez l'une, j'aurais l'autre, et cela serait préférable, je vous jure, à votre assommante compagnie. »

Souberbielle ricana : « Vous auriez fort à faire, monsieur. » Et pour le piquer davantage, il entreprit de lui raconter, en grand appareil, comme un trait de mœurs à l'antique, l'exemplaire histoire de cette divorcée inconsolable. Mais, à vrai dire, il en ignorait les détails principaux ; surtout il y sentait je ne sais quoi d'illusoire et un manque de sincérité, qui l'empêchait de mettre à son récit beaucoup de conviction et de sympathique chaleur. Il trouva des accents plus émus, lorsque, ne pouvant retenir les confidences qui lui échappaient, il décrivit, et la scène de leur rencontre première, et les épisodes plus récents de leur commerce à Lyon. Il cria mille fois à Charlieu son amour qu'il se flattait de lui dissimuler.

Souberbielle et son maître hostile s'étaient bien repris l'un à l'autre : ils causaient de bonne amitié. La température s'attiédissait encore. La campagne n'était plus verdoyante comme aux alentours d'Avignon, elle se dénudait; mais que leur importait la pauvreté du paysage, puisqu'ils n'étaient plus attentifs qu'à la magnificence de leurs émotions? Indifférents aux choses visibles, ils ne gardaient plus de sensibilité que pour les impressions pénétrantes, surtout pour cette chaleur douce qui les amollissait. Ils étaient les jouets énervés de ce faux printemps du midi, qui a un fond de froid, et qui agace tout le corps, mais délicieusement, par de continuels et brusques passages de l'étouffement au frisson.

Mais sur la jeunesse vraie de Souberbielle, qui n'exigeait pour s'épanouir que des sollicitations plus légères, la température, bien qu'hypocrite, agissait vite et simplement comme celle d'un printemps véritable. Avec Charlieu, moins franchement maniable, ce printemps plein de défaillances et de restrictions, obtenait tous les effets ambigus de son influence compliquée. Certes, aux discours enflammés de son jeune ami, Charlieu rajeunissait et prenait feu. Il trouvait même pour lui répondre des paroles plus ardentes peut-être. Sa volonté de vivre encore s'affirmait dans un renouveau merveilleux merveilleux mais artificiel comme ce printemps qui le provoquait. Certes, son imagination ravivée travaillait déjà sur Ermeline aussi agilement que celle d'Henri. Mais ce n'était pas avec la même droiture, et elle cédait plus à des excitants secondaires qu'à la simple admiration ou à la vérité d'un sentiment. La difficulté prédite l'aiguillonnait, et aussi la contagion de l'exemple, un peu de jalousie, l'amusement d'entrer en ligne avec son jeune secrétaire.

Tout à coup, ils se turent. Le soleil venait de disparaître, et le froid avait surgi de l'horizon, de partout. Ils enroulèrent dans les manteaux leurs corps glacés : un peu de brûlure leur restait au visage. Pour la première fois ils remarquèrent avec impatience le trot désespérant de leurs mules. Mais quand l'obscurité fut complète, les souffles redevinrent tièdes, et il sembla que la terre, après avoir grelotté au crépuscule, se réchauffait en s'enveloppant dans la nuit : alors ce voyage très lent plut à leur somnolence, et ils n'en souhaitèrent plus la fin.

A l'arrivée, ils eurent un réveil subit. Ils entrèrent dans une salle très calfeutrée, dont les lumières et le chauffage leur mirent aux joues, par réaction, encore plus de feu. Ils y rencontrèrent les deux femmes qui commençaient à souper. Joyeusement et non sans malice, le chevalier de Charlieu poussa Souberbielle vers Volumnie. Puis avec une désinvolture de haut goût, il revendiqua l'honneur de s'asseoir à la même table. Ce fut toute la présentation. Cet homme qui, pour des vapeurs, avait dû prendre deux jours de repos dans Avignon, retrouvait, après cette éreintante journée de voyage, tout son entrain, aux bougies. Il sut, dans cette misérable hôtellerie de province, dénicher, afin de plaire à ces femmes, des friandises et jusqu'à du vin de Champagne. Il en buvait de longs traits mousseux. Il riait. Et devant Volumnie amusée, devant Ermeline éblouie, il faisait revivre au naturel les élégances d'autrefois, si piètrement copiées en ces derniers temps par l'inexpérience des muscadins : il ressuscitait tout un siècle mort.

Le pauvre Henri, lui, ne brillait guère. Sans doute, il s'était plus sincèrement dépensé dans les enthousiasmes de l'après-midi : il était épuisé, la tête si lourde que même la jalousie atroce qui le mordait n'arrivait pas à vaincre sa torpeur. Ah ! s'il eût débarqué seul dans cette ville inconnue, et qu'il y eût rencontré ses deux amies, quel souper charmant ils eussent fait ensemble, dans une intimité un peu fiévreuse, à la fois voluptueuse et lassée ! Mais quelle cruauté de lui gâter son idylle, avec tous ces éclats de gaieté bruyante et d'esprit! C'était trop de verve pour sa tendresse. Il ne disait rien. Il était morne. Il avait l'air d'un enfant qui s'endort dans le monde : d'un enfant qu'on endormirait sur les genoux s'il n'y avait là personne, mais qu'on oublie sur une chaise parce qu'il y a des invités.

Il ne se redressa qu'au coup de fouet d'une ironie de Charlieu : le chevalier n'avait pas le triomphe bienveillant. Ermeline jeta un regard à l'enfant blessé, un regard qui signifiait, comme celui de ce matin : « C'est vous qui avez la bonne part. » Elle mentait un peu moins, car l'ironie de Charlieu l'avait elle-même froissée. Mais Henri n'avait plus confiance. Et puis il était comme elle sous le charme de cet homme qu'il exécrait, mais que jamais il n'avait vu si étincelant. Les plus fats préfèrent toujours secrètement la séduction d'un autre homme à celle même qu'ils s'attribuent : à plus forte raison Souberbielle, dont la grâce ne se soupçonnait point. « Si je pouvais, songeait-il, lui ressembler! » Il ajoutait : « Elle ne m'aime pas, mais elle ne l'aime pas davantage, elle en aime un autre. » Et c'est précisément de cet autre que Souberbielle n'était point jaloux! Puis ses idées se troublaient : « Aime-t-elle? qui aime-t-elle? » Il se disait plus justement : « Lui, Charlieu, ne l'aimera jamais. Il se grise de mots ; mais il est l'homme de *Point de lendemain.* »

Il se mit au lit désespéré. Il avait si froidement souhaité le bonsoir à Ermeline qu'elle en fut, un moment, toute distraite. Elle pensa fort tendrement à lui. Elle devinait cette jalousie : elle en était touchée, elle en souriait. Et ce soir-là elle n'eut même pas la bonne volonté de songer un peu à Louveau.

Le lendemain, on courut la poste séparément; mais on se réunit à Marseille pour le souper. Ce furent les scènes de la veille, peut-être avec plus d'intimité : mais non, car l'intimité s'était faite du premier coup. Même à tenir compte des facilités du cœur en voyage, Ermeline en était étourdie. Toute la journée elle avait bavardé dans la voiture avec Volumnie. Elles se communiquaient leurs enthousiasmes. Dans l'autre voiture, Charlieu et Souberbielle n'ouvraient pas la bouche : l'un se réservant pour le soir ; Henri, sans calcul, mais véritablement accablé. L'imagination d'Ermeline redevenait vertigineuse comme aux premiers jours; mais sans effroi, et tant pis! elle s'abandonnait. Ah! cet homme était irrésistible. Il ne la séduisait pas : il l'emportait ; elle ne se possédait plus, et elle l'avait vu deux fois! Pourquoi d'ailleurs son cœur se fût-il inquiété? Rien n'y semblait menacer encore qui pût justifier des scrupules. Et ce n'est pas au cœur en effet que Charlieu l'avait déjà prise; mais les sympathies de leurs élégances et de leurs délicatesses formaient comme un ténu et invisible réseau où elle se débattait prisonnière. Cela valait bien un lien plus solide. Et le soir, lorsqu'elle se décida fort tard à se séparer de lui, le charme devenait du trouble grâce aux connivences du demi-sommeil.

Mais la destinée d'Ermeline n'était point de succomber à un amour-goût. Sa conscience, plus informée peut-être qu'elle ne voulait en convenir, en reçut, dès le lendemain, l'avertissement. Charlieu s'était mis en quête d'un bateau pour passer à Nice. Il annonça qu'il avait traité avec des matelots de Naples, pour une felouque. On y serait à l'aise tous les quatre. Ce projet innocent effaroucha Ermeline de la manière la plus inattendue. Elle qui avait accepté sans réserve cette intimité en coup de foudre, n'en pouvait plus tolérer une si naturelle consécration. La galanterie de Charlieu ne s'était jamais hasardée jusqu'à un baise-main, Ermeline n'avait même pas eu l'occasion de songer encore si elle aurait plaisir ou répugnance à lui accorder de légères privautés; et voici que la seule menace de faire en commun une traversée de quarante-huit heures, obligeait Ermeline à s'avouer qu'elle devenait de glace pour cet homme, au premier soupçon d'une familiarité sans importance!

Les journées à Marseille furent, pour Ermeline seule, gâtées par cette expectative. Mise en méfiance, elle donnait de faibles secousses pour rompre une maille du filet où elle s'était laissé prendre. Mais elle ne pouvait défendre à Charlieu d'être aimable, ni à son propre cœur d'y être toujours sensible. Elle ne réussit, par ses efforts instinctifs et inconsidérés, qu'à mettre de l'agitation et un peu de dramatique dans cette intrigue légère. Et puis le chevalier réfléchit tout d'un coup que, sur mer, il n'était guère brave, et par suite guère séduisant. Il ne voulait plus se résigner à prendre ce chemin que le plus tard possible. On pouvait bien pousser en voiture jusqu'à Toulon, à trente-quatre lieues de là. Ermeline respira. On partit. Elle goûta loin de lui, et pensant à lui toujours, une de ces journées de grand air, suivies d'un souper chaudement intime, après le refroidissement du crepuscule. La couchée était à Aubagne. Ermeline s'endormit reprise et enivrée.

Mais Charlieu eut un nouveau caprice le lendemain. Il s'avisa que c'était folie de voyager de la sorte, entre hommes d'une part, et de laisser dans l'autre voiture deux femmes sans cavalier. Souberbielle ne serait-il pas enchanté de rester seul avec Volumnie? Il pria donc son secrétaire de céder sa place à Ermeline.

lle n'osa s'en défendre; mais son

Et tout a coup il y eut une échappée théâtrale sur la mer.

cœur se crispa, elle fut glacée. Dès qu'ils se trouvèrent côte à côte, Charlieu sut lui faire comprendre que pas une parole de conséquence ne serait prononcée aujourd'hui. Fut ce intelligence et calcul, ou simplement l'instinct d'un homme qui, sans rien connaître aux ressorts de l'âme, a le sens des choses féminines? Mais pourquoi donc avait-il souhaité ce tête-à-tête, ce corps-à-corps? Ah! ce n'était peut être qu'égoïsme : comme il lui fallait pour briller la société au moins d'une femme, il la recherchait sans autre dessein, afin de se donner carrière et de se mettre en coquetterie. La peur physique d'Ermeline supposait un trouble d'instincts trop contraires à l'égoïsme, pour ne point s'apaiser au contact d'une personnalité si attrayante mais qui n'inquiétait plus. Elle avait la sensation de s'abandonner à un péril imaginaire avec une témérité chimérique. Comme elle se réjouissait à présent que Souberbielle, que Volumnie, ne fussent pas en tiers, si toutefois elle songeait à eux!

Dans l'autre voiture, Souberbielle, Volumnie ne songeaient guère qu'aux absents. Ils se faisaient triste mine, elle sans amertume contre son amie, mais décidément curieuse de Charlieu, et piquée de voir qu'il la négligeait; Henri, trop exubérant pour dissimuler : il se tournait à droite, à gauche; il avait l'air d'examiner avec attention la route, qui s'encaissait. Les collines étaient de pierre blanche, avec des taches de sable jaune d'où jaillissaient de frêles arbres : c'était comme des nids disséminés où furent jetées les semences des végétations ainsi que des œufs d'oiseaux. Les crêtes se découpaient en profils d'architecture. Des petits murs soutenaient les terres où s'étageaient les oliviers gris. Puis le sol s'aplanit; on vit des champs et des maisons, qui n'étaient pas blanches, mais blondes, et couvertes de tuiles rousses. Et tout à coup il y eut une échappée théâtrale sur la mer, entre deux caps qui se faisaient vis-à-vis comme les portants d'un décor. L'eau salée était d'un bleu dur, d'un bleu de teinturerie, frangée, au bord, d'une écume blanche, scintillante comme du jais blanc, sous un ciel décoloré.

Volumnie se porta, pour voir, du même côté que Souberbielle ; et leurs joues se frôlèrent. Alors il eut pour elle une grande tendresse. Elle eut pitié de lui : elle sut l'engager aux confidences, mais sans choquer sa susceptibilité par des questions trop précises. D'abord, il lui chuchota ses chagrins ; il lui avoua tout sans rien lui dire. Puis il lui ouvrit son cœur entièrement : il ne se possédait plus, il se pencha par la portière et murmura : « Que se disent-ils ? »

C'était un supplice de passer ainsi des heures sans les surveiller et sans rien savoir. Souberbielle s'étirait les bras, se renversait en arrière, et bâillait. Il ne pouvait pas réussir à mettre un peu d'ordre dans ses idées. Il se raisonnait cependant : « Voyons... elle ne connaît Charlieu que depuis quelques jours... Oui, mais une seule journée comme celle-ci vaut des mois d'habitude et de familiarité. » Nimporte : à l'arrivée, il saurait, il verrait clair; car il

Elle observa que Charlieu lui parlait.

n'avait besoin que d'un coup d'œil pour juger le cœur d'Ermeline.

Il la regarda fixement quand elle descendit de voiture. Il fut rassuré. Elle était fort animée, mais sans trouble ni attendrissement. Pourtant, le soir, il ne voulut point la laisser seule avec Charlieu. Volumnie s'était retirée la première. Lui resta. Quand Ermeline fut elle-même enfermée dans sa chambre, il monta devant sa porte une véritable faction. « Me pardonnera-t-elle jamais une telle insulte? » s'écria-t-il fondant en larmes, comme si Ermeline avait pu deviner cette folie. Mais il avait dix-neuf ans : il s'en alla retrouver sa maîtresse, qui le réconforta d'abord en lui parlant comme un ami, et qui sut ensuite le consoler autrement.

On devait embarquer le lendemain. Mais la felouque se trouva en retard d'un jour. Il leur en fallut trois encore pour passer à Nice. La mer qui paraissait de loin unie, inoffensive, était soulevée par des houles régulières et prolongées. Charlieu eut tout le loisir d'être malade. Il se crut déshonoré aux yeux d'Ermeline; mais Souberbielle vit plus clair : elle avait, comme toutes les femmes l'instinct de soigner ; elle n'en voulut pas à Charlieu de cet accident ridicule, et elle prodigua ses secours impassibles à ce mal inélégant. Le troisième jour fut plus favorable au chevalier. La mer semblait s'être apaisée tout exprès pour leur donner à tous, en vue du port, le regret de la traversée. Charlieu vit cependant le port avec joie. Mais son humeur changea dès qu'il eut touché terre : car il trouva des ordres du général Bonaparte, qui venait d'arriver à Nice, et d'en repartir presque aussitôt pour Albenga, par la route de la Corniche. Charlieu s'informa de cette route : on lui répondit qu'elle était à peu près impraticable aux voitures. Il fallait donc reprendre la mer : ils s'y résolurent incontinent.

Le soleil était radieux. Les côtes, qu'ils suivaient de près avec lenteur, stériles et pourtant riantes, semblaient d'abruptes ruines tout en marbre blanc ou fauve, écrasées sous des assises plus lourdes de porphyre rouge. Des lambeaux de verdure étaient rejetés par-dessus et s'y déchiraient aux pointes aiguës des rocs.

Entre les quatre voyageurs, toute intimité avait disparu. Souberbielle reconnaissait à ce signe que sans s'être rien avoué, sans peut-être rien soupçonner eux-mêmes, Ermeline et Charlieu faisaient bande à part. Les dernières heures de voyage et cette calme navigation auraient pu être si délicieuses sans leur fatale intelligence ! A cette pensée, Henri, si naturellement gai qu'il semblait jusque dans la douleur être inaccessible à la tristesse, s'abandonnait à l'humeur morose. Et ce paysage lumineux l'offensait par la crudité de ses couleurs, par l'insolence de son éclat.

Le décor de San-Remo, où ils touchèrent vers le soir, lui agréa davantage. La ville est précédée d'un bois, où des oliviers tortueux que leur immortalité fatigue, ont grandi, à force de siècles, jusqu'à la taille des châtaigniers ou des cèdres. Les maisons font une traînée en triangle qui s'appuie au rivage de la mer et, par le sommet, à la crête des collines, toutes noires et veloutées. A cette heure, leurs façades étaient dorées ; l'église, plus blanche, retenait au sommet de son campanile un dernier rayon du jour mourant. C'était un spectacle doux et morne, et Souberbielle avait peine à se définir s'il voulait y voir le plus mélancolique des asiles ou le plus désirable des tombeaux.

Ils y passèrent une nuit calme. Ils reprirent la mer de bonne heure. Le voyage fut comme la veille, sans entrain. Ils ne se ranimèrent un peu et ne recommencèrent à parler tous les quatre qu'à l'instant où leurs embarcation, s'écartant d'une île rocheuse, piqua droit sur la terre. Ils arrivaient à la marine d'Albenga. Le village était plus loin dans les terres, précédé d'une plaine toute nue. Ils furent désappointés. Ils s'attendaient à trouver une ville, puisque l'on transportait ici le quartier général de l'armée ; et bien qu'ils eussent, au cours de leur long voyage, accepté de plus mauvais gîte, celui-ci les navra comme pas un, et provoqua leur nostalgie.

Ils s'informèrent : la route du Piémont était bien gardée aux extrémités par des troupes françaises, mais on n'avait ici aucune nouvelle encore du mouvement de Bonaparte. Livrés à eux-mêmes, ils durent se mettre en quête de n'importe quel logis, en attendant.

Ils ne trouvèrent qu'une misérable hôtellerie. Puis désœuvrés, ils errèrent, ne s'intéressant guère à la grossière mosaïque dont sont pavées les rues, aux tours carrées qui flanquent de vieilles maisons, ni à la tour de la cathédrale, toute rouge, en briques, ni aux trois lions très anciens qui décorent la petite place voisine, et qui sont à demi dissous par la vétusté. Ce sont toutes les curiosité d'Albenga.

Ils rentrèrent dans l'hôtellerie, harassés par ce piétinement. L'heure du souper arriva sans qu'ils eussent faim. Ensuite ils demeurèrent assis autour de la table. On eût dit qu'ils attendaient quelque chose, et que pour des motifs différents, ils n'osaient plus se quitter.

Volumnie céda la première, et remonta dans sa chambre. Ermeline, comme fascinée ou anéantie, ne bougeait point. Charlieu se promenait en long et en large avec irritation. Et Souberbielle restait debout, immobile, avec la volonté farouche de rester là, s'il fallait, toute la nuit.

Tout à coup, sa volonté chancela. Il renonçait à la lutte ; et sans pouvoir s'expliquer ce brusque revirement, il sortit, il courut. Il n'avait dit adieu à personne. Il gémissait sourdement. Au lieu de se retirer dans sa chambre qu'il partageait avec Charlieu, il entra dans celle de Volumnie. Elle dormait déjà. Lui, sans lumière, penché en avant, le front contre la porte, il se mit à écouter, avec une patience d'affût. Il voulait savoir si Ermeline et Charlieu... Il ne voulait pas dormir avant de les avoir entendus rentrer chacun chez soi.

En bas, Ermeline était seule avec l'autre, bouleversée, sûre qu'il parlerait. Elle avait déjà le pressentiment du charme rompu. Elle espérait aussi, mais de mauvaise foi, comme on espère des impossibilités avérées, qu'il ne parlerait point et que rien ne serait changé entre eux. Sa pensée régulièrement, oscillait entre cette crainte et cette espérance. Charlieu allait et venait.

Ermeline tourna les yeux et vit que la porte était restée ouverte, sur le jardin. Il faisait à l'extérieur une température si tiède qu'elle ne s'en était pas aperçue. Il fallait traverser le jardin pour monter aux chambres. Le jardin n'était qu'un berceau de vignes. Par-dessus, un peu du ciel noir apparaissait constellé. Ermeline eut la certitude qu'elle allait sortir par là, s'échapper sans affectation de fuite, mais lentement, sûrement.

Elle n'avait aucune force pour se lever. Elle n'avait aucun désir de se lever. Puis elle observa que Charlieu lui parlait, et qu'il devait parler depuis très longtemps. Oh ! ce n'était plus le même homme. Il n'avait aucune hardiesse. Sa voix même était changée, plus haletante, plus étouffée, timide. Elle ne comprenait pas un seul mot de ce qu'il disait ; mais elle devinait en lui un cœur distingué que son propre cœur appréciait. Elle n'avait pas non plus de parti pris : elle ne craignait pas d'aimer. Seulement toute sa personne sensuelle se refusait à Charlieu. Pour qu'elle aimât, fallait-il donc, outre les agréments extérieurs que Charlieu réunissait tous, fallait-il donc qu'un être élu lui fût miraculeusement désigné ? Peut-être.

Comme elle avait la sensation d'être plutôt repoussée par lui, par contraste il lui parut qu'elle était de plus en plus attirée vers cette porte. Agie comme par une volonté extérieure, elle fit à l'improviste ce que depuis longtemps sa volonté propre avait décidé. Elle se leva, marcha vers la porte, fut dehors. Elle sentit que Charlieu la suivait, mais elle ne se hâta point davantage. Il l'atteignit, il la saisit, il l'effleura d'un baiser.

Le dernier doute se déchira. Elle vit, elle vit dans une certitude fulgurante qu'elle ne voulait pas, qu'elle ne pouvait pas aimer par lui. L'angoisse fut encore plus atroce qu'elle n'avait prévu. Elle cria, elle courut. Qu'était-ce donc qu'un baiser, pour cette femme en vérité fort pure, mais un peu aguerrie par les bacchanales du présent siècle, pour cet homme accoutumé aux passades du précédent; et pour quelle destinée amoureuse Ermeline se réservait-elle intacte? Tous les deux, à travers leur trouble, eurent l'étonnement ingénu du drame excessif qui se jouait entre eux malgré eux-mêmes. Mais ils se quittèrent assurés que l'expérience était définitive et ne se recommencerait jamais plus.

Ermeline, rentrée chez elle, enfermée, resta debout, interdite, au milieu de sa chambre. Un nom lui était venu aux lèvres tout de suite : « Frédéric ». Quoi? Elle a failli céder à un autre? Elle n'aime plus Louveau? Elle ne l'aime plus, elle a traversé la France pour le poursuivre! Mais elle ne voudrait point ne pas être partie. La voilà en détresse, et elle a l'instinct, fatal aux femmes, de se remettre en tutelle d'homme. Où son imagination se reprendrait-elle, sinon au souvenir de Louveau? Sa conscience ne lui trahit point la cause uniquement mécanique de ce revirement inespéré. Elle peut se faire illusion, elle peut croire que son amour vient de renaître après une crise, après une aberration.

Mais elle tressaille. Elle a entendu comme une plainte dans la chambre de Volumnie, et son nom prononcé. Elle ne cherche pas à comprendre. Elle ne réfléchit pas. Elle va. Elle ouvre la porte. Et dans cette nuit si claire que l'œil n'y hésite pas, elle voit d'abord Volumnie qui dort très paisiblement. Mais au pied de son lit, Souberbielle... Ah! il n'a pu se contenir davantage quand il a entendu Ermeline remonter précipitamment et tirer les verrous. Ses nerfs se sont détendus. Il est tombé là, presque à genoux, dans une position contournée, et il pleure de tout son cœur, de toutes ses forces, il pleure contre son bras ployé dont il se cache le visage. Ermeline lui prend la main : elle ne sait plus ce qu'elle fait. « Henri, murmure-t-elle, Henri... » Et elle se penche, et elle dépose, avec quel sensuel frémissement des lèvres, mais avec quelle maternelle chasteté, elle dépose sur le front moite de l'enfant, ce baiser que tout à l'heure elle vient de refuser à Charlieu. Il ne pleure plus. Elle se glisse dehors. Elle referme la porte sans bruit.

Charlieu ne pouvait pas s'endormir. Il vit que le lit de Souberbielle était vide. « L'heureux garçon, pensa-t-il, se console avec Volumnie. » Cela lui inspira sur-le-champ l'idée de faire comme lui à la première occasion. Alors il lui fallut bien reconnaître que, ce soir, par exemple, cette vulgaire consolation lui aurait pleinement suffi. Il n'était qu'irrité de la résistance d'Ermeline : il aurait voulu en être désespéré. N'était-ce donc, cette fois encore, qu'un fugitif caprice et non l'amour?

Tous les jours, on marchait, on allait devant soi.

III

C'est la nuit, dans une grange. Louveau ignore le nom du village qui doit être proche encore de Paris : car la marche a commencé tard, et on a ménagé les hommes pour cette première étape. Mais peu importe à Louveau la quantité des distances parcourues : le seul fait d'être éloigné implique pour son imagination stupéfaite l'infini même de l'éloignement.

La nuit est impénétrable ; mais ses yeux, d'une fixité féline, percent les ténèbres. Il découvre à l'entour de lui ses compagnons prostrés à terre, dans un sommeil dont l'immobilité suggère inéluctablement l'idée de la mort. Et comme ils sont tombés au hasard, les uns isolés, les autres en tas, Louveau ne peut éviter de croire que c'est ici son premier champ de bataille. Il y est seul resté vivant : car il est le seul qui émerge de tout son buste dressé raide, il est le seul qui fasse craquer la paille sur laquelle il est assis.

Cette marche insignifiante l'a brisé. La fatigue le supplicie dans tous ses membres et dans toutes ses articulations. Il est en même temps obsédé par les représentations fantastiques d'une traversée à pied de la France entière ; et il s'abîme dans le désespoir, à la pensée que ce voyage fou, matériellement impossible, s'accomplira certainement.

Il jouit pourtant d'une parfaite et peut-être anormale lucidité, d'une lucidité froide et critique, exceptionnelle pour lui. Il restitue, avec un relief extraordinaire, les moindres détails de la précédente journée, de l'avant-dernière nuit ; il juge impartialement les mobiles de ses actions, et il dégage de ce que sa résolution extrême suppose d'impersonnalité : mais il se reconnaît encore suffisamment responsable pour ne s'en prendre qu'à lui-même d'avoir aliéné sa liberté à l'Etat, qui venait de la lui rendre si attrayante et si neuve par l'affranchissement du divorce.

Qu'il s'en allait hier légèrement, après

la petite émotion de l'adieu à Ermeline, sur le trottoir! Si gaillardement qu'il eût porté les chaînes du mariage, quelle délivrance de les sentir rompues! C'est maintenant qu'elle se justifiait, l'espérance vaguement conçue cette nuit, d'offrir un lendemain acceptable aux réserves de sa jeunesse et de recommencer toute sa vie. Tout ce qu'il faisait ensuite, il le faisait avec une insouciance et une gaîté incroyables, jusqu'à l'heure où il allait vendre sa défroque de muscadin chez un fripier, qui l'habillait en échange d'une apparence d'uniforme. Force lui était bien de comprendre alors qu'il avait mis à sa liberté des entraves plus étroites, qu'il s'était vendu en esclavage. Et quel dégoût quand il rejoignait la troupe, ces brutes, ce bas-officier soûlé par lui au bal pour obtenir son imbécile engagement, ces valseurs encore dépeignés d'hier, dont plusieurs, ayant fait mine de résister, avaient des cordes aux mains! On partait. Louveau, avec une docilité machinale, essayait de se mettre au pas des autres. Aux faubourgs populeux succédaient les banlieues pelées, puis la campagne, jusqu'au gîte anonyme de ce soir.

Puisque le contrat de vente passé avec la Patrie ne pouvait plus être déchiré, c'est bien, Louveau acceptait le fait accompli. Mais il vivrait à part, hostile et silencieux. Il s'en faisait à lui-même le serment funèbre; il en prenait à témoin la nuit : et il jetait des regards d'assassin sur tous ces hommes qui dormaient.

Mais il était trop humilié par la fatigue pour se maintenir, même en rêve, si haut dans l'isolement. Sa fantaisie, pour le distraire, lui représenta les tableaux de la vie enchanteresse qu'il eût menée à Paris, débarrassé d'Ermeline. Réconcilié par la privation irrévocable avec ces plaisirs, dont hier il était blasé par l'abus, il y trouvait des ressources pour toute une existence, pour cent existences d'hommes. Il en craignait moins le vertige que sa lucidité actuelle, et cette paix, où, même à travers les sensations de sa lassitude musculaire, il goûtait un ineffable repos : repos trop majestueux et trop sévère pour plaire à son cœur de fou.

Chez un homme dont les énergies sont ainsi détendues, tous les souvenirs, même ceux des jouissances viles, tournent à l'attendrissement. Il fallut donc — et Louveau en fut tout saisi, bouleversé, honteux, il fallut qu'il pleurât l'irréparable : le long de ses joues d'homme fait, le long de ses joues de mauvais drôle, le long de ses joues de soldat, deux larmes coulèrent, à cause desquelles il ne reprocha plus à la nuit l'ombre épaisse qui les dissimulait.

Or, à tout âge, quand la source stérilisée des larmes se rouvre, c'est un instinct d'en appeler à la consolatrice des premières larmes, à la berceuse des premiers chagrins. Mais sa mère, Louveau l'avait à peine connue, et c'est le nom d'Ermeline qu'il murmura sans y prendre garde. Elle ne dut peut-être l'hommage de ce regret qu'à un naïf mouvement d'égoïsme ; peut-être à la douloureuse comparaison que fit Louveau, entre le bon lit des précédentes nuits, et le lit fait d'un peu de paille sur la terre battue, où il s'allongeait enfin, vaincu par le sommeil. Mais quand même il se retourna, dans une câlinerie d'imagination, vers cette femme qu'il avait quittée voilà quelques heures, le cœur léger, l'ironie courtoise aux lèvres; il s'endormit les yeux mouillés en pensant à Ermeline et en murmurant son nom. Il se réveilla en le murmurant encore, avec moins de mélancolie, mais avec plus de détresse ; et peut-être la cause en fut-elle aussi puérile, aussi matérielle, peut-être fut-ce qu'on le tira trop tôt du sommeil où il s'était enfin plongé, et qu'il se rappela ses grasses matinées de Paris.

Après une heure de marche il s'échauffa, moins fatigué qu'au départ; mais il fut pris de fièvre, il ne retrouva pas non plus sa lucidité d'hier soir, toutes ses idées se confondaient. Elles se confondirent davantage les jours suivants. La petite lueur d'affection pour Ermeline, qui s'était rallumée dans son cœur au choc de la souffrance physique, s'éteignit.

Il n'avait plus de volonté. Il exécutait cependant les résolutions qu'il avait prises : mais s'il vivait à part et s'il ne parlait à personne, c'était abrutissement plutôt que parti pris. Tous les jours on marchait, on allait devant soi; on allait le même nombre d'heures, et on parcourait le même nombre de lieues. Le soir on dormait dans des villages dont personne ne cherchait à connaître le nom, et que le lendemain on quittait sans retourner la tête.

Mais tandis que Louveau se laissait vivre ainsi comme une bête et pousser en avant, une œuvre miraculeuse s'accomplissait en lui. Jeune, sain, vigoureux, il avait, depuis des années, dépensé quotidiennement le revenu de ses forces d'une façon déraisonnable et hors nature : il en attribuait les ressources à des dépravations que lui imposaient les mœurs à la mode, mais que ne lui commandait point son tempérament simple, étranger à toute perversité.

L'abdication de sa volonté, l'aveuglement de sa conscience permirent que le budget de ces énergies mal administrées fût remanié à son insu. Pendant qu'il était, pour ainsi dire, absent de lui-même, d'une façon mécanique et irrésistible toutes ces réserves reprises furent redistribuées normalement. Louveau dépouilla, sans y voir clair, la hideuse défroque de vieillard dont s'étaient affublées depuis trois ans sa maturité de corps admirable et sa candeur d'âme enfantine.

L'infinie lassitude qu'il avait ressentie les premiers jours, ne venait pas seulement de la marche et des exercices, mais aussi, mais surtout de ce remaniement de tout son être. Dès que, la crise accomplie, il n'eut plus à supporter que la fatigue brute, il fut assez fort : il fut bientôt plus fort même qu'il ne fallait. Un soir, Louveau, en arrivant à l'étape, sentit qu'il lui restait des forces pour aller plus loin. C'était une sensation flatteuse, et un peu irritante comme celle de quitter la table sans avoir été jusqu'au bout de son appétit.

On bivaquait en plaine, ce soir-là. Au lieu de tomber comme une masse et de s'endormir dès la soupe, Louveau partit à l'aventure. De rudimentaires idées s'organisaient en lui, comme si le léger excès de force que sa dépense musculaire laissait inutilisé, s'employait tout de suite à ressusciter son entendement.

Il ne se débrouillait pas assez pour se définir sa métamorphose : il en avait toutefois un sentiment, que sa conscience lui exprimait, sinon dans les termes propres, du moins sous une forme d'allégorie : il lui semblait, en reprenant possession de lui-même, pénétrer dans un logis neuf, frais encore et sans aucun meuble. Quand Louveau jetait les yeux autour de lui, sur les objets inanimés, sur la campagne, sur les hommes, il ne lui semblait découvrir que des nouveautés toutes récentes, des créations et des créatures d'hier: il devait avoir, en circulant dans la nuit parmi les feux de bivouac, le regard ardent et naïf que l'imagination prête au premier homme, s'éveillant adulte et puéril aux surprises matérielles et aux enchantements édéniques.

S'il lui fallait tant de détours et d'approximations pour se rendre compte de sa métamorphose, à plus forte raison Frédéric ne pouvait-il point comprendre directement le miracle que cette métamorphose venait d'accomplir, l'être exceptionnel qu'elle avait fait de lui, affranchi de son hérédité, détaché même de ses antécédents personnels. Toutefois la connaissance de ces résultats

IL SE RAPPROCHA DES FEUX

merveilleux ne lui était pas entièrement refusée ; mais il fallait encore qu'elle se présentât accommodée sous la forme concrète d'un sentiment : elle se réduisit à une conscience d'être tout jeune et tout inexpérimenté, tout nouveau jeté dans la vie ; Frédéric se rappela le chiffre de son âge : vingt-cinq ans révolus. Et ce chiffre qui lui était respectable quelques jours auparavant, lui semblait aujourd'hui moins que rien.

Une joie s'épandait en lui qu'il ne s'expliquait point : car rien ne lui était arrivé d'expressément heureux. Mais c'était la joie véritable et essentielle, celle qui détermine, fût-ce à notre insu, un développement de notre être, un accroissement de nos puissances de vivre. Seulement, comme Louveau était jeune, comme la révolution intime qu'il subissait semblait se résumer toute dans un rajeunissement, cette joie, si grave qu'elle fût par ses origines et par ses causes, affectait ainsi qu'à cet âge les allures de la gaieté. Louveau, pris de subite impatience, en eut assez d'être seul.

Il se rapprocha des feux. Presque tous les hommes dormaient. D'autres causaient à mi-voix. Il avisa parmi ceux-ci quelques-uns de ceux qui étaient soldats depuis le même jour que lui-même. Il voulut voir sur leurs visages les traces de la même jeunesse et de la même hilarité. Cette ressemblance lui inspira une sympathie très vive pour ces gens qu'il ne connaissait point : et il aurait voulu se mêler à eux.

Mais lui qui, le premier soir, s'était juré avec un dédain superbe de n'adresser la parole à aucun, n'osait maintenant de lui-même prendre part à leurs entretiens : ce n'était pas, à vrai dire, de la timidité, mais une espèce de sauvagerie. Pourtant, il choisit deux soldats qui parlaient plus haut que les autres, qui bientôt parlèrent seuls. Leurs rires éveillaient en lui des échos. Il vint sans rien dire se coucher près du feu à leurs côtés : feignant de dormir, il les écoutait, et il rassasiait sa faim de gaieté avec la gaieté d'autrui. Lorsque le silence fut établi complètement, après quelques grognements de dormeurs et quelques réprimandes brèves de gradés, lui-même s'endormit avec une grande amitié au cœur pour ces deux camarades, que le lendemain, au réveil, il ne put jamais retrouver.

Mais ce jour-là il eut la langue déliée. Cette sauvagerie, si bizarre chez un homme de luxe égaré parmi des rustres, cette sauvagerie, en vérité, ne s'apprivoisait pas encore : mais elle devait céder au besoin de camaraderie qui devenait irrésistible pour Louveau. Non que son cœur mélancolique essayât par ce subterfuge de tromper ses appétits, comme il est fatal toutes les fois que des hommes sont cloîtrés, parqués ensemble : c'était sa gaieté seulement qui voulait se répandre et se communiquer.

Le crédit de ses forces, d'abord égal à ses dépenses, avait rendu à Frédéric l'équilibre et la santé. L'excès des recettes maintenant ne se laissait pas épargner. L'action, qui est le nécessaire, ne suffisait plus à Louveau : il lui fallait le superflu du jeu. Il lui fallait le coup de poing et la bousculade. Il lui fallait le cri. Après avoir tant de jours, tant de jours qu'il ne les avait pas comptés, marché morne et voûté le long des routes, environné d'une armée et pourtant seul, assailli par la joie des autres, et pourtant muet, il exigeait à présent de cheminer la tête haute et la poitrine développée, la bouche ouverte aux chansons.

Il jouissait du bonheur absolu qui n'est possible qu'aux êtres ponctuellement servis par la destinée suivant les exigences de leur état. Il n'aurait pu souffrir que du défaut de liberté : or il se trouvait dans une condition d'indépendance inhabituelle à cet âge d'enfant où il semblait être revenu. Certes il était soumis aux règlements militaires ; mais la discipline n'est dure que par la tyrannie ou l'arrogance des chefs : rien que la forme républicaine du tutoiement et la familiarité des supérieurs en déguisait l'humiliation. Et puis, que coûtait à Louveau ce servage purement matériel ? C'est l'émancipation morale qui importait. Libre de tous liens sociaux, de toute convention, de tout contrôle, il se sentait agile et dégagé comme un barbare qui, longtemps embarrassé de vêtements, recouvrerait le droit à la nudité.

Surtout, il avait le grand air, l'espace et le mouvement en avant. On ne couchait pas deux nuits de suite dans le même endroit. La raison de Louveau ne s'affolait plus au calcul inexécutable des distances déjà parcourues, des distances à parcourir encore. Elle se délectait au contraire à supputer avec précision la somme grandiose des distances qu'on doit accumuler à la fin, lorsqu'on accomplit patiemment le même chemin tous les jours. Il se disait gaiement : « Nous avons encore marché six lieues aujourd'hui. » Et cela le faisait rire de bon cœur, comme ces petites histoires quotidiennes dont se gaudissent les collégiens, sans que les personnes désintéressées y puissent découvrir la moindre trace de comique.

Il prenait plaisir aux plus insignifiants détails de ce voyage, dont la monotonie lui

On marchait au pas de route.

échappait entièrement, et qui, pour lui, ressemblait beaucoup à un voyage de bohémiens. On marchait au pas de route, à la débandade, en devisant. On faisait aussi, tous les soirs, des espèces de répétitions : c'est-à-dire qu'on enseignait aux jeunes soldats les mouvements les plus simples et l'usage de leur fusil. Louveau, qui s'était

IL FUT ÉLEVÉ AU GRADE DE CAPORAL.

montré au premier jour dégourdi et physiquement doué, devint bientôt le moniteur des retardataires. Comme il possédait la prestance et un organe retentissant, il fut élevé, quelques jours après, au grade de caporal. Il ne se retrancha point dans son importance nouvelle : cette supériorité officielle ne fit au contraire que lui rendre un peu plus de laisser-aller dans la camaraderie, un peu plus de hardiesse dans la familiarité.

Car il était resté malgré tout aussi sauvage que naguère, par suite d'un sentiment obscur et complexe que lui-même ne savait pas démêler.

Dans cette refonte des tempéraments et cette redistribution des énergies, qui s'était chez ses compagnons opérée comme chez lui-même (car Louveau avait vu juste), tout l'effort de la nature réparatrice avait porté sur l'économie de la musculature et sur les fonctions gymnastiques. Sans doute, aux traversées des villages, quelques-uns, mais rarement, se jetaient sur les femmes, complaisantes ou violentées. Mais l'instant d'après on n'y pensait plus. On y pensait moins encore à l'avance, et surtout on n'y rêvait pas. Ces jeunes garçons vigoureux n'avaient point la préoccupation des femmes, et leur âpre renouveau s'achevait sans une inquiétude sensuelle.

Ils allaient, brusques et farouches, comme des athlètes jaloux de leur force, et qui ne se soucieraient point de la dilapider en plaisirs. Ils laissaient voir, jusque dans l'obscénité de leurs gros récits, jusque dans l'ordure de leurs propos, je ne sais quelle indifférence de la chair et quelle brutale chasteté.

Louveau, à cause de cela, se trouvait dépaysé parmi eux. Non qu'il gardât la mémoire et le remords de ses excès : l'éponge avait passé, et à ce titre il avait le droit de se prétendre aussi neuf, aussi peu expérimenté que les plus rustres et les plus primitifs de ses camarades. Et puis d'ailleurs combien d'autres, les réquisitionnaires notamment, avaient dû purger leur mémoire des mêmes souvenirs importuns ? Non, ce qui le mettait à part et le distinguait de ses compagnons, c'était le souvenir d'Ermeline.

Naguère, le muscadin qu'il était n'avait pu soupçonner qu'Ermeline fût la femme véritablement femme, par lui secrètement souhaitée. Le soldat régénéré d'aujourd'hui n'eût peut-être pas ainsi frôlé le mystère sans y prendre garde. C'était assez pour qu'Ermeline, sans qu'il en déduisît les raisons, usurpât dans son souvenir un rang d'importance qu'elle n'avait jamais obtenu dans l'actualité du passé. Louveau n'avait considéré son mariage que comme une passade légitime, en fin de compte pareille aux autres : il lui restituait à présent une valeur singulière dans l'histoire de sa première période de vie. Rien dans ce passé détestable, même les plus monstrueuses folies, ne l'empêchait d'être maintenant, après son lavage d'âme, aussi neuf que les autres : ce souvenir seul l'en empêchait, seul il restait ineffaçable.

Il ne sollicitait plus le cœur de Frédéric

à des retours de tendresse inattendus, ainsi que le premier soir. Non, si Louveau eût été capable, en ce moment, d'un sentiment bien défini à l'égard de l'abandonnée, il n'eût éprouvé que rancune : il n'eût point pardonné à Ermeline de le mettre à part. Mais il s'occupait bien d'Ermeline ! Cette différence d'état, vaguement sentie de lui-même et ignorée de tous les autres, le gênait obscurément, voilà tout. Il avait des scrupules et des hontes inexplicables. Puisqu'il faut rapporter toutes ses impressions de cette époque à celles du plus jeune âge, Frédéric se trouvait comme parmi de jeunes garçons encore ignorants de la femme, un garçon qui en a subi l'atteinte prématurément, et qui s'en cache ainsi que d'une tare.

C'était une inquiétude persistante, qui semblait menacer parfois de rendre moins régulière l'évolution de sa noble métamorphose. Louveau redevenait insociable à ses heures. Même ses forces physiques défaillaient alors : et ce double accident provenait toujours de quelque hasard de la route, qui suscitait un rappel d'Ermeline.

Un soir qu'ils s'arrêtèrent, entre Avignon et Arles, dans une campagne très fortement parfumée, l'escouade que Louveau commandait fut accueillie dans une ferme. On fit asseoir les soldats à la table de famille. Le père, avec sa barbe blanche, était vénérable comme un pasteur des anciens âges. La mère, desséchée comme si un feu intérieur la brûlait, avait des yeux resplendissants. Le fils n'était qu'une brute têtue et muette ; mais la fille, sous sa mante noire d'Arlésienne, apparaissait d'une irréprochable beauté.

On installa l'escouade pour la nuit. Tous les hommes eurent des matelas par terre ; et même, Louveau, qui était gradé, coucha dans une chambre, dans un lit. Mais tandis que les autres s'endormaient lourdement, lui demeura éveillé, repris de fièvre. Et au petit jour, quand ses hommes vinrent le secouer pour partir, ils le trouvèrent si hâve, si brûlant, si fléchissant sur ses jambes molles, que l'un d'eux courut prévenir un officier. Quelques instants plus tard, une chose inimaginable se trouvait réalisée : la troupe était en marche, et Louveau restait en arrière, seul dans ce pays inconnu, sans autre viatique qu'une feuille de route, où il lisait le nom d'on ne sait quel village perdu dans les Alpes.

La détresse redoubla sa fièvre. Puis il se calma tout à coup. Ses forces ressuscitèrent. Il se leva, il descendit dans la grande cour de la ferme, et il s'assit au soleil sur la margelle du puits, tourné vers la porte charretière qui était ouverte. Soudain convalescent, il n'en revenait plus de s'être laissé abandonner ainsi ce matin. Mais il avait recouvré avec ses forces l'assurance et le sang-froid.

Il s'assit sur la margelle du puits

Il s'aperçut alors que la belle fille d'hier était assise vis-à-vis de lui. Elle le regardait en face et naïvement. Lui, si fat jadis, ne se doutait plus guère qu'une séduction souveraine émanait de sa personne transformée. L'habit moins carré des basques et mieux ajusté au corps, faisait valoir sa désinvolture. Il était grand. Son visage, à qui naguère la perruque filasse donnait un air tout fripé, n'était plus encadré maintenant que des mèches noires de ses cheveux. Ses traits, marqués fortement par une maigreur saine, n'accusaient cependant qu'une jeunesse à l'aube de la maturité. Ses lèvres nues étaient encore plus hardies et plus éblouissantes que ses yeux. Et rien que le geste dont il appuyait sa main droite sur la margelle du puits, exprimait une telle aisance et une telle sécurité dans la force, qu'il devenait impossible à cette fille de ne point le contempler avec une admiration ingénue. Frédéric soutint son regard et ne s'en étonna point; car il avait d'instinct l'orgueil mâle de cette beauté qu'il ignorait.

La fille vint s'asseoir auprès de lui, sans timidité, mais avec une certaine chatterie. Elle s'informa de ses nouvelles poliment. Il répondit qu'il était reposé, et que, possédant un peu d'argent auquel il n'avait point touché depuis Paris, il allait se mettre en quête d'une voiture, afin de rejoindre la colonne qu'il avait hâte de rallier.

Elle répartit que son frère pourrait le conduire demain jusqu'à la ville d'Arles. Puis elle demeura sans rien dire à côté de lui. Des oiseaux chantaient. La chaleur printanière oppressa Louveau et l'affadit. Il se représenta les autres, en marche. Comme on serait loin déjà quand lui-même pourrait se remettre en route demain! Si loin, que sans consentir à se l'avouer, il renonçait à l'espérance de les rejoindre jamais. Il savait bien qu'il ne faisait pas réellement partie de leur troupe : il se rappela qu'il n'était point bâti comme les autres, et ce fut le simple contact de cette fille indifférente, qui éveilla cette fois en lui un sentiment habituellement dû au souvenir d'Ermeline.

Sa conscience marquait les heures et calculait mécaniquement les distances parcourues par la troupe en marche. Plus le calcul s'amplifiait, plus se déterminait chez Louveau la certitude d'être abandonné sans recours. Et le brave qui n'eût point tremblé au feu, le voyageur aguerri, qui avait l'esprit d'aventure, prenait peur comme un enfant. Ce fut pire le soir, quand il se vit seul étranger à cette table de famille où la veille tous ses camarades s'étaient assis. Etourdi ou réconforté par leur présence, il n'avait perçu que vaguement ce qui le gênait ici pour respirer, dans cette famille patriarcale et sédentaire : il comprit que c'était la présence et l'atmosphère des femmes. Ce fut pire encore lorsqu'il se mit au lit, dans un accès nouveau de son intermittente fièvre, avec des allées et venues de femme autour de lui, avec des soins de femme : il comprit qu'il ne fallait pas attendre sa guérison pour partir, et qu'il ne guérirait au contraire qu'après s'être échappé d'ici.

Mais il traîna plusieurs jours. Lorsque l'on put enfin le hisser sur une carriole, il s'enfuit. La fille le regardait s'éloigner dans la poussière blanche de la route. Lui n'y pensait déjà plus; et il n'emportait de cet épisode inachevé qu'une injustifiable colère contre le souvenir d'Ermeline.

Dès qu'il fut loin, dès qu'il fut seul, il guérit et reprit courage. Il allait tout droit devant lui sans regarder, sans rien voir, comme s'il avait eu des œillères. En quatre jours, il fut à Nice. Il devait, suivant sa feuille, se rendre à Garessio. Il interrogea des officiers, qui lui conseillèrent de prendre la route de montagne et de passer par Ormea; mais il ne trouva point de voiture, et il préféra pousser par la Corniche jusqu'à Oneglia, et même jusqu'au village d'Albenga, que ses yeux peu accoutumés à consulter les cartes, jugeaient être en communication plus directe et plus facile avec celui de Garessio.

Pour commencer, le chemin de la Corniche était si rude qu'il en dut faire à pied la plus grande partie. Mais à monter et à descendre le long des rocs où était entaillé un sentier de chèvre, Louveau achevait l'éducation de son corps : il l'assouplissait. En arrivant à Albenga, il était parfaitement dispos. Il ne s'y arrêta qu'une nuit, dans cette même auberge où Ermeline et Charlieu, Volumnie et Souberbielle avaient passé quelques jours auparavant. Et le lendemain, à l'aurore, il partit.

Il était temps. Ses provisions de route payées, il ne lui restait plus un liard en poche. Cependant Louveau s'était interdit toute dépense inutile; comptant comme telle de faire réparer ses vêtements en lambeaux ou ses souliers entièrement dépourvus de semelles. Mais il ne lui déplaisait point d'être accoutré de la sorte : au moins l'on ne pouvait plus sous ces haillons le prendre pour une recrue.

Il traversa la petite ville endormie, pour la première fois ouvrant ses yeux à la curiosité des objets, amusé pour la première fois par un rien d'exotisme. Mais les dernières maisons dépassées, il eut tout de suite en face de lui un rempart de montagnes. Cette muraille allait de biais, et la route qui la trouait au milieu étant masquée par la perspective, elle semblait continue, sans ouverture. Louveau se demanda naïvement s'il allait être forcé de monter jusqu'au sommet, tout droit, pour descendre ensuite par l'autre versant ; et il essayait d'apprécier les altitudes. Mais les montagnes, à cette heure matinale, étaient vêtues de brumes, de loques de brumes qu'elles perçaient déjà çà et là comme des géants superbes et maladroits, déchirant, pour s'en dépouiller, leur chemise de brouillard.

Ce qui en jaillissait de toutes parts, c'étaient bien des morceaux de nudité calcinée, velue, ici d'un blond pâle et là d'un roux ardent. Ces formes corporelles ne semblaient point, comme dans les pays de glaciers, immobilisées par le froid, mais stupéfiées par une chaleur torride, et leur majesté était plus accablante en plein soleil que sous la neige. Les lignes interrompues de leur contour se cherchaient, se rajustaient et se continuaient, détachées avec une netteté immédiate sur le ciel profondément bleu.

Il se hata.

Louveau, qui était parti d'un pas allègre, se ralentit afin de ménager ses forces, et marcha tranquillement sur la route, qu'il trouva d'abord plate et commode. Il s'en étonnait. C'est à peine si du côté droit, le terrain formait un talus étagé, où des oliviers étaient plantés en terrasses. Parfois même la route dominait, comme une chaussée ; et le sol s'abaissait surtout vers la gauche, où l'on devinait la coulée d'un invisible fleuve parmi des buissons épais.

Mais bientôt, de ce côté même, les hauteurs se rapprochèrent, et comme la route faisait un coude, Louveau eut la sensation que le cirque des montagnes venait subitement de se refermer sur lui.

Il fit une remarque très simple, qui lui donna une idée plus juste de leur immensité. Les végétations qui se dressaient de part et d'autre, semblaient, comme de coutume, avancer vers lui, à mesure que lui avançait à leur rencontre ; les moindres collines et les plus proches suivaient le même mouvement, mais avec plus de lenteur déjà : tandis que les sommets suivaient le mouvement contraire et marchaient dans le même sens que lui. Il se ressouvint alors d'avoir observé quelque chose de pareil en marchant dans la nuit, suivi par la lune et par les constellations : et il établit aussitôt une distinction saisissante, entre ces arbustes, qui étaient comme lui des êtres individuels, et ces montagnes qui étaient la planète même, l'astre emporté dans l'infini parmi toutes les autres étoiles.

Maintenant, au lieu de mourir à une certaine distance l'une de l'autre, et de réserver entre leurs fondements l'espace d'une vallée, la montagne de l'est et celle du couchant se resserraient si étroitement que leurs plans inclinés se rencontraient et se coupaient au fond des gorges. Louveau eut véritablement une angoisse, comme s'il manquait d'air. Il se hâta. Le silence et la solitude étaient inexprimables. Seuls, par leur carnation blonde, par leurs musculatures gigantesques et vagues, ces blocs, pareils à des monstres momifiés, rappelaient la vie animale : car aucun homme ne passait, aucun oiseau ne chantait. Pourtant la montagne, dont la masse était stérile, semblait par endroits et aussi haut qu'on pourrait l'escalader, cultivée par des mains humaines. Il y avait des terrains exposés au midi, où quelques oliviers pâlissaient ; et parfois un champ, un véritable champ juché dans une anfractuosité de roc, comme une aire d'aigle.

Enfin Louveau rencontra un village qui n'était qu'une longue rue. Il s'y arrêta, moins pour se reposer que pour renouer avec les hommes. C'est là qu'il mangea un peu. Après le village, la route, qui jusqu'ici s'était faufilée entre les deux chaînes de montagnes, se mit à courir, comme en se jouant, du flanc de l'une au flanc de l'autre, avec des montées abruptes et des descentes précipitées. Et celui qui en suivait les lacets devait avoir l'air d'une bête affolée errant de-ci, de-là, à la recherche d'une issue, partout se heurtant à un mur. Louveau fit cette comparaison, mais sans se l'appliquer à lui-même. Il était calme au contraire et maître de lui, plus alerte que jamais malgré sa marche déjà longue, et il s'animait à l'escalade, tout fier de mettre à profit ses qualités nouvelles de souplesse et d'agilité, récemment acquises au passage de la Corniche.

Mais la route se continuait indéfiniment pareille, à peine diversifiée de loin en loin par des apparitions de décors trop arrangés. Louveau apercevait des villages accrochés aux crêtes ou foudroyés dans les abîmes. La plupart s'effaçaient de sa mémoire aussi vite que de ses yeux. D'autres lui laissaient une image plus durable : tel celui de Cérisole, parce que ses maisons bien groupées étaient toutes blanches au grand soleil, et environnées de verdures sévères.

Tandis que les cimes étaient illuminées et comme cernées d'or, le crépuscule s'annonçait déjà dans les profondeurs. Louveau commençait à se refroidir et à s'inquiéter. Le mont Galè surgit vers sa gauche : il se distinguait des autres par sa pierreuse aridité ; c'était un alignement interminable de rochers livides qui dépassaient de la tête les plus hauts sommets. Ils se mirent à poursuivre Louveau si longtemps et avec une telle persistance, qu'il finit par ne plus savoir si lui-même il avançait, et qu'il se découragea.

Mais après un dernier coude la route aboutit à un cul-de-sac : une montagne, creusée en amphithéâtre, reliait les deux chaînes entre lesquelles Frédéric s'était trouvé prisonnier si longtemps. Avec une grande courbe régulière, le chemin passait de l'une à l'autre en suivant le massif qui les unissait, et il montait aussitôt vers la cime, en ligne presque droite.

Louveau, flairant le but, donna un effort. Il eut d'abord un désappointement : la hauteur au flanc de laquelle il peinait était si peu de chose par rapport aux autres montagnes, que celles-ci, bien qu'il s'élevât, continuaient à le dominer de partout. Mais quand il atteignit le sommet, et que l'horizon soudain se révéla, il prit conscience de l'altitude réelle jusqu'où il avait su monter.

La vallée qui se découvrait à ses regards enthousiastes était toute revêtue d'arbres. Elle se développait à l'aise dans un cirque de montagnes pâles ; et surtout elle demeurait ouverte d'un côté, par où elle semblait se relier à une plaine encore plus large. La trace du sentier paresseux qui descendait jusqu'au fond du val avec d'innombrables circuits, luisait entre les verdures. Louveau, qui brûlait d'y courir, ne se reposa

Des estafettes arrivèrent a Garessio

au sommet que par raison et avec impatience. Enfin il s'élança. La pente rapide l'entraînait. Il ne sentait plus la fatigue, tant sa démarche était légère.

Bientôt il atteignit une châtaigneraie. Le contraste était si frappant des sous-bois humides avec l'aridité des rochers et des gorges, qu'il voulut une dernière fois tourner les yeux et résumer dans un seul regard les émotions accablantes ou ingrates de son voyage qui s'achevait. Mais les arbres l'enveloppaient de toutes parts. Il ne pouvait plus voir en arrière. Il s'y résigna de bonne humeur et il poursuivit son chemin.

Les grands arbres s'espaçaient maintenant : ils étaient disposés par bouquets, on eût dit un jardin soigné. Un torrent coulait à gauche, qui avait pour berge la route, et des arbustes fins jaillissaient d'entre toutes les pierres. Et enfin, Louveau, avec un grand battement de cœur, entra dans le village. Il fut à l'improviste entouré de ses compagnons d'armes qui lui posaient des questions. Ceux mêmes qui ne le connaissaient point se réjouissaient de le voir.

On le promena dans l'unique rue, qui était sale, tortueuse, et d'un bout à l'autre empestée par l'odeur forte des fromages. Les gens du pays, devant leurs portes, assistaient, avec une curiosité méfiante, aux évolutions des soldats : c'étaient des hommes aux yeux perçants, aux lèvres closes, des femmes jaunes et sèches, parées de voyantes cotonnades, et des enfants lamentables aux lourdes têtes. Garessio, par des étranglements et des renflements successifs, finit et recommence trois fois, pour aboutir à une longue chaussée toute droite, entre deux langues de terre cultivée. On ne conduisit Louveau que jusque-là. Il fit volte-face, et vit d'ensemble le village qui s'adossait aux montagnes : elles lui parurent insurmontables, quoiqu'il vînt de les franchir. Une porte, lui sembla-t-il, s'était refermée sur lui, afin de lui couper toute retraite : il transposa cette impression physique, il en fit un symbole de son renoncement au passé ; et il fut soulagé d'un poids, comme un homme définitivement absous.

Pourquoi, par quel caprice de l'imagination, le souvenir d'Ermeline lui fut-il alors représenté? Il ne pouvait ressusciter sans un rappel de cette gêne éprouvée naguère par Frédéric au contact de ses camarades trop différents de lui-même. Mais Louveau se rappelait cette gêne comme un sentiment qu'on n'éprouvera plus. Il était enfin pareil aux autres. Il n'avait donc plus de motifs pour en vouloir à Ermeline, et elle put, durant les trois jours qu'il demeura dans Garessio, s'offrir à sa mémoire plusieurs fois sans risquer d'être rejetée avec colère. Louveau même pressentait, entre le cœur d'Ermeline et son propre cœur transformé, la possibilité d'une entente et de virtuelles harmonies. Mais ce n'était ni un regret ni l'expression d'un désir vague : ce n'était qu'une vue théorique, et partant bien indifférente à un homme aussi pratiquement actif, aussi peu idéologue que Louveau.

Il s'intéressait bien davantage à celles de ses impressions qui étaient neuves. C'était donc cela, faire la guerre ? A l'abri dans cet asile inexpugnable, il savait bien que d'autres régiments, faisant partie de la même division, occupaient çà et là des positions analogues, en arrière, dans la montagne. Il savait que le reste de l'armée était disséminé ainsi : il le savait, mais il n'en avait pas le sentiment. Il savait de même, et de même comme une vérité abstraite qui n'aurait point d'action sur la sensibilité, il savait qu'au bout de cette chaussée droite se trouvait la ville de Ceva, et que les ennemis y campaient.

Cependant lorsque des courriers et des estafettes arrivèrent à Garessio de toutes les directions, apportant des nouvelles et des ordres, Louveau soupçonna que cette armée hypothétique avait une existence réelle. Il lui parut que les divers tronçons de cette unité disloquée faisaient pour se réunir des efforts instinctifs, peut-être même intelligents.

Puis une demi-brigade arriva, et on abandonna Garessio. On se dirigeait vers Ceva. Louveau eut clairement conscience que l'on prenait l'offensive, et il se figura que la campagne allait enfin s'élargir : car il ne pouvait se représenter la guerre que dans une plaine sans accidents, où l'armée, tout entière réunie, exécuterait des mouvements d'ensemble. Il fut dérouté lorsque la vallée au contraire se resserra. Pendant plusieurs jours on ne fit que des allées et venues dans des gorges inaccessibles, pareilles à celles que Louveau avait traversées l'autre semaine pour venir d'Albenga jusqu'à Garessio.

Mais quand il vit que le camp de Ceva était évacué, sachant bien que sa division n'avait pas combattu, il se reprit à soupçonner la présence autour de lui d'une autre force agissante et d'une intelligence qui la dirigeait. Il se faisait de cette intelligence une idée tellement superstitieuse qu'il s'honorait infiniment d'en être l'instrument aveugle. Il regrettait toutefois, il se reprochait même de n'en point pénétrer les desseins, comme s'il eût, de ce fait, mérité une réprimande ; et il vivait dans une agitation, dans une anxiété continuelles.

Un jour, il perçut de très loin le bruit du canon. Ce fut enfin la confirmation sensible de ses soupçons indéterminés : il entendait l'armée qu'il ne voyait pas encore. Alors son inquiétude s'apaisa. Les incohérences de sa vie ne devinrent plus pour sa bonne humeur que des prétextes d'amusement : « Nous sommes en train de faire la guerre, se disait-il du matin au soir, et nul de nous ne s'en douterait si nous n'étions pas avertis. » Il ne se rendait compte que d'une chose, c'est qu'on poussait en avant, toujours, et qu'on pourchassait un insaisissable ennemi.

Le dixième jour, il comprit, aux plus rapides échanges de dépêches, que les autres divisions se rapprochaient, et qu'une action plus sérieuse était à la veille de s'engager. Brusquement, on le fit mettre à genoux derrière un quartier de roc, et il entendit siffler les balles. Alors, croyant toujours que l'on

Il regarda stupidement
l'homme qui roulait.

ne pouvait se battre qu'en plaine, il en conclut que l'armée venait d'être surprise avant d'avoir pu se concentrer : c'était une partie perdue. Mais comme il se trouvait isolé, sans contact avec les autres soldats de sa compagnie déployés en tirailleurs, il ne songea plus qu'à lui-même. L'attaque lui parut dirigée uniquement contre lui, et il se défendit de sang-froid, comme dans un duel. Les Piémontais qu'il voyait agilement se mouvoir sur le versant opposé lui paraissaient de loin tout petits et véritablement inoffensifs.

Sans aucun souci des commandements, il tourna soudain autour du rocher qui l'abritait et rampa vivement jusqu'à un autre bloc plus avancé. Puis il se trouva face à face avec un homme qui l'ajustait à bout portant. Il fit une retraite de corps, évita le coup, poussa l'homme, et le regarda stupidement qui roulait jusqu'au fond du ravin. Alors une folle terreur l'envahit, et il eut en même temps l'inexplicable divination que toute la brigade reculait en désordre, qu'il était resté seul en avant. Il fit un effort désespéré pour rejoindre sa compagnie, se traînant sur les genoux, se hissant avec les mains. Et le soir il fut nommé sergent sans comprendre qu'il s'était distingué par une action d'éclat.

Il essaya de se procurer des renseignements exacts. Il s'informa de la localité où on avait livré le combat : on la lui désigna sous le nom de Saint Michel, et ces trois syllabes furent tout ce que sa mémoire eut à garder de son premier fait de guerre, avec l'image confuse de l'homme qu'il avait précipité.

Sa division reprit l'offensive, et le surlendemain on entendit le canon en avant. Vers la fin du jour, des estafettes apportèrent la nouvelle d'une victoire. L'allégresse du triomphe se communiquait d'un membre à l'autre de l'armée, comme un frisson. Louveau marcha deux jours encore dans les défilés ; puis tout à coup, avec la même surprise que le jour où de la dernière cime il avait découvert le val de Garessio, il vit se développer, par delà les collines de plus en plus basses qui descendaient en étage, la plaine boisée du Piémont.

On lut et on distribua une proclamation du général qui disait : « Annibal a franchi les Alpes, nous les avons tournées. » Il se fit alors une idée grossière, mais juste, des résultats obtenus, et à l'aspect de ces immenses plaines, il ne douta plus que l'armée allait se réunir enfin et prendre corps. Il s'étonna davantage lorsqu'il sut que l'on avait, en quinze jours, remporté six victoires, pris vingt et un drapeaux, cinquante-cinq pièces de canon et plusieurs villes fortifiées. Mais il déplaçait le point de vue de sa conscience et il ne jugeait plus les événements comme ferait une personne isolée, comme un soldat de telle ou telle demi-brigade : il s'accoutumait si bien à se considérer comme partie intégrante, indivisible, du grand être de l'armée, qu'il participait à la gloire de cette campagne où il n'avait joué de rôle que dans un engagement sans importance, et, de plus, malheureux.

Comme il annulait ainsi toutes ses impressions individuelles, et ne se dispersait point dans les détails, il se représentait avec une simplicité admirable l'ensemble des opérations. Il démêlait bien que ces quotidiennes batailles n'avaient pas été, comme les batailles de convention qu'il imaginait, chacune distincte, renfermée dans son cadre, ayant un commencement, un milieu, une fin : elles ne se détachaient point l'une de l'autre, elles n'étaient, à proprement parler, que la continuité d'un seul effort, tendant à écarter un obstacle et à pousser en avant.

Et Louveau par expérience modifiait encore sa conception de la guerre : faire la guerre, à ses yeux, c'était se répandre dans la campagne comme un fleuve irrésistible.

Telle se déroulait cette armée dans son unité majestueuse, réelle dès le premier jour, mais aujourd'hui visible enfin. Ces vainqueurs n'allaient point soutenus, comme les volontaires de quatre-vingt-douze, par une foi patriotique, ni comme plus tard les soldats de l'Empire, par leur fanatisme pour un homme. Ils étaient une force de la nature conduite par une raison supérieure que nulle idolâtrie ne personnifiait. Ils ne connaissaient pas encore l'égoïsme et les vanités encombrantes des futurs traîneurs de sabre. Rapprochés de la nature primitive par la conscience qu'ils avaient d'être une de ses forces vivantes, ils ressemblaient plutôt à ces guerriers des premiers âges, dont l'histoire est inscrite dans les épopées. Ces jeunes hommes charmants et forts étaient des héros authentiques.

L'armée, après une halte, qui fut une victoire sans combat, aux portes de Turin épouvanté, s'ébranla de nouveau et se dirigea vers l'orient. Elle sembla perdre, quelques jours, de sa cohésion et de sa résistance : elle s'étirait pour opérer une marche de flanc, et sentait avec inquiétude qu'elle s'exposait aux surprises. Mais l'annonce d'une suprême victoire courut, remonta depuis les avant-gardes, jusqu'aux bataillons les plus éloignés, avec une célérité électrique ; et la marche se poursuivit. La campagne lombarde qui est pareille à une forêt très éclaircie, pleine de lumière et de brises, rafraîchie par d'innombrables ruisseaux, s'épanouissait au soleil de mai. Pour la première fois ces athlètes ne résistèrent point aux sollicitations d'une atmosphère voluptueuse, et l'armée sembla frissonner tout entière, dans l'éveil d'une gigantesque puberté.

Comme las de triomphes, ils apprirent sans beaucoup d'émoi qu'ils allaient faire une entrée à Milan. Lorsqu'ils pénétrèrent dans ces rues larges, alignées, ils restèrent d'abord indifférents aux cris de joie qui les accueillirent. Mais ce qui les mit hors d'eux-mêmes, ce fut la vue des femmes. Elles se penchaient à toutes les fenêtres. Beaucoup leur jetaient des fleurs. Et on aurait dit qu'elles voulaient leur tendre les bras.

L'ivresse qu'ils provoquaient les gagnait à leur tour. Ils allaient, traversant la ville, magnifiques sous leurs guenilles. Plusieurs étaient si jeunes qu'ils avaient les joues imberbes et fraîches. Leur cœur assuré dans les combats se bouleversait, et ils élevaient aussi leurs mains suppliantes ou adoratrices vers ces radieuses créatures, qui venaient providentiellement s'offrir à leur amour dans l'instant même où leur désir s'éveillait.

Mais leur enthousiasme éclata plus bruyamment lorsqu'ils arrivèrent enfin sur la place du Dôme. Cette cathédrale ajourée, hérissée d'aiguilles, ne choqua point leur goût novice par son architecture lourde et diffuse. Ils n'en remarquèrent que la masse énorme et la splendeur : car c'est la seule église toute en marbre, qui ait véritablement du marbre l'éclat et la blancheur mate. Sur les vastes espaces de la toiture, d'où l'on découvre toute la Lombardie et toutes les Alpes, une foule se pressait comme dans les rues, et il y avait là encore des femmes qui, se retenant d'une main aux clochetons de filigrane, semblaient des anges, entre le ciel et la terre.

Enfin le désir de Louveau s'élançait vers ces apparitions. Il avait fallu cette longue chasteté, ce long oubli de la femme, pour favoriser la métamorphose du muscadin en héros : mais à présent il était digne d'être aimé ; et du même coup il était mûr pour aimer !... Hélas ! l'image implacable d'Ermeline se dressa tout à coup devant lui. Il comprit que cette fois encore il ne pourrait point goûter au bonheur comme les autres, à cause de cette faveur ancienne prématurément obtenue. Il redevint le muet sauvage des premières semaines, il s'en alla seul et sombre, aveugle aux séductions.

Ce jour et le lendemain, il erra par la ville. Il regarda sans les envier les officiers de cavalerie qui pouvaient, au corso, se glisser entre les files de voitures. Lorsqu'il jetait par hasard les yeux sur une femme qui passait, il lui cherchait quelque ressemblance avec Ermeline ; il avait une chimérique peur qu'une femme ne vînt d'elle-même lui tomber entre les bras.

Et quand il apprit, trois jours plus tard, qu'il faisait partie des troupes que le général emmenait, il quitta Milan avec une joie farouche : tel un garçon vigoureux et timide, qui après s'être longtemps promené à portée de la tentation, s'éloigne à grands pas décisifs, âprement fier de remporter intact le trésor de son énergie.

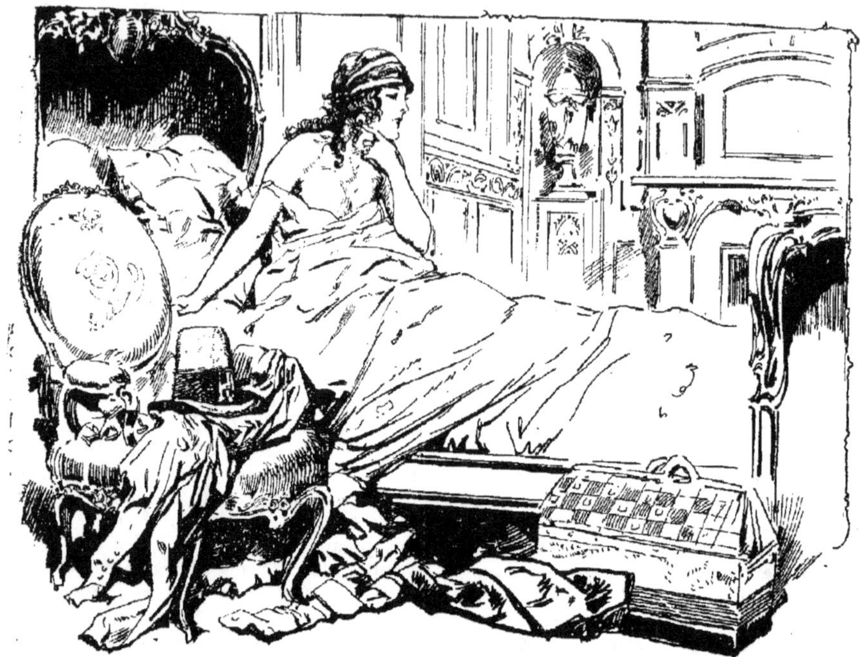

Elle songeait tout a coup a la troublante question des vêtements.

IV

Deux jours après le départ de Louveau, Ermeline, Volumnie, Souberbielle et le chevalier de Charlieu débarquèrent à Milan. Ermeline, pour qui Milan n'était qu'un nom géographique, s'étonna d'y trouver une ville réellement considérable. Elle goûta la sécurité des criminels en fuite, qui ne se sentent nulle part mieux à l'abri que dans les capitales : jamais, dans une aussi populeuse cité, elle n'aurait chance de rencontrer son mari. Heureusement, Charlieu ne lui laissa point le loisir pour rechercher les raisons secrètes de cette bizarre satisfaction, car il l'étourdit de suite avec les préparatifs d'une installation qui pouvait être fort durable, et qu'il voulait complète du premier coup.

Il faisait l'important, affectant de connaître tous les usages italiens. Aussi d'abord s'occupa-t-il d'une voiture et de gens, afin de figurer le lendemain soir au corso ; puis d'une loge à la Scala : le théâtre restait ouvert malgré la saison avancée ; une troupe de passage l'exploitait. Quant aux logements, Charlieu et Souberbielle étaient pourvus d'avance, ayant des chambres assignées dans un palais proche du Dôme. Ils trouvèrent sans peine, dans une rue voisine, très étroite, bordée de hautes et sérieuses maisons, un entresol pour Volumnie : deux pièces peu confortables, lourdement meublées, décorées de copies de maîtres. Mais Charlieu, toujours imbu de ses idées napolitaines, s'entêtait à loger Ermeline au cinquième étage. Il dut reconnaître, après avoir visité plusieurs palais, que l'étage noble, à Milan, était le premier. Il obtint, moyennant une indemnité dérisoire, un somptueux appartement dans la résidence d'un partisan forcené de l'Autriche, qui s'était, à l'approche des Français, précipitamment réfugié dans sa villa du lac de Côme. Souberbielle, que le grand air, le mouvement et la gaieté des rues excitaient, fit des gorges chaudes de Charlieu : il le félicita d'être si bien au courant des modes milanaises. Le chevalier prit la chose de très haut. Ermeline s'émut fort de cette altercation ; car on vivait en paix depuis toute une semaine, la petite scène d'Albenga n'ayant eu, contre toute attente, d'autre effet que de rétablir, entre les quatre voyageurs détendus, l'aisance et même l'intimité d'autrefois.

Mais l'incident n'eut pas de suite. On se sépara. Ermeline se trouva seule dans son immense logis. Elle en fit la visite lentement. Elle s'étonnait de n'y pas avoir peur, de n'y pas avoir froid. C'était en effet de vastes pièces, très hautes. Les murs nus, peints à fresque, représentaient des balustrades, des pilastres de marbre accouplés, dont les chapiteaux modelés en trompe-l'œil soutenaient les voussures de plafonds à sujets. Il y avait de grandes glaces encadrées d'or, des meubles d'or sous des housses, et plusieurs tables à dessus de marbre ou en mosaïque de Florence. Les fenêtres démesurées n'étaient accompagnées d'aucune tapisserie. Un maigre lambrequin de damas rouge les couronnait tout uniment, taillé à larges dents arrondies que séparaient des glands ou des nœuds de câblé. Les vitres mêmes n'étaient voilées que d'une sèche guipure. Aucun tapis ne recouvrait le parquet en marqueterie, sauf à la descente du lit spacieux, que refroidissaient encore des incrustations de mosaïque. Enfin, tous les angles servaient de niches à des statues blanches, à des vases, à des urnes.

Et pourtant, malgré le froid réel peut-être, malgré le dénûment de tout ce luxe et son manque d'intimité, il était impossible d'avoir froid ici et de ne pas s'y sentir bien. Ermeline, qui n'aurait pu tolérer ailleurs cette solennité hostile des objets, la trouvait ici corrigée par un indéfinissable aspect de bonhomie. Elle ne tenta point de s'expliquer davantage cette favorable sensation : elle la rapprocha seulement de celles éprouvées dès ce matin en parcourant les rues de cette ville accueillante, bien aérée, bien éclairée, si antique, mais qui restera toujours neuve. Elle se rappela aussi comment Charlieu s'était inquiété du superflu : voiture, loge, domestique, avant de songer au nécessaire : habitation et coucher. Toutes ces impressions concoururent, par suite d'assez lointaines analogies, à fixer son opinion touchant la vie que l'on devait vivre dans cet agréable pays. Elle préjugea qu'on n'y devait sans doute compter pour occupations sérieuses que les faciles distractions.

Cette pensée lui fut douce. Après son existence nomade du dernier mois, elle souhaitait de se reposer. Il lui parut enfin qu'elle était arrivée au terme de son voyage. Elle avait du temps devant elle. Elle en profita pour se mettre à réfléchir, avec une tranquillité d'esprit, avec une méthode qui ne lui était plus habituelle depuis longtemps.

D'abord elle estima convenable de voir un peu où elle en était avec son mari. Elle fit son examen de conscience très honnêtement, ou du moins, elle se promit d'être franche. Cela ne l'engageait pas à grand' chose : car jamais une femme, si criante que puisse être la vérité, n'admettra qu'elle ait traversé, pour courir après un homme, la France, la Savoie, le Piémont, et qu'elle n'aime plus cet homme. Est-ce qu'elle n'avait pas eu pour Louveau un revenez-y de tendresse après la scène d'Albenga ? — Ah ! ce souvenir lui fit monter aux joues un peu de sang. — Oui, elle avait souri tendrement au souvenir de Louveau après la scène d'Albenga ; mais aujourd'hui, mais ce matin, n'avait-elle point constaté avec un soulagement bien déraisonnable, qu'elle n'avait aucune chance de retrouver ici celui qu'elle était venue y chercher ? — Comme Ermeline depuis quelques instants luttait contre sa conscience, qui avait des velléités de passer sous silence dans son examen ce délit de cœur, elle fut toute fière d'avoir osé articuler contre elle-même un grief si embarrassant pour la défense : quelle éclatante preuve de sa bonne foi ! Mais l'argument ne lui semblait point irréfutable, surtout si elle continuait à user de sincérité, si elle voulait bien reconnaître qu'elle avait eu pour le chevalier de Charlieu une prodigieuse inclination. Folie passagère, — folie passée : cela était hors de doute pour Ermeline, et cette certitude lui parut une récompense providentiellement accordée à sa bonne foi. Folie passée, par bonheur sans irréparable accident ; mais il était bien naturel qu'Ermeline en demeurât encore toute meurtrie. Il lui fallait le temps de se reconnaître. Il fallait oublier, c'était le seul remède. Elle profita de cette conclusion pour s'interdire sur-le-champ de penser à Louveau comme à Charlieu ; elle se figura que pour s'en distraire elle se faisait un peu violence, mais qu'enfin elle obéissait à sa propre injonction comme à une ordonnance de médecin.

Toujours grâce à la bienveillance de l'atmosphère et à la cordialité des objets, elle put éviter en cette chambre l'insomnie qui est presque fatale dans les nouvelles chambres. A peine au lit, elle ferma les yeux. Et la pensée de Souberbielle, que par une gourmandise de cœur inconsciente ou du moins inavouée, elle avait gardée pour la bonne bouche, ne lui vint qu'avec le sommeil. Cette image gracieuse y gagna de se confirmer, pour ainsi dire, dans son vague. Ermeline entr'ouvrit une ou deux fois les paupières, et comme si elle eût vu passer Henri dans cette chambre qui n'était plus monumentale et nue comme en plein jour, mais intime et

Elle se regarda dans les glaces.

coûtait davantage peut-être de reparaître en femme devant lui. Il fallait bien que cette fois ou l'autre son appréhension ne se justifiât point. C'est pour cette fois-ci, bien entendu, qu'Ermeline se donna raison. Non que ses vêtements féminins lui semblassent par trop légers, par trop indulgents aux regards ; mais ils rappelleraient l'unique soir où Souberbielle l'avait vue vêtue ainsi, et dans quel désordre ! Et puis c'était une chose mélancolique d'abandonner ces habits tout usés, mais qui avaient appartenu à Souberbielle et qu'elle-même avait portés plus d'un mois. Ermeline souhaitait d'imaginer un prétexte pour les garder aujourd'hui encore, pour retarder d'un seul jour son nouveau déguisement. Elle n'en put imaginer aucun. Alors, à son calme bien-être succéda une agitation trop vive pour être entièrement agréable. Dès qu'elle fut prête, elle se regarda dans toutes les glaces. Elle craignait de ne savoir plus porter assez coquettement sa parure de femme. Et elle attendait Souberbielle véritablement éperdue, espérant qu'il ne viendrait point seul, mais accompagné des deux autres.

partout drapée de nuit, elle se rendormit en lui souriant.

Mais au réveil, après une paresseuse répétition des mêmes sensations, des mêmes pensées, Ermeline fut subitement et en sursaut bouleversée. Elle songeait tout à coup à la troublante question des vêtements. Naguère il lui en avait coûté de paraître devant Souberbielle en costume d'homme : il lui en

Henri vint seul, et à une heure après midi. Elle fut surprise de le voir si différent de ce qu'elle avait préjugé, si différent d'elle-même. Henri, qui devait avoir couru la ville dès ce matin, apparaissait déjà, beaucoup plus qu'Ermeline, soumis à l'influence du pays. Il était parfaitement gai ;

son bonheur visible n'accusait aucun mélange. Ermeline lut dans ses yeux qu'il se réjouissait de la retrouver femme sous son costume naturel ; mais cette joie ne se combinait point chez lui, ainsi que chez Ermeline, avec des sentimentalités ou plutôt avec des sensualités relatives à cet autre costume qu'elle venait, pour jamais sans doute, de dépouiller. Non, ce fut un regard d'admiration droite et d'amour que Souberbielle lui jeta. Pour la première fois elle baissa les yeux devant lui, et elle soupçonna le sentiment simple par où celui qu'elle s'obstinait à considérer comme un enfant, répondait à ses propres sentiments ambigus de chaste et voluptueuse maternité.

Quoique cette opposition, sans raisons bien apparentes, lui causât un désappointement, conscient à peine, assez douloureux toutefois, Ermeline fut vite gagnée par l'hilarité de Souberbielle. Elle s'y résigna. Elle se ramenait elle-même et non sans plaisir, en acceptant cette hilarité, à l'opinion première que dès hier elle s'était faite de la facile vie milanaise. Elle sentit que Souberbielle en donnait bien la note. Oui, l'on vivrait dorénavant tous les quatre avec moins de gênes et de sous-entendus, avec du laisser-aller, un peu comme à la campagne. Ces derniers mots lui définirent tout à fait son impression. C'était bien cela : on devait vivre ici dans de véritables vacances.

Ils s'entretenaient depuis plus d'une heure, et ils n'avaient pas une fois songé qu'ils n'étaient point seuls au monde. Un hasard jeta dans leur conversation les noms de Volumnie et de Charlieu. Ermeline se récria, étonnée de ne pas encore avoir reçu leur visite. Ils ne lui manquaient point ; mais elle avait coutume de ne plus rester deux heures sans les voir.

Souberbielle répondit légèrement qu'il avait passé d'abord chez Volumnie; elle l'avait presque mis à la porte, étant occupée avec des couturières et des filles de mode. Le chevalier était sorti quelques minutes avant lui-même, et ne devait point rentrer, que le soir. C'est pour cela que Souberbielle se trouvait si libre, et qu'il abandonnait sa besogne avec une telle désinvolture. Cette pensée d'escapade et de gaminerie, qui ramenait soudain Henri à ses dix-neuf ans, fit à Ermeline un plaisir inconcevable.

A vrai dire, il soupçonnait bien pourquoi Volumnie l'avait mis dehors, et où pouvait être, à l'heure présente, M. de Charlieu. Le goût de sa maîtresse pour le chevalier ne s'était guère dissimulé, surtout les derniers jours. Henri avait bien aussi observé que Charlieu, voyant comme son secrétaire se consolait à l'occasion, mourait d'envie de l'imiter. Rien ne lui échappait non plus des vilains petits sentiments que recélait cette fantaisie du commissaire, aussi désireux certainement de tromper son rival plus jeune, son ennemi Souberbielle, que de posséder Volumnie.

Mais Henri n'était point jaloux, moins que jamais. Ce qui l'intéressait uniquement, c'était la sûreté de ses observations. Il demeurait émerveillé de sa propre intelligence, non comme un pédant satisfait, mais comme un enfant que toute découverte enchante. Et comme un enfant qui ne peut pas tenir un secret, il brûlait parfois de laisser voir à Ermeline son incomparable subtilité.

Il avait trop de délicatesse pour se le permettre. Il prenait sa revanche à part lui de ce silence obligé, en retournant des pensées malicieuses : « C'est à présent, se disait-il, mon modèle qui me copie. Oui; mais M. de Charlieu a beaucoup plus de dix-neuf ans. » Henri se rendait bien compte que pour un homme sur le retour, tardivement pris d'un besoin de passion, le plaisir n'est pas un remède.

Il en riait. Mais il eut un mouvement de pitié lorsqu'il vit paraître, vers les cinq heures, Charlieu, point maussade comme il aurait cru : réellement et profondément triste, portant son âge plus lourdement que de coutume. Ce qui mit au comble la surprise de Souberbielle, ce fut de découvrir sur le visage de Volumnie les marques d'une pareille tristesse, et même d'un pareil vieillissement.

Les deux hommes conduisirent les femmes à leur voiture, et s'en furent à pied, jusqu'au bastion de la Porte Orientale. Les équipages y étaient arrêtés sur quatre files, à l'ombre de marronniers gigantesques, tout en fleurs. Ils semblaient portés en l'air sur une terrasse sans garde-fou. On découvrait au pied des murs la plaine lombarde jusqu'à perte de vue. Charlieu et Souberbielle, qui avaient voyagé au travers, en connaissaient déjà le spectacle de plain-pied : champs de culture, bornés par des arbres de toutes les essences, de nuances diverses et de tailles inégales, canaux étroits et ruisseaux fins, bordés de minces arbustes qui se resserrent les uns contre les autres, comme sur les façades des édifices, les innombrables colonnettes rondes qu'affectionnèrent jadis les architectures du pays. Mais de la moindre élévation le tableau change. Les arbres disséminés se réunissent : la plaine devient une forêt, dont le spectateur mieux placé domine les têtes moutonnantes. C'est à peine si une prairie plus spacieuse réserve çà et là une apparence de clairière, à peine si quelque maison mieux dégagée fait une tache blanche. Les montagnes qui surgissent, brusquement hautes, aux limites de cette plaine sans accident, l'enferment dans leur cirque régulier. Elles étaient éclairées ce soir d'une lumière bleue et douce, et elles se détaillaient dans cet air pur, bien qu'à des distances infinies; elles n'accusaient toutefois aucun relief; elles n'étaient que des silhouettes conventionnelles, un décor peint — et à peine en trompe-l'œil, pour indiquer — mais rien qu'à l'imagination, que cette plaine privilégiée n'a point d'ouvertures sur le monde mitoyen : tel un paradis terrestre.

Souberbielle eut le sentiment que cette campagne était l'asile où toute félicité trouverait abri. Mais s'il ne restait pas indifférent aux promesses de la nature, l'humanité le requérait davantage. Il regardait, aux portières de ces voitures arrêtées, les femmes penchées, les hommes qui leur parlaient. Il entendait tout le bruit confus de leur caquetage, puisque les voitures, ne roulant point, ne faisaient elles-mêmes aucun bruit. Les femmes qui n'avaient point d'ami faisaient descendre leurs laquais du siège, et soutenaient avec eux des conversations familières. Les hommes qui n'avaient pas encore aperçu leur maîtresse, couraient, affairés — et fort mal mis (ce que Souberbielle, Parisien, ne manqua point de remarquer). Mais il remarqua aussi que toutes ces scènes amoureuses ne pouvaient se jouer nulle part dans un décor mieux approprié, que ces chuchotements amoureux étaient l'expression vivante du paysage qu'ils animaient. — Charlieu quitta Souberbielle tout à coup.

Henri se glissa entre les voitures, et chercha des yeux Ermeline, Volumnie. Il eut l'inespéré bonheur de les apercevoir presque aussitôt. Elles lui sourirent distraitement, lui parlèrent à peine. Elles observaient, comme lui tout à l'heure, cette foule. Et ce premier regard, dont les informations sommaires sont quelquefois plus révélatrices que de patientes analyses, leur enseignait déjà beaucoup de choses. Elles voyaient bien que l'unique intérêt pour tout ce peuple c'était d'aimer, mais qu'il ne courait pas à l'amour dans un vertigineux affolement, comme les Français de Thermidor, au réveil de leur sanglant cauchemar. Il était naturel d'aimer ici comme de vivre, et ce peuple aimait sans y mettre plus de façons qu'à respirer. Vers ces femmes arrêtées là comme pour une exposition de leur beauté, ces hommes venaient, sans rien dissimuler de leur plaisir ni de leurs plus vives passions.

Ermeline se réjouissait d'être admise à figurer dans cet immobile cortège. Elle sentait déjà que son cœur n'avait jamais rencontré pour s'épanouir d'aussi favorable climat. Ce n'était encore, à vrai dire, qu'un pressentiment tout physique; mais ces agacements de la chair précèdent toujours, comme des avertisseurs mystérieux, les décisives évolutions d'une âme vers ses normales destinées. L'étrange c'est que cette rêverie sentimentale détournait Ermeline de Souberbielle et lui rappelait Charlieu. Pourtant, elle chérissait Henri incomparablement plus que le chevalier : mais le sentiment qu'elle avait éprouvé pour Charlieu était réellement un premier essai de son cœur en voie d'aimer; tandis que son affection pour Souberbielle restait en dehors de la route qui lui était tracée. Elle s'y attarderait peut-être, et même avec complaisance, mais sans pouvoir en même temps s'interdire de porter les yeux en avant.

Imitant déjà les façons naïves des gens qui l'entouraient, Ermeline semblait chercher un élu parmi ces jeunes hommes empressés. Ceux du pays étaient beaux et taciturnes. Les officiers français qui se mêlaient parmi eux, faisaient plus de fracas. Ils portaient des uniformes tout neufs, car ils venaient de recevoir en une fois plusieurs mois de solde arriérée. Ermeline, rien qu'à les voir, avait déjà l'intuition de leur nouvelle âme, et sans accorder à aucun une préférence réfléchie, elle était confusément éprise de leur jeunesse vigoureuse, de leur grâce héroïque. Elle les sentait novices comme elle-même, partant plus accessibles à son cœur avide d'aimer : au lieu que les hommes de Milan, qu'elle dévisageait avec une timidité respectueuse, lui paraissaient des modèles et des maîtres d'amour impeccables, jusques à qui ses regards humbles n'oseraient jamais s'élever.

Volumnie sentait les mêmes choses vaguement; mais ce qui était promesse pour Ermeline était menace pour Volumnie. Si l'armée, avant-garde de la nation, redevenait sensible à des séductions véritablement féminines, n'était-ce point le coup de la disgrâce pour des femmes tournées à l'homme comme Volumnie? Certes elle ne définissait pas ainsi, avec précision, les causes ni les effets; elle ne démêlait pas davantage que sa personne morale, déformée monstrueusement par les révolutions, n'avait plus de raison d'être dès que tout rentrait dans l'ordre. Mais elle était, comme Ermeline, physiquement avertie; et tandis qu'Ermeline sentait son cœur se rouvrir, elle sentait le sien se refermer, et elle savait bien que ce devait être pour jamais.

Puisqu'il ne lui restait plus d'avenir que dans l'amitié, elle se retourna vers Souberbielle et lui reparla la première. Puis Ermeline aussi lui parla, et tous les trois furent divertis de leurs précédentes pensées. Le soir, ils allèrent à la Scala; et comme Ermeline prit le bras de Charlieu pour entrer, elle se trouva, sans le savoir, pourvue d'un cavalier servant. Elle s'aperçut, en paraissant au balcon de sa loge, que des gens se la désignaient entre eux. Elle se pencha, et d'un seul regard prit une image inoubliable de la salle, tant les dispositions en étaient simples : du parterre jusqu'au dernier étage des loges, ce n'était qu'un mur tout droit et sans reliefs, percé de trous carrés, exactement symétriques. Ermeline reconnut aussi, pour les avoir vues au corso, diverses figures d'hommes ou de femmes. Alors elle sentit que définitivement elle faisait partie de la société milanaise. Après le théâtre, elle prit des glaces avec ses amis. Quand elle se fut retirée dans son appartement, elle se fit avec étonnement l'énumération des petits faits, dénués de toute importance, qui avaient cependant rempli la journée. Elle en revint à son opinion première : c'était une vie de vacances.

Elle se demandait, le lendemain, que faire jusqu'à l'heure du corso, si Henri ne la visitait point comme la veille. Mais il vint de même, à la même heure, et ce fut ensuite une habitude établie. Ermeline comprit sans difficulté qu'une telle vie rendait l'intrigue nécessaire; elle n'hésita point à la nouer avec Souberbielle, quoique le chevalier de Charlieu fût officiellement son ami. Cette faveur n'avait du reste pour Henri ni pour Ermeline aucun avantage réel. Même, en consacrant leur mutuelle affection, elle y supprimait le mystère et leur interdisait mille douceurs, aujourd'hui sans doute moins innocentes, trop hardies. Ils ne se parlaient plus jamais d'eux-mêmes. Mais Henri, qui vivait au café, et qui savait déjà, comme un véritable Milanais, demander à ses voisins : « *Cos' è di neuf?* » rapportait à Ermeline toutes les histoires, comme on disait : tout le *pettegolismo* de la ville.

Leur plus grand plaisir était de commenter en moralistes ce *pettegolismo*. Ermeline donnait fort bien la réplique à Souberbielle. Comme Henri, tout en devenant un observateur fort délié, n'exerçait encore cette faculté qu'à fleur de peau de ses sujets, comme discernant à merveille les plus imperceptibles détails d'un sentiment, il ne savait point toutefois ramasser la diversité de ses remarques dans une science totale de l'humanité, le secours d'une femme ne lui était pas inutile : car son observation était justement de l'observation féminine. Ils s'aventuraient dans les discussions théoriques; ils les poursuivaient le soir dans la loge, où Charlieu introduisait parfois des étrangers; mais Ermeline ne se gênait point pour imiter les autres femmes amoureuses de la salle, et elle n'adressait guère la parole qu'à son ami.

Le chevalier, bien qu'il n'eût conservé à son égard que de rancunières pensées, sentait comme elle qu'il ne pouvait plus se passer d'une intrigue, et ne pouvant s'adresser à une autre, s'indignait de ses préférences pour Souberbielle. Il lui faisait, aigrement, d'intermittentes coquetteries. Ermeline, contre toute attente, y répondait. C'est que la scène d'Albenga lui avait laissé un poignant souvenir : elle n'avait pu aimer, elle était tentée quelquefois de prendre sa revanche. Et puis son cœur, insuffisamment distrait par Henri, cherchait toujours, et il n'avait point à sa portée d'autre homme que Charlieu. Ermeline semblait par instants revenir à lui, malgré l'expérience déjà faite : elle n'était pas fâchée non plus d'exciter la jalousie de Souberbielle.

Mais à chacun de ces retours, le chevalier, avec la maladresse des hommes qui font métier de plaire, affirmait son triomphe sur Henri par des pointes et des sarcasmes. Le cœur d'Ermeline se fondait, toute sa maternité se révoltait, au profit de ses sentiments voluptueux. Un soir, après un tel revirement, Charlieu se demanda quelle plus maligne vengeance il pourrait tirer d'Ermeline. Il estima qu'il la tourmenterait à coup sûr s'il lui apportait des nouvelles fraîches de son mari. Il s'informa, et revint ironiquement lui apprendre que Louveau, ayant suivi le général en chef à la répression de Pavie, avait mérité, par sa belle conduite, d'être promu sous-lieutenant. Il se trouvait présentement en garnison à Cassano, sur l'Adda. Comme ce village n'est distant que de six lieues, et que des officiers français faisaient souvent un chemin double afin de passer une heure dans la loge de leur maîtresse, on devait s'attendre à sa prochaine apparition.

Mais ce n'est pas à cette menace que l'esprit d'Ermeline s'arrêta. Un seul mot de cet artificieux discours l'avait saisie : Louveau était officier. Elle ne s'en fût guère souciée ni étonnée voilà quelques jours; mais la chose lui semblait inimaginable aujourd'hui. Ces jeunes guerriers, ces héros aimables, dont elle avait admiré la grâce naïvement au corso du premier jour, ceux

Louveau était officier.

que Charlieu lui avait présentés depuis au théâtre, et qu'elle avait cependant assez négligemment accueillis, ceux qu'elle voyait tous les soirs régner dans les loges voisines, lui semblaient tous fraternellement pareils comme des exemplaires d'un modèle unique, et ce modèle était en tout l'opposé du Louveau qu'Ermeline se rappelait. A la pensée que Frédéric pouvait être devenu séduisant comme eux, Ermeline éprouva une émotion sincère dont elle s'exagéra le prix, et qui d'avance, comme une compensation anticipée, mit sa conscience en paix avec elle-même pour tous les oublis à venir. Mais ensuite l'impossibilité d'identifier Frédéric au type d'officier que son imagination se forgeait, eut cet étrange résultat que Frédéric officier devint pour elle une sorte d'être chimérique. Elle n'avait plus rien à craindre de lui. Et Charlieu qui avait cru effrayer Ermeline en la menaçant d'une apparition de Louveau! Il l'avait au contraire délivrée d'un poids : elle éprouvait à son tour cette impression de délivrance absolue, que Louveau, lui, avait éprouvée le jour même de leur divorce.

Jamais sa vie ne lui avait paru si égale, si douce. Mais Henri vint brusquement la jeter dans l'agitation, en lui réclamant à l'improviste ces vêtements auxquels Ermeline ne paraissait plus songer : il voulait quelque chose d'elle. Ces alternatives de sérénité parfaite et de bouleversement la mettaient hors d'elle-même. Souberbielle n'avait point les habiletés calculées de Charlieu : il en avait d'autres, par inspiration. Surtout, il avait dix-neuf ans. Il fut éloquent et fou. Il pleura même. Il baisait les mains d'Ermeline, qui s'excusait de s'abandonner à ces dangereuses caresses, en appelant Henri son enfant. Enfin, par une imitation coquette de la familiarité italienne, il la tutoya. Elle répondit de même. Et cela leur vint si facilement que, le soir, ils eurent grand'peine à ne point recommencer. Henri s'y trompa une fois, et cette étourderie lui valut un regard si pénétré de reconnaissance qu'il en fut touché aux larmes.

Mais Charlieu fit son entrée dans la loge, suivi d'un personnage qui d'abord resta dans l'ombre. « Madame, dit-il, je vous présente M. Luigi Borgone, qui est un petit cousin de notre abbé Galiani. » Il était transporté d'aise d'avoir trouvé un Milanais qui eût des attaches napolitaines. Souberbielle se pencha vers Ermeline, et dit à mi-voix, d'un ton respectueux : « C'est le plus grand poète actuellement vivant de l'Italie. »

Borgone affirma son dévouement à la cause française, mais en termes si mal choisis et si balbutiés, qu'Ermeline l'écoutait à peine et ne se donnait point le mal de le regarder. Lorsque, par simple politesse, elle leva enfin les yeux sur lui, elle resta visiblement stupéfaite, en présence d'une si éclatante beauté d'homme que jamais son imagination n'en eût inventé de plus réellement divine en faisant un choix parmi ses souvenirs de peintures et de sculptures. Le front, en muraille de marbre, gardait une blancheur immaculée, qui se dorait légèrement vers les sourcils noirs et se mariait ainsi avec le hâle des joues. On eût dit que le visage, un peu sombre dans les parties inférieures, s'illuminait au faîte du front comme un sommet. Le nez était long et fort, la lèvre souverainement dédaigneuse et toutefois désirable. Les yeux étroits et longs ne fixaient pas, ne scintillaient pas non plus, mais remuaient leur lumière. Toute la physionomie était sérieuse, mais sans rien de renfrogné, simplement par dignité esthétique. Cette beauté mâle ne devait point se hasarder dans les secousses du rire vulgaire, et n'exprimait sans doute la gaîté que par une transfiguration.

Mais il était sensible dès la première vue — par quelle subtile intuition? — que cette beauté matérielle n'exprimait point le moral du personnage qu'elle revêtait si splendidement. Elle semblait ne lui appartenir point : telles, ces accidentelles beautés capricieusement octroyées à des brutes de la campagne, qui se rencontrent pareilles à de sveltes Apollon ou à de calmes Antinoüs. Aussi l'admiration d'Ermeline fut-elle uniquement artiste, et ne s'accompagna de nulle sympathie. Seulement les façons de cet homme la froissèrent : durant les quelques minutes qu'il resta dans la loge, il ne dissimula point son ennui, ne dit rien, il se retira dès qu'il put.

Elle se pencha, observa que Borgone entrait dans une loge du rang inférieur, disposée de telle sorte qu'elle y pouvait voir jusqu'au fond. Une femme s'y tenait dont la beauté régulière n'avait jamais encore attiré les regards d'Ermeline ; mais à l'arrivée du poète, le visage de cette inconnue s'anima d'une expression de jalousie tellement superbe, qu'Ermeline, avec sa vive divination féminine, se dit : « Voilà une femme qui n'aime que par jalousie, qui ne vit que pour être jalouse. »

Au même instant, une clochette sonna devant la scène, et les conversations, tenues à voix presque haute pendant les remplissages de l'opéra, s'interrompirent subitement. Dans un grand silence, le castrat s'avança vers l'orchestre. Il se mit à détailler son air. Borgone et cette femme, dans la loge, écoutaient. Elle, peu à peu, s'apaisait ; mais elle gardait sur son visage, et c'était le secret de sa beauté, l'expression figée de sa jalousie. Après les bravos, le bis et les rappels, elle tira le rideau de sa loge, et se trouva ainsi, publiquement, renfermée avec son ami.

Jusqu'à la fin du spectacle, l'attention d'Ermeline fut sollicitée par ce rideau mystérieux. Elle devinait que là derrière devait se jouer, avec une perfection absolue et pour ainsi dire typique, cette comédie amoureuse dont la fabulation et les rôles

La maîtresse de Luigi Borgone était la comtesse Ghita Monticelli.

lui avaient été révélés dès le premier jour, au corso, comme dans un prologue explicatif. Maintenant qu'elle avait vu l'un des acteurs de plus près, elle était plus immédiatement troublée par le spectacle, même quand un rideau lui en cachait les péripéties. C'est au point qu'elle éprouvait une sympathie décidée pour ce poète, dont l'abord lui avait déplu, un commencement d'amitié pour cette femme, dont elle ignorait même le nom.

Ce nom, Souberbielle put le lui apprendre. La maîtresse de Luigi Borgone était la comtesse Ghita Monticelli. Henri connaissait aussi des histoires de leur amour : elles ne présentaient rien d'original, pourtant elles intéressèrent Ermeline mille fois plus que le pettégolisme ordinaire. Au dernier acte elle redoubla de tendresse pour Souberbielle; ces démonstrations ne le satisfirent qu'à moitié : d'une façon confuse mais pénible, il sentit que l'émotion dont il profitait ne s'adressait pas à lui personnellement. Aussi éprouva-t-il malgré cela le besoin de se consoler avec Volumnie. Il s'en alla finir la soirée avec elle dans cette intimité délicieuse où les désirs naissaient à la chaleur des confidences, et où leur jeunesse ardente, mais toujours trempée de même par le calme des premiers instants, glissait imperceptiblement de la camaraderie la plus chaste à la sensualité.

La curiosité de Mme Louveau s'enflamma les jours suivants à tel point qu'elle fit de véritables excentricités pour connaître la Monticelli. L'usage n'étant point que les femmes se rendissent des visites au théâtre, Ermeline eut quelque peine à se la faire présenter. Mais on eut égard à sa qualité d'étrangère. La comtesse et Borgone vinrent plusieurs fois dans sa loge : ils finirent même par y venir tous les soirs quelques minutes, avant de se retirer dans celle qu'ils occupaient seuls, et dont Luigi interdisait rigoureusement l'accès à tous les hommes.

D'ailleurs ils ne se gênaient guère plus chez Ermeline que chez eux, ne parlant point, criant par tous leurs gestes leur impatience de partir. Mais leur seule présence avait sur Ermeline, sur Charlieu, sur Souberbielle, une surprenante action. Rien qu'à voir quotidiennement le Borgone et la Monticelli, tous les trois modifiaient leur opinion touchant la vie milanaise. Cette vie, ils l'avaient goûtée d'abord ainsi qu'une vie de vacances, ne s'amusant qu'avec un peu de remords comme si tout cela n'était pas bien sérieux : elle leur semblait maintenant une véritable école de passion. Charlieu qui aspirait depuis des années à connaître l'amour vrai, — Ermeline que travaillait le même désir, mais plus simplement et sans le mélange d'une rancune contre un passé trop lourd et contre une vieillesse commençante, — Souberbielle qui était tout amour et dont l'intelligence, s'ouvrant avec le cœur, souhaitait l'amour comme un spectacle, tous les trois enfin comprenaient l'intérêt supérieur de cette vie, si uniquement occupée de l'amour que l'on arrivait, comme dans les cours d'amour d'autrefois, à discuter l'art d'aimer quand on ne le mettait pas en pratique. Leur transplantation en un pareil milieu leur semblait providentielle : ils se trouvaient enfin, avec leurs aptitudes jusque-là restées sans culture, placés dans une sorte de conservatoire de l'amour.

Seule, Volumnie se montrait indifférente et détachée : elle n'était plus comme les autres en voie de développement. Mais Ermeline vivait dans une agitation de cœur continuelle. Il lui venait, pour Luigi comme pour Ghita, des accès de tendresse qui semblaient presque de la contagion amoureuse, mais qui, aussitôt après leur départ, se détournaient sur Souberbielle. D'autres fois, inquiétée par le soupçon qu'elle avait de dévier de sa route en s'abandonnant à son affection pour Henri, elle faisait de nouveau, malgré une réelle indifférence, des attaques à Charlieu. Charlieu, tenté, se partageait entre un désir très peu sincère de revenir à Ermeline, et des attendrissements par contagion pour la Monticelli, mais des attendrissements si vagues que sa conscience ne les surprenait point.

Il ne se passait entre eux aucun événement. Tout s'en allait en conversation, tandis que leur vie se poursuivait avec une régularité d'heures provinciale. Mais en dépit de ce calme apparent, ils pressentaient, dans une trépidation de tout leur être, qu'ils étaient à la veille d'une crise, et qu'ils allaient enfin, imitant leurs exemplaires d'amour, mettre à profit les enseignements qu'ils avaient reçus.

La première aventure fut pour le chevalier de Charlieu.

Il trouva un soir, parmi ses correspondances de service, une lettre de femme. Le pli, le papier, l'écriture, la suscription, où Charlieu était qualifié de ses titres, tout enfin sentait l'ancien régime : et ce fut un plaisir vif pour ce soi-disant amateur des nouveautés. La signature était bien d'une femme; d'une femme qu'il avait entrevue à Coblentz lors de sa brève émigration, et dont il prononça le nom tout haut, avec une lenteur interrogative, tout en le lisant des yeux : « Marquise de Vigée Saint-Ange. » Mais dès que ces syllabes prononcées lui eurent évoqué les linéaments à peine saisissables d'une physionomie, il eut comme des ressouvenirs d'assez étroite intimité : c'est qu'en émigration on se lie plus vite encore qu'en voyage; et après on oublie de même.

Cette lettre réclamait une visite de Charlieu. La marquise le mettait au fait brièvement, avec ces termes généraux qu'affectionnait son intelligence noble. Devenue veuve d'un mari que Charlieu ne se rappelait point, elle avait passé en Italie avec son frère cadet, le duc de Viéville. Lassés à la fin, ils n'avaient point voulu, comme d'autres, fuir devant l'armée française envahissante, et se réfugier soit à Vérone, soit à Venise. Elle avait su par hasard la présence de Charlieu à Milan; elle lui écrivait, et rien que pour le voir, pensant que la compagnie d'un homme bien né la divertirait. Elle n'avait pas admis un instant, on le devinait à la lire, qu'un homme de cette qualité, même tourné au jacobinisme, eût oublié son éducation. C'est ce que le chevalier sut voir entre les lignes, et cette confiance le flatta plus que tout. Le ton de cette épître ne lui désagréa pas non plus : il y avait de la mélancolie et de la sentimentalité, mais avec un tel ragoût de scepticisme que cela ne vous affectait pas trop violemment. Il froissa la lettre dans sa poche et tourna les talons. Ce n'était plus le même homme : il se croyait à Versailles.

Il fut, en grand secret, à l'adresse indiquée. Il marchait avec une légèreté, avec une élégance qu'il avait bien, n'en déplût à la marquise, un peu perdue ces dernières années. Mais quand il approcha de la maison, quelques tristesses l'offusquèrent. Il pensa que cette pauvre marquise devait manquer de tout : il s'apprêta donc à avoir pitié, ce qui était pour lui la plus amère des pénitences. Il grommela même à ce propos une citation de Virgile. Enfin il prit courage, entra dans la maison. Il se fit annoncer par une petite servante italienne, qui d'abord le laissa dans une antichambre obscure, puis revint précipitamment l'introduire dans un salon. Charlieu y entrait avec une mine de compassion, qui se tourna en surprise quand il vit des ébénisteries délicates, des sièges bas et des tapisseries à la française. Sans doute la marquise recevait de quelque serviteur fidèle le revenu de ses terres. Elle entra au même instant. Charlieu fit un cri : « Comment, marquise? vous n'avez pas changé! » Et il lui baisa les mains.

De vrai, il ne la reconnaissait pas du tout. Mais c'était une sensation de la première vue : vraiment, il était clair que cette femme n'avait point changé, que la révolution, l'émigration, des misères peut-être, que tout l'orage enfin avait passé sur cet oiseau, simplement blotti dans quelque coin, sans laisser une trace dans sa mignonne cervelle ni dans son cœur léger. Ce que Charlieu trouva impayable, c'est qu'elle portait des modes du bon temps.

Ils s'assirent, ils causèrent familièrement tout de suite, comme gens de la même race, qui n'ont pas besoin de se trop tâter pour se connaître. Ils en étaient au chapitre de Paris, du Paris d'autrefois, s'entend. Et les heures passaient. La marquise se renversait dans son fauteuil. Le chevalier avait pris un sofa bas, où il était fort malaisé de se tenir décemment. Mlle de Vigée Saint-Ange lui abandonnait ses mains, et le crépuscule favorisait toutes les audaces.

Charlieu risqua des propos plus vifs. Il essaya de faire comprendre à cette gracieuse étourdie le grand appétit de passion qui lui était venu. Il fit l'éloge de son propre cœur et se targua d'avoir vingt ans. N'était-ce point miracle qu'il eût retrouvé ici, et à point, la seule femme capable d'enchanter sa seconde jeunesse, en lui rappelant la première? Il exprimait ainsi des sentiments si réels et si nouveaux, en leur appliquant les formules convenues d'une galanterie surannée; et c'est tout justement cette surannation qui, brouillant les dates, faisait que jamais Charlieu n'avait eu le cœur si convaincu d'être jeune et si ambitieux d'aimer.

La marquise, avec des soupirs, lui affirma qu'elle-même avait le cœur bien désœuvré : elle n'était pas insensible au plaisir de le revoir, et elle lui permettait de revenir le lendemain.

Charlieu revint le soir même. « Marquise, dit-il, je viens souper avec vous. » Elle en fut un peu étourdie, mais l'accueillit de bonne grâce. Comme rien n'était prémédité, il fallut, faute de prétexte, supporter la présence en tiers du jeune duc de Viéville. Charlieu le trouva fort maussade. Heureusement, on put l'envoyer au lit de bonne heure. Le chevalier, lui, se retira fort tard : il était aimé, il aimait; bref, il était avec la marquise du dernier bien. « On n'a su aimer que de mon temps, se disait-il, et voilà mon temps revenu. » Cela le fit penser à Souberbielle et aux jeunes gens d'aujourd'hui, avec une pitié méprisante. Il triomphait, pareil à tous les hommes d'âge soi-disant affamés de nouveautés, mais persuadés que les véritables progrès sont des retours en arrière, et ravis chaque fois qu'ils croient tenir une preuve de leur plus cher préjugé. Pourtant, la clairvoyance de son secrétaire, qu'il ne pouvait méconnaître, l'inquiéta. Il s'arrêta court, au chevet du Dôme, murmurant : « Que dirait de ceci mon Souberbielle ? » Il ajouta : « Est-ce que j'aime? » et fut très sincèrement scandalisé de ce doute. Un effet de clair de lune sur la massive blancheur de la cathédrale eut raison de son scepticisme. Comme de juste, et suivant la mode, Charlieu était fort sensible aux beautés de la nature.

Il se réveilla le lendemain, encore plus indubitablement épris. Trop occupé de lui-même pour soumettre sa nouvelle maîtresse à une sérieuse critique sentimentale, il ne regarda point que la marquise ne fournissait pas matière à une passion. Il ne considéra pas davantage qu'entre deux débris du passé l'éclosion d'un sentiment neuf paraissait au moins improbable. Il n'était attentif qu'à son propre cœur, et il y voyait à la vérité un bouillonnement admirable de vie. Il contemplait son cœur avec respect, avec effroi. Il devenait même touchant à force de puérilité : car il était comme un enfant gâté, voulant raconter son histoire, voulant la crier par-dessus les toits. Et son ancienne amitié pour ce petit Souberbielle se réveillait. C'est lui surtout qu'il brûlait de voir, pour causer avec lui sur le pied de l'égalité, avec une camaraderie véritable, une camaraderie de contemporains.

ELLE PORTAIT DES MODES DU BON TEMPS.

Il ne le désira pas longtemps ; comme il faisait trop la grasse matinée, Souberbielle se présenta dans sa chambre, et lui demanda dès la porte : « Seriez-vous malade, monsieur ? » Le chevalier fut suffoqué de cette question, posée d'ailleurs sur un ton fort impertinent ; mais il finit par comprendre l'irritation de Souberbielle, et que, dans une ville comme Milan, on ne disparaît pas ainsi pendant vingt-quatre heures d'horloge. L'absence du chevalier avait été remarquée au corso. Ne l'apercevant point davantage, le soir, dans la loge d'Ermeline, les nouvellistes s'étaient donné carrière. On avait dit que décidément la dame française changeait d'ami ; et comme les amitiés datent en général du carnaval, cette inconstance hors de saison choquait. Ermeline, gênée par les regards, avait tiré le rideau de sa loge à neuf heures, donné le signal du départ un quart d'heure après, et la soirée avait été perdue pour Souberbielle qui, en conséquence, exécrait Charlieu. Il le lui témoignait à l'italienne, sans hypocrites cérémonies ; on eût dit vraiment qu'il faisait à son maître la scène d'un père indigné à son fils, pris en flagrant délit d'inconduite.

Mais le chevalier était aujourd'hui d'une longanimité exceptionnelle. Il répondit aux remontrances doucement ; tout à coup, sans trop savoir ni comment ni par où il avait débuté, il se trouva au cœur de son récit. Et il mit si bien en valeur ce qui surtout l'avait touché, tout le convenu de la scène et tout le passé du décor, le sofa, le coin du feu, Crébillon fils, que Souberbielle, dès les premiers mots jugea la qualité de l'intrigue.

Tiens, dit il méchamment, je vous ai cru d'abord amoureux de Mme Louveau. Voilà maintenant une marquise. Vous voltigez donc de passion en passion, comme autrefois de passade en passade ? Vous êtes, avec des façons diverses, toujours l'homme de *point de lendemain*.

Charlieu ne se formalisa point, et promit de remplir assidûment aujourd'hui ses devoirs mondains. Cette vie milanaise ne l'excédait nullement, avec cette espèce d'étiquette qui flattait en lui l'ancien homme de cour, avec cette publicité de la passion qui amusait ses instincts nouveaux. « Souberbielle, disait-il, nous nous établirons ici : je ne saurais plus vivre autre part. Je suis un Milanais. » Il courut chez la marquise et lui fit les mêmes déclarations. Mais elle avait des vapeurs, et l'accueillit froidement. Il s'en consola, se rendit au corso, et s'émerveilla du paysage comme s'il le découvrait pour la première fois. Il contemplait avec tendresse l'immense jardin de la Lombardie, entouré de montagnes comme de murs, et il disait : « C'est ici l'unique lieu du monde où l'on puisse vivre exclusivement pour aimer. J'y veux vivre. » Il parla toute la journée d'acheter un palais.

Le soir, à l'Opéra, la vue d'Ermeline le saisit. La jeune femme était frémissante de passion. Mais elle ne songeait apparemment à aucune des personnes présentes, car elle fixait la scène, contre tout usage, avec une attention obstinée. Charlieu la soupçonna même d'être amoureuse d'un chanteur. De fait, elle ne s'intéressait ni à la musique ni au jeu ; et, tout en portant les yeux autre part, elle ne regardait qu'elle-même. Elle se voyait toute prête et toute tendue pour l'amour, sachant aimer, n'aimant point. L'idée de son mari l'assaillit à l'improviste, et il lui parut aussitôt qu'apprendre c'était se souvenir ; car déjà elle avait aimé ; elle avait aimé Louveau. Mais ce premier amour lui faisait à présent l'effet de ne pas s'être développé suivant les règles ; et, avec une intransigeance de néophyte, elle condamnait, pour ses irrégularités, cet essai, comme une œuvre de jeunesse. Une flamme de mépris s'alluma dans ses yeux très grands, très clairs.

Mais l'œuvre de jeunesse, après tout, c'était la seule encore qu'elle eût produite, et rien ne laissait présager, malgré son supplément d'éducation, qu'elle fût capable d'en mener une autre à bonne fin. N'avait-elle pas, depuis, essayé une seconde fois, pour avorter misérablement ? Elle jeta un regard hostile au chevalier de Charlieu. Elle ne songea pas à Souberbielle un seul instant. Devina-t-il qu'elle le négligeait ? Il était triste, et il avait pris à la dérobée la main de Volumnie. Au fond de la loge, Borgone et Ghita se contemplaient sans s'inquiéter des autres, qui n'y prenaient point garde. Et c'était, dans ce petit salon, une telle accumulation de fluide amoureux, que Charlieu en avait eu, dès son entrée, la secousse. Une lampe, une veilleuse presque, éclairait mal cette muette et poignante scène.

Ermeline tourna les yeux vers ses deux inimitables modèles, Borgone et la Monticelli. Elle les dévisagea longtemps, cherchant la contagion. Rien qu'à les voir en effet, elle s'attendrit, et cela lui détendit les nerfs comme si elle avait pleuré. Elle fit venir Henri auprès d'elle et lui parla bas. Charlieu devina qu'on parlait de lui et fut gêné : pour se donner une contenance, il adressa la parole à Volumnie. Souberbielle racontait à Ermeline, avec un empressement joyeux, la bonne fortune du chevalier. « Tu vois bien, ajouta-t-il, tu vois bien qu'il ne t'aime pas. » Elle fit un geste d'indifférence. « Tu ne l'aimes plus ? » supplia Henri. Et, sans attendre la réponse : « Mais tu ne l'as jamais aimé. » Avec une lucidité merveilleuse, avec un entrain charmant, il lui fit comprendre l'expérience qu'elle avait tentée à son insu, les motifs de son goût en coup de foudre pour le chevalier, et les motifs aussi de son irrévocable refus.

Charlieu n'osait plus lever la vue sur Ermeline : elle l'éblouissait. Vraiment elle était toute faite de passion ; et, sans qu'il voulût se l'avouer, elle lui révélait par contraste le néant du cœur de sa marquise, la fragilité des affections qu'une Vigée Saint-Ange devait inspirer ou ressentir.

Il n'en pouvait déjà plus lorsqu'il retourna le lendemain chez sa maîtresse. Elle était à sa toilette et le fit attendre dans le salon. Il y trouva le jeune duc de Viéville, qui lui avait paru insignifiant l'avant-veille : mais aujourd'hui qu'un tiers ne l'importunait plus, il le jugea fort aimable. Le jeune homme lui parut désireux de lier conversation. Seulement il s'embarrassait. « Il est timide, se dit Charlieu, il n'a point les usages de Paris, et à peine l'âge de Souberbielle. »

Pour mettre le duc à son aise, le chevalier l'interrogea sur son histoire, que la marquise lui avait contée par à peu près. Il répondit d'une voix qui tremblait un peu, mais avec beaucoup d'élégance et de netteté. Viéville était orphelin, riche de son père, élevé par sa sœur de Vigée Saint-Ange. Son beau-frère le marquis, ayant lui-même un frère établi à Mannheim, avait obtenu du duc des Deux-Ponts une charge de chambellan, et, sous ce prétexte, quitté la France avec les siens. Mais dans la vue de nier plus tard le fait d'émigration, il les avait munis de passeports faux, aux noms de Vieilleville et de Vigier. Il était mort depuis, laissant à l'étranger l'enfant et la jeune femme, non sans ressources, mais sans protection.

— Ah ! monsieur le chevalier, s'écria Viéville, prenant confiance tout à coup, quelle destinée est la mienne et que j'envie la vôtre !

Trop jeune, il avait fui sans comprendre les dangers dont il s'échappait : il n'avait donc ni peur ni haine, et il se sentait exilé. Superstition peut-être, puisqu'il ne pouvait pas se rappeler son pays; mais la souffrance de l'exil vient souvent de l'exil même et non d'un souvenir ou d'un regret déterminé. Il sentait surtout qu'il voulait vivre, qu'il était jeune, et qu'il était condamné par sa fatale naissance à végéter misérablement. Il regardait le chevalier avec une admiration naïve et s'emparait de ses mains :

— Mon Dieu ! lui disait-il, comme cela est beau ! Vous qui aviez déjà dépensé au service du roi une vie presque tout entière, vous avez su rajeunir avec la France et entamer une vie nouvelle. Moi, n'appartenant au passé que du fait d'un père que je n'ai point connu, je n'aurai pas même le droit de vivre une fois et mon content !

— Quel révolutionnaire ! pensa le chevalier, mais quel enthousiaste ! Et comme j'aimerais la sœur si elle était ainsi !

Enfin, il voyait clair : ce n'était pas encore Mme de Vigée Saint-Ange qu'il aimerait. Alors, point de lendemain ! Mais puisque cette intrigue relevait de l'homme d'autrefois, il fallait en finir galamment, à l'ancienne mode.

— Diable ! se dit il, une marquise en exil ne se quitte point comme à Paris. Je ne saurais pourtant fuir devant elle, et je ne puis la garder ici.

Comme elle entrait : « Marquise, dit-il, vous avez là un frère qui est terriblement mon ennemi, et qui songe à me priver de votre vue : ne vient-il pas de me faire entendre qu'il veut user de mes influences pour se faire rayer ainsi que vous des listes de l'émigration ? Je ne saurais refuser rien à qui vous touche de si près. »

Et, brièvement, il expliqua la procédure de la radiation : on ferait attester au besoin que Mme de Vigée Saint-Ange et le duc n'avaient point quitté quelque ville toute voisine de frontières, Manosque, par exemple. Enfin, pour assurer le succès, il était nécessaire que Viéville fît dès à présent une preuve de soumission, et acceptât dans les bureaux de l'armée un modeste emploi aux écritures.

Viéville ne lui permit point d'achever : il voulut le suivre sur l'heure. La marquise y consentit avec un sourire de langoureuse ironie. Tout aise d'avoir mené l'affaire si rondement, Charlieu s'en allait plus léger, plus jeune encore que l'autre soir quand il avait cru aimer. Mais l'enthousiasme de Viéville éclata dans la rue avec de telles marques de folie, que Charlieu mesura son âge au contraste de cette jeunesse vraie, comme hier il avait mesuré son indifférence à la passion d'Ermeline. Il eut un soudain revirement, une colère contre lui-même, contre cet écervelé qu'il emmenait avec lui, contre Souberbielle surtout : car il pardonnait encore à Viéville par faiblesse pour ses nobles origines, mais il jura d'écorcher Henri.

Il ouvrit la porte de la grande pièce aménagée en bureau par la simple addition de tapis sur les tables de mosaïque; et il dit avec hauteur à Souberbielle qui se levait : « Monsieur Souberbielle, approchez, que je vous présente à M. le duc de Viéville qui a votre âge, et qui veut bien vous faire la grâce de venir ici jouer avec vous. »

Souberbielle rougit jusqu'aux cheveux, et répondit sèchement, en se détournant à peine vers le duc : « Tu es le bienvenu. » Mais il regretta cette impertinence de sans-culotte, quand il lut, dans les yeux si doux de son nouveau compagnon, une prière d'excuse pour l'impertinence de grand seigneur du chevalier. Le duc repartit, avec une charmante aisance : « Je suis enchanté de ce tutoiement qui est de bon augure, et me voici déjà l'ami intime de votre secrétaire, Monsieur de Charlieu. »

Le commissaire des guerres se retira aussitôt, sans donner à Viéville aucune instruction. Souberbielle se remit à ses écritures, ou fit semblant. Le duc s'assit tranquillement à l'écart. Henri se disait : « Est-ce parce que j'ai affaire à un ci-devant noble, que je regrette de l'avoir insulté ? » Insulté ! Il releva lui-même vertement le mot qui lui échappait : « Ce n'est pas l'insulter, c'est l'honorer que de lui dire : tu. » Il se sentait porté vers Viéville par une immédiate sympathie, mais il y résistait. Enfin, n'y tenant plus, — sans toutefois le regarder en face, — il lui posa la question des enfants : « Comment vous appelez-vous ?

— Vous ne me tutoyez plus ? » fit le duc, doucement.

Souberbielle sourit sans répondre.

Viéville reprit : « Je m'appelle Philippe.

— Je m'appelle Henri », dit Souberbielle d'une voix un peu sourde. Puis il ajouta, dévisageant enfin le nouveau venu : « Vous n'avez pas le même âge que moi. Moi, j'ai presque vingt ans.

— Oh ! répliqua Philippe, moi, j'en ai à peine dix-sept. »

Alors Souberbielle consentit à le tutoyer. Et c'est ainsi que leur amitié commença. Elle fut soudaine, elle fut ardente comme à cet âge. Henri, dont le cœur était d'autant plus riche qu'il se dépensait davantage, faisait profiter Philippe de Viéville du grand train sentimental qu'il menait actuellement. Sans négliger Ermeline, ni même la bonne Volumnie, il se montrait plus assidu au travail : il s'attachait à son bureau à cause de Philippe. Les deux amis avaient mis tout de suite leur cœur en commun. Mais dans cette communauté, le duc de Viéville n'avait apporté presque rien, car il aimait sa jolie sœur médiocrement, et il n'avait qu'elle au monde. Souberbielle au contraire y apportait, et son affection pour Volumnie, et son adoration pour Ermeline. Il fallut que Viéville en prît sa part, et se mît, par amitié pour Souberbielle, à les aimer aussi toutes les deux : il les aima de bonne foi, avec un naïf désintéressement.

Henri l'imposa d'abord chez Volumnie, où dès lors il fréquenta davantage, de même qu'à son bureau. Et bientôt, il ne lui suffit plus que Viéville fût comme lui-même un camarade tendre et gai pour Volumnie. Un désir lui vint qu'elle eût pour Philippe les mêmes faiblesses que pour lui-même. Comme s'il exerçait une influence magnétique sur ces deux âmes, il leur faisait subir l'induction de ce désir vague : Volumnie était tentée par Philippe, qui était tenté par elle et ne s'en défendait point.

Il fallait aussi que le duc entrât dans la familiarité d'Ermeline ; mais Souberbielle n'osa point l'introduire dans la loge Il l'entraîna cependant au théâtre, et lui fit prendre une place au parterre, d'où il aperçût la jeune femme. Henri inquiet, penché, lut dans les yeux de son ami une admiration sincère qui le transporta de joie, et il sentit que positivement son amour pour Ermeline en redoublait. Un autre soir, il fit louer à Philippe une loge de quatrième rang ; de là, il ne pouvait plus seulement, comme d'en bas, lorgner Ermeline sur le devant de sa loge : sa vue plongeait jusqu'au fond du petit salon mal éclairé. Souberbielle fut enchanté ; mais Ermeline eut la fantaisie de tirer les rideaux. Un quart d'heure après, avec un geste de colère qu'elle ne s'expliqua point, Henri, de sa propre autorité, les rouvrit, en lui jetant le regard dominateur d'un homme à une femme possédée.

Elle trembla sous ce regard : « Vous ai-je fâché ? » lui dit-elle. Il sourit et lui prit la main. Elle comprit qu'il lui pardonnait, sans se rendre compte du crime qu'elle avait pu commettre. Elle comprit encore autre chose, c'est que le Chérubin était un homme, qu'il l'aimait, qu'il la désirait, qu'il l'exigeait.

Elle rentra bouleversée; elle ne dormit pas de la nuit. Ce qu'elle redoutait surtout, c'était de dénaturer, en le matérialisant trop, ce sentiment qui était si doux, si trouble et si voluptueux, et qui n'était pas l'amour souhaité par son cœur. Par quels subterfuges de l'imagination arriva-t-elle à se persuader qu'elle pourrait garder quant à elle l'illusion de cette ambiguïté délicieuse qu'elle préférait, tout en accordant à l'amour plus simple d'Henri les faveurs précises qu'il était en droit de réclamer ? Toujours est-il qu'elle se le persuada. Pas une fois elle ne délibéra si oui ou non elle se refuserait à lui. L'idée de faire de la peine à Henri lui retirait toute force physique ; et bien qu'elle ne fût point appelée à lui du fond de son être par cet irrésistible vœu de s'unir qui seul révèle les êtres destinés l'un à l'autre, elle sentait d'avance qu'elle fondrait entre ses bras.

Quant il arriva pour lui faire sa visite quotidienne, elle était à la gêne, lui aussi. Leur entretien d'abord fut glacial. Avec un parti pris de réciproquement divertir leur attention d'eux-mêmes, ils parlèrent de tous les autres, en tirant des conclusions générales. Souberbielle démonta, pour amuser Ermeline, toutes les pièces du caractère de Borgone. Il lui fit comprendre que cet admirable poète ne possédait point une intelligence personnelle, mais que véritablement, comme aux époques primitives, il semblait avoir à son service une divinité inspiratrice qui parlait de sa bouche par intermittences Et c'était là le vrai génie, au vieux sens du mot : un génie qui n'appartenait point à Borgone, de même que sa beauté physique ne lui appartenait point. Souberbielle ajouta que sa puissance d'aimer ne lui appartenait pas davantage : elle se manifestait en lui de l'extérieur, et aussi par capricieuses inspirations. C'est pourquoi la Monticelli tremblait toujours de le perdre ; et c'est également pourquoi elle l'aimait si fort puisqu'elle ne savait aimer que par jalousie.

Derrière les théories ingénieuses et les observations subtiles, l'amoureuse préoccupation de Souberbielle se dissimulait si bien, que seule Ermeline se trahissait encore par des regards trop tendrement admiratifs. Mais enfin elle consulta son ami sur elle-même. Henri lui avait expliqué l'autre jour pourquoi elle n'aimait point Charlieu. Elle voulait aujourd'hui démêler ce qu'il était advenu de son amour pour Louveau, de cet amour, qui, en somme, était la seule cause de son expatriation : et rien que la forme de sa phrase indiqua que cet amour n'existait plus.

Henri le lui affirma victorieusement, tout en reconnaissant que Louveau seul avait été jadis aimé d'elle. Mais c'est l'Ermeline d'autrefois, c'est l'ignorante et l'instinctive qui avait aimé Louveau. Après cette merveilleuse éducation de son cœur, pouvait-elle se retourner vers le passé? Il fallait cependant qu'elle aimât. Sur qui donc abaisserait-elle les yeux?

Sur qui? Ermeline frémissait, elle se taisait. Henri la sentait bien conquise; mais il ne se hasardait pas plus loin. Non, jamais il n'oserait, parce qu'il ne trouverait point pour cela de paroles assez délicates, jamais il n'oserait supplier Ermeline de confier à sa discrétion ce corps adorable et chéri. Mais il eut une gracieuse inspiration : lentement, avec un sourire, tout en pétrissant la main d'Ermeline, il prononça la simple phrase qui est d'usage à Milan pour demander à une femme la permission de la servir : « Me voulez-vous du bien ? » Elle comprit, et répondit avec une assurance calme : « Oui. »

Il le trouva assis sur un coussin bas

Alors il eut besoin de courir comme un fou, et s'échappa. Dans son bureau, il trouva Charlieu exaspéré, qui lui fit des reproches de son inexactitude. Voilà qu'il donnait maintenant le mauvais exemple à Viéville. Tiens! Philippe, en effet, n'était pas là non plus. Henri, qui voulait le voir absolument, ressortit dès que Charlieu eut le dos tourné. Il monta chez Volumnie. Il y trouva Philippe. Il le trouva même assis sur un coussin bas, avec la tête câlinement appuyée sur les genoux de Volumnie. L'entrée en bourrasque de Souberbielle ne les dérangea point, et Henri se sentit plus heureux que jamais, à les voir si bien d'intelligence. Mais il voulait faire ses confidences à Viéville; seulement il ne savait comment dire. Philippe le regarda dans les yeux, et comprit. « Alors, tu es heureux? » lui demanda-t-il doucement.

— Oh! oui, s'écria Souberbielle, et il se mit à pleurer en les embrassant tous les deux.

Il avait culbuté, avec sa brouette, un paysan qui passait.

V

Charlieu avait envoyé Souberbielle à Cassano d'Adda pour transmettre des dépêches à l'officier qui commandait la garnison de ce village.

Henri, d'abord, fut triste. Le doux esclavage de la régularité milanaise le tenait par de tels liens, qu'il ne pouvait sans un chagrin véritable se soustraire pour un seul jour à l'une de ses quotidiennes obligations. Surtout, sa visite à Ermeline lui manquait, au lendemain du soir inoubliable où Ermeline s'était promise irrévocablement, par des paroles tout à la fois significatives et discrètes.

Mais il avait le cœur si bien fait, si disposé à tout prendre en bonne part, qu'il ne voulut plus considérer que les avantages de cet éloignement. Il ne lui déplaisait point d'avoir laissé seuls Philippe de Viéville et Volumnie : sans hypocrite dissimulation, sans intention de le tromper, ils mettraient à profit leur liberté, sans doute, et ils connaîtraient la suprême joie le même jour que lui-même, ce qui le touchait infiniment. Henri aimait aussi cette promenade solitaire qui lui permettait de se ressaisir à la dernière minute, et de savourer son bonheur avant d'en épuiser les dernières gouttes.

Il rêvait. Il revenait en toute hâte, espérant arriver à temps pour demeurer une heure encore dans la loge d'Ermeline, qui ensuite l'autoriserait sûrement à se glisser chez elle. Il rêvait. Rien ne le divertissait de lui-même, le long de cette longue route toujours droite, bordée d'arbustes bas qui masquent la vue immédiatement. Dans les deux fossés de la route, deux ruisseaux limpides coulent. Il rêvait. En son jeune cœur très vivant et très agité, les émotions, les images d'émotions se suivaient, se poursuivaient avec une agile rapidité. Souberbielle, qui se dédoublait, contemplait avec grand calme son propre tumulte. Il se jugeait. Il se déclarait, comme Ermeline, heureusement métamorphosé par cette éducation italienne, qu'il avait, comme elle, subie. Il voyait son cœur, de même que sa conscience observatrice, naturalisé italien. Il rêvait. Malgré l'approche du soir, la chaleur était excessive. Car juin finissait. Et le ciel pâlissait entre les deux lignes d'acacias, comme si l'azur eût brûlé, puis se fût éteint.

Souberbielle ne se plaignait que d'une assez puérile contrariété : il n'avait pu se procurer une sédiole, cette voiture si commode pour les promeneurs qui vont seuls, simplement faite d'une espèce de chaise placée entre deux roues très hautes sur l'essieu qui les réunit. Il n'avait qu'une carriole mal suspendue, bâtie en planches disjointes, une carriole à quatre roues, avec un siège. Mais il n'avait point voulu de cocher. Pour aller, il était bien monté sur le siège ; mais au retour, afin d'être mieux à son aise, il s'était installé dans la voiture, conduisant de là, les guides passées par-dessus ce malencontreux siège : et le cheval, qu'il ne voyait point, marchait à sa fantaisie. Aussi lui était-il déjà arrivé deux accidents : il avait culbuté, avec sa brouette, un paysan qui passait, et il avait accroché la roue d'un lourd chariot. Il n'y pensait déjà plus, lorsqu'il ressentit encore une forte secousse et entendit au même instant de formidables jurons.

Il se pencha vers la gauche avec une nonchalance véritablement superbe. Un officier français, qui venait en sédiole derrière lui, avait voulu le dépasser, et, comme Souberbielle tenait sa droite, passer à gauche. Mais le cheval de Souberbielle, sentant venir quelqu'un derrière, s'était garé, et, suivant la coutume italienne, à gauche, de sorte que les deux voitures s'étaient jetées l'une dans l'autre. Il ne restait à la sédiole qu'une roue, et le tout baignait dans le ruisseau.

L'officier, en époussetant son uniforme, s'exaspérait et provoquait Souberbielle. Henri ne songeait qu'à une chose, c'est qu'il arriverait en retard. Il interrompit l'officier avec quelque hauteur, et lui dit : « Monsieur, je pense que vous êtes fort pressé d'arriver à Milan. Je le suis de même. Nous reparlerons de cela un autre jour, si vous le voulez. Pour le moment, comme j'ai démoli votre voiture, je vais vous aider à en remiser les débris dans la première ferme que nous rencontrerons, et je vous offrirai ensuite une place dans la mienne. »

Le transport de la sédiole brisée fut long et pénible, mais s'acheva si gaiement que les jeunes gens étaient amis quand ils reprirent place dans la méchante calèche de Souberbielle. Il était clair qu'à pareille heure, un officier français qui se rendait à Milan, y allait visiter sa maîtresse. Souberbielle s'en informa sans détour ; et l'officier dut lui avouer qu'il ne connaissait aucune femme dans la ville, qu'il y retournait pour la première fois depuis l'entrée en triomphe de l'armée. Henri, étonné, l'examina mieux et remarqua sa réserve, sa sauvagerie. Mais il remarqua aussi la grande tournure du jeune homme, et fit une comparaison à son propre désavantage. Il se dit : « Que suis-je, moi, au prix de celui-ci ? J'ai des attaches plus fines, un joli visage, de la tendresse et des idées ingénieuses. Je le soupçonne d'être une brute, mais il porte un uniforme glorieux ; il est héroïque, il est beau, et il est à peine plus âgé que moi. »

Mais Souberbielle se ravisa, et souriant : « Cependant Ermeline m'aime. » Et dans sa jalousie instinctive contre cet autre plus séduisant, l'indéniable amour d'Ermeline lui fit l'effet d'une revanche. Il ne put se défendre de s'en vanter. Il raconta l'histoire entière en ne supprimant que les noms.

Lorsqu'ils arrivèrent en vue de Milan, qui surgissait, massif et isolé, Souberbielle dit à son compagnon de route : « Si vous n'avez point de permission, il faudrait descendre ici, et entrer dans la ville comme en vous promenant.

— J'ai une permission », repartit l'inconnu, et il tira de sa poche un papier. Souberbielle y jeta les yeux involontairement, essayant d'y lire, et s'aperçut qu'il ignorait le nom de l'officier.

Il chercha comment lui demander ce nom, et resta silencieux quelques instants. Il laissa la voiture à l'Hôtel de la Ville. Puis il reprit : « Je vais entendre la fin de l'opéra. Je vous emmène.

— Oui.

— Vous passerez la soirée avec nous. Je vous présenterai dans notre loge. »

Et comme l'étranger ne se nommait toujours point, Henri précipitait le pas, un peu irrité. Il monta l'escalier du théâtre. Il posa la main sur la clef, pour ouvrir, et tout à coup, il éclata de rire, comme s'il faisait une découverte : « Au fait, s'écria-t-il, il faudrait, pour vous présenter, que je connusse votre nom. Moi, je m'appelle Henri Souberbielle.

— Et moi, Frédéric Louveau. »

Henri fit le mouvement de lui barrer le passage. Mais il comprit aussitôt que toute lutte serait vaine. Son visage se décomposa, ses lèvres frémirent. « Félicitez-vous, dit-il à Frédéric avec une rage sourde, félicitez-vous que je n'aie pas su plus tôt qui vous étiez : car je vous aurais laissé vous débattre dans le fossé de la route, ou bien j'aurais fait passer la roue de ma voiture sur vous. »

Il ouvrit la porte brusquement, poussa Louveau dans la loge et s'enfuit.

« Eh bien ! » dit Charlieu, qui avait vu

Il ne restait a la sédiole qu'une roue.

Souberbielle passer, partir, et qui ne comprenait point. Charlieu et Luigi Borgone se trouvaient seuls dans la loge, avec Ermeline qui leur tournait le dos. Elle était dans une agitation fiévreuse qui donnait à sa beauté plus d'éclat. Après les engagements de la veille ne voyant pas venir Souberbielle à son heure, elle avait fini la journée dans les transes. Elle y gagnait que son amour s'était à l'improviste simplifié : excitée jusqu'à la folie, elle ne s'arrêtait plus aux subtilités du sentiment ; elle ne savait plus si, oui ou non, celui qu'elle éprouvait pour Souberbielle n'était qu'un accident de sa vie sentimentale. Elle l'aimait, elle lui avait promis de se livrer à lui ce soir, et elle ne concevait rien à cette disparition.

Elle en demanda compte, rudement, à Charlieu, dès qu'elle le vit : « Henri n'est donc pas à Milan, qu'il n'est pas venu chez moi d'aujourd'hui ? »

Charlieu, avec ce dédain qu'il affectait quand il voulait rétablir les distances entre lui et son secrétaire, répondit : « Non. Je l'ai envoyé faire des courses assez loin. »

Elle fronça les sourcils, se retourna vers le théâtre, et resta muette obstinément, même lorsque Ghita et Borgone, avant de se renfermer dans leur loge, vinrent s'asseoir dans la sienne quelques minutes. Aussi se retirèrent-ils presque aussitôt. Mais Luigi avait tout le temps dévisagé Ermeline, au point de rendre la Ghita furieusement jalouse. « Je ne l'ai donc jamais regardée ? » se disait-il. Quand il eut installé la Monticelli dans sa loge, au lieu de rester, comme de coutume, auprès d'elle, il repartit, sans même lui donner de prétexte, et revint tranquillement chez Mme Louveau, qui n'y fit pas davantage attention. Il prit une chaise à l'écart pour la contempler.

La physionomie d'Ermeline était d'une mobilité extrême. Elle trahissait tous les secrets de son cœur ; et la transparence de sa peau fine révélait, par des irrégularités de la circulation à fleur d'épiderme, la continuelle violence de ses émotions. Borgone, comme tous les gens qui n'ont point de réelle personnalité, était sensible à la contagion émotionnelle. L'orage d'Ermeline se propageait à lui. Sa physionomie devenait mobile comme celle d'Ermeline ; ses gestes imitaient les gestes d'Ermeline ; et certainement, si elle s'était levée, il se fût levé comme elle, si elle eût marché, il l'eût suivie.

Il tressaillit avec elle lorsque la porte fut ouverte ; leurs deux cœurs marquèrent ensemble la mesure d'un battement. Elle avait reconnu la façon d'ouvrir de Souberbielle. Son visage s'extasia. Et très lentement, comme si d'abord elle avait voulu se faire admirer de toute la salle, faire dire au moins observateur : « L'amant de cette femme vient d'entrer » — elle se tourna.

Elle était si haut qu'elle ne put tout de suite redescendre sur la terre, reconnaître son mari, mesurer le désastre. Elle garda une minute le souvenir du ciel dans ses yeux. C'en fut assez pour frapper Louveau comme Borgone. Cette angélique figure ne lui rappelait point le passé. Elle chassait de lui au contraire cette irritante image de l'Ermeline d'autrefois, qui, depuis des semaines, le hantait comme un fantôme détesté. C'est une femme nouvelle qui se révélait à lui, et lui-même, n'était-il pas un homme nouveau ? Le même souffle de désir qui avait passé sur toute l'armée lors de son entrée à Milan parmi les fleurs et parmi les femmes, ranimait à présent ce cœur d'élite et jusqu'à ce soir réservé. Voici celle qu'il avait attendue. Voici celle qu'il aimerait.

Cette certitude lui donna de l'autorité. Borgone et Charlieu, voyant un étranger, s'étaient levés et le saluaient. Il les salua, et sans hésiter, avec une certaine noblesse, vint s'asseoir sur le devant de la loge, à côté même d'Ermeline. Il lui prit la main. « Quelle surprise ! lui dit-il à voix basse, et quel orgueil pour moi ! Quoi ? Vous avez suivi l'ingrat qui vous abandonnait ? Je ne méritais pas alors un tel bonheur. Il me semble que peut-être je le mérite davantage aujourd'hui. »

Elle n'entendait rien. Dès qu'elle avait reconnu Frédéric, l'effroyable série des conséquences lui était apparue d'un coup. Une seule la touchait : c'était fini pour Souberbielle. Elle criait au dedans d'elle-même le nom d'Henri de toutes ses forces ; elle se cramponnait, dans ce naufrage, à l'épave de sa pensée. Avec un manque total d'égoïsme qui est rare en amour, impossible peut-être dans l'amour vrai, ce n'est pas à son propre chagrin qu'elle songeait, mais au chagrin d'Henri. Elle en pleurait imaginativement avec lui. Elle consolait l'image d'Henri présente à son âme ; et, en la consolant comme une mère, elle perdait l'illusion qu'elle goûtait depuis vingt-quatre heures, de l'aimer véritablement. Elle redevenait l'amie voluptueuse de cet adolescent, et elle voyait bien que jamais plus elle ne pourrait être pour lui autre chose. Elle en était désespérée pour lui. Elle ne pensait donc qu'à lui, tandis que Louveau, toujours à mi-voix, lui parlait. Borgone, lui, ne se rendait compte de rien. Il avait seulement observé que la beauté d'Ermeline s'altérait, et il avait eu froid subitement, comme, dans ces pays méridionaux, à la minute où le soleil se couche. Quant à Charlieu, il s'assommait. Il bâilla. Il attrapa quelques mots au passage, et comprit que l'on ferait discrètement de sortir. Il toucha le genou de Borgone, pour l'avertir, et murmura : « Je crois que c'est le mari. » Borgone répondit d'un geste indifférent et se renfonça dans sa contemplation. Alors le chevalier sortit, en levant les épaules et en disant entre ses dents : « Ces Italiens sont bien mal élevés ! »

Décidément, ce malotru de poète ne ressemblait guère à l'abbé Galiani, son cousin ! Charlieu descendit au parterre. Son premier soin fut de tourner le dos à la scène, et de diriger ses regards vers la loge d'Ermeline. Elle n'avait point songé à en tirer le rideau, et elle s'exposait à la curiosité publique. Ni elle ni Frédéric n'avaient bougé ; lui, parlant toujours avec une noble sérénité, elle stupéfaite et les yeux fixes. Le chevalier ne put apercevoir d'en bas si Luigi Borgone avait tenu bon, ou s'était résigné à battre en retraite. « Mais au fait, se demandait-il, pourquoi ce poète est-il revenu ? » D'instinct, et sans répondre, il se retourna vers la loge de la comtesse Monticelli, qu'il vit seule. « Ah ! fit Charlieu, elle est infiniment plus belle que Mme Louveau. » Ghita ne prêtait aucune attention au spectacle ; elle tenait les yeux attachés sur la loge d'Ermeline. Elle donnait tous les signes d'une colère muette et douloureuse ; et elle ressemblait assez bien à une effigie antique des belles Euménides.

Le courtois gentilhomme fut révolté de cet abandon. Sans se consulter davantage, il monta chez la délaissée. Elle se leva dès que la porte s'ouvrit ; elle marcha vers le nouveau venu, avec un air presque menaçant. Elle cria : « Est-ce que Luigi est toujours chez cette femme ? » Elle cria tellement haut que tous les spectateurs eussent entendu, si dans une loge voisine deux hommes, qui jouaient au tarocco, ne s'étaient juste au même instant, jeté leurs cartes au nez en s'injuriant comme des fous.

Mais la clochette, qui réclamait le silence, tinta. Tout s'apaisa comme par miracle. Ghita elle-même prit une pose de recueillement. Charlieu s'assit auprès d'elle et lui dit tout bas : « Vous avez tort de prendre ombrage pour Ermeline. J'ignore si votre ami la trouve plus ou moins à son goût ; mais ce n'est guère le temps de l'entreprendre, car son mari vient de lui retomber sur les bras. »

Ghita secoua la tête, puis, tirant le rideau, elle répliqua d'une voix éclatante : « Vous ne connaissez pas Luigi comme je le connais. Je vous dis qu'il aime cette femme. Il l'aime depuis ce soir. Il l'aime depuis une heure. Mon Dieu ! continua-t-elle en se tordant les mains, je suis à lui depuis cinq ans et me voilà seule tout d'un coup !

— Seule ? » interrompit Charlieu. Cette naïveté était pour lui un ragoût tout nouveau. Et sans bien savoir lui-même ce qu'il voulait dire, il ajouta, dans la plus vive agitation : « Me comptez-vous donc pour rien ?

— Savez-vous une loge d'où l'on voie chez eux ?

Ils soulevèrent le rideau, choisirent, au quatrième rang, une loge convenablement placée, qui était justement la même où Souberbielle, voilà quelques jours, avait mis Philippe de Viéville en observation. Charlieu courut en demander la clef, revint du même train chercher Ghita. Ils montèrent les trois étages en hâte. « Jamais, se disait Charlieu, dans son essoufflement, jamais je n'en ai tant fait pour mon intérêt personnel. » Mais déjà la Monticelli lorgnait chez Ermeline. Elle fit une exclamation de joie : « Ah ! il n'y est plus !...

— Mais le voici », dit maladroitement le chevalier, en désignait Borgone qui était maintenant au parterre, debout et tourné toujours vers Mme Louveau. Charlieu pensait : « Comme cette vie est amusante et mouvementée ! »

« Oh ! Luigi ! Luigi ! » murmura la Monticelli consternée.

Charlieu, dans un mouvement de généreuse sympathie, saisit ses belles mains. Jamais une douleur d'autrui ne l'avait à ce point touché. Jamais il ne s'était transporté hors de lui-même, et ne s'était échappé ainsi de son égoïsme. « Est-il heureux, ce Borgone, s'écria-t il dans un élan d'admiration pour cette femme passionnée, est il heureux d'inspirer de pareils sentiments ! Et il peut renoncer à vous ? Ah ! je donnerais ma vie entière pour être aimé comme lui. » Il serrait si fort les mains de Ghita, qu'elle jeta un petit cri de souffrance. Elle le regarda ensuite fixement ; et avec solennité, comme si elle avait promis quelque chose, elle dit : « Si tu m'aimes, ramène-le-moi. »

Alors Charlieu se leva, sortit, courut. « Si je l'aime? s'écriait-il au fond de lui, si je l'aime? » Et la lumière se faisait, mais il n'osait pas encore ouvrir les yeux. Une voix lui affirmait : « Oui, tu l'aimes. » Mais il n'osait pas croire à cette voix. Il murmurait cependant : « Sans cela, ferais-je tant d'extravagances? » Il était heureux dans un coup de surprise, comme d'une aubaine inattendue. Il ne s'avouait point qu'il aimât, et cependant il s'avouait en revanche que jamais il n'avait espéré d'aimer ainsi.

Il ne put rien comprendre à ce qui suivit. Pendant qu'il redescendait, le spectacle se termina. Quand il arriva pour chercher Borgone, à la place où il l'avait vu de là-haut, le parterre était vide. Il leva les yeux vers la loge de Mme Monticelli, et vit son amant avec elle, qui s'apprêtait à partir. Comment s'étaient-ils rejoints? Charlieu, tout ahuri, en venait à douter des scènes précédentes et des paroles qui lui résonnaient encore dans les oreilles; mais il eut une preuve qu'il aimait, car il fut jaloux du poète. Il se rappela tout à coup ses devoirs de cavalier servant, et il faillit remonter pour offrir son bras à Ermeline .« Au fait, le dois-je? » pensa-t-il. Il hésitait.

Elle-même était si bien faite maintenant aux usages du pays, que la même idée lui vint, malgré son trouble : du moins elle se choqua lorsqu'à la fin du dernier acte, ce fut Louveau qui lui offrit le bras pour descendre.

« Avec vous? » dit-elle naïvement.

Il sourit : « Je ne suis plus votre mari, Ermeline, et j'ai droit à de nouveaux privilèges. C'est un ami qui vous offre son bras, c'est un amant. »

Un amant! Elle faillit pleurer, mais elle ne répliqua point; que pouvait-elle dire? Elle se mettait à la torture pour inventer de bons prétextes et se refuser à lui. Elle ne trouva rien. Oui, cette femme qui n'agissait jamais que par des motifs de sentimentalité, n'eut dans la tête, à cette minute, qu'un raisonnement : et si elle ne résista pas à Louveau, ce fut uniquement par une sorte de nécessité logique.

Elle se laissa emporter, et ensuite elle se laissa prendre comme dans un rêve. C'était un rêve, le rêve de la réalité d'autrefois. Elle ne s'apercevait point des changements. Elle était aux bras de ce héros neuf, de cet adorateur inexpérimenté : et elle se croyait aux bras de l'autre, du Frédéric Louveau qui n'existait plus. C'est pour cela sans doute que, dans un retour de sa mémoire désorientée vers le libertinage de jadis, elle sentit tout d'un coup qu'elle allait se départir de son impassibilité féminine. Ce fut un épouvantement, une reprise de vertige; mais elle était sans force contre elle-même comme on l'est dans le sommeil, dans le rêve. Elle tenta un grand effort, et instinctivement elle murmura : « Henri!... » Cette image l'acheva. Elle ferma les yeux. Elle fut à Louveau.

Mais elle eut une réaction terrible. A la suite de cette défaillance, de cette forfaiture à ce qui était son honneur physique de femme, elle eut en effet comme une crise de virilité. Ah! elle regrettait bien à présent de ne pas s'être donnée à Charlieu et à Souberbielle. Plaisir pour plaisir, tout valait mieux que d'en goûter par Louveau. Et, s'adressant à lui, elle trouva soudain, pour le chasser, toutes les foudroyantes paroles qu'elle avait en vain cherchées tout à l'heure pour ne l'accueillir pas.

Restée seule, elle pleura beaucoup. Ses nerfs se détendirent. Mais il lui sembla que tout était perdu. Son cœur qu'elle avait senti s'ouvrir ici dès le premier jour n'était plus digne d'aimer. Cette longue éducation amoureuse ne produirait aucun fruit; cette longue attente de l'amour resterait vaine à tout jamais, puisque Ermeline n'était plus qu'une espèce de Volumnie. Oh! elle ne se méprisait pas, elle n'avait point de honte, ni de remords. Elle avait plutôt pitié d'elle-même, comme on a pitié d'une personne qui donnait les plus belles espérances, et qui vient, par une démarche fausse, de compromettre toute sa vie.

Qui la consolerait? « Henri », murmura-t-elle. C'était sa manie ce soir de murmurer le nom d'Henri. Comme elle aurait désiré qu'il fût là! Et elle se représentait la douceur de leur intimité. Mais, hélas! elle ne pouvait plus rien imaginer, même avec lui, de sensuel et d'ambigu. Encore une chose qui était finie. Elle aimerait bien Souberbielle toujours, et Souberbielle l'aimerait; mais la flamme de leur affection était pâlie et le parfum évaporé.

C'était la faute de Louveau : voilà son crime irrémissible. Et pour la première fois depuis quatre mois, Ermeline éprouvait à son égard un sentiment qui ne fût point factice, ni voulu par acquit de conscience : elle le haïssait.

CETTE RETRAITE DE CASSANO ÉTAIT LA MIEUX CHOISIE.

VI

Après sa fuite irréfléchie, Souberbielle s'était réfugié dans sa chambre : il y passa une de ces grandes nuits insomnieuses qui suffisent à la métamorphose de toute une âme, comme cette autre fabuleuse nuit qui suffit à la conception d'Hercule. D'abord, sa douleur cria physiquement, elle vagit comme une douleur d'enfant. Il eut une minute d'enfance, il eut dix-neuf ans. Il eut besoin d'une caresse, d'un enveloppement maternel de bras, d'une consolation d'amitié. Il devinait bien, il savait que Philippe et Volumnie devaient à cette heure l'oublier ensemble : car si brusquement qu'il eût ouvert et refermé la porte de sa loge, il y avait constaté l'absence de Volumnie; mais il était tout de même tenté de recourir à eux. Voyons, cela ne se pouvait pas : Henri leur en voulut de cette impossibilité. Ils étaient aussi par trop égoïstes d'être si heureux, heureux d'une façon qui lui interdisait de venir réclamer sa place au foyer de leur intimité, sa part de leurs caresses, dont il avait tant besoin ce soir. Mais Henri, dès qu'il songeait à Philippe, souriait à travers ses larmes. Il se prêcha le sacrifice. Et puis, à réfléchir comme Viéville était enfant, combien plus jeune que lui-même (car trois ans à cet âge-là, c'est une différence), Henri se sentait, par contraste, très grand garçon, très sérieux. Pour être bien raisonnable, il se coucha tout de suite, fit l'obscurité. Son propre calme l'étonnait à présent : si peu de temps après l'horrible drame sentimental qui venait de se jouer, il se disait tout simplement : « Voilà une mauvaise journée. »

Son calme était pareil à cette paix infinie que l'on goûte en présence des morts, et qui semble une contagion de l'anéantissement. Lorsque la mort, qui est une chose éternelle, pénètre dans une maison, tout ce que nous avons en nous qui tient de l'éternité, se relève et se restaure à son majestueux spectacle. Elle fait taire notre douleur et communique à notre divine raison une inhabituelle sérénité. De même, Souberbielle en deuil se reconnaissait pondéré, lucide ; il sentait que par un de ces rares et momentanés privilèges, il allait, durant cette nuit, comprendre d'une façon presque surhumaine, et résoudre tous les problèmes qu'il daignerait examiner.

Toutefois, comme si la puissance nouvelle qu'il s'attribuait lui venait de l'extérieur et ne dépendait point de sa volonté, il ne faisait aucun effort d'attention. Il assistait comme un témoin au défilé de ses idées, qui lui étaient présentées toutes faites et toutes mises en ordre. Cette façon de dédoublement lui rappela Luigi Borgone, qui avait un génie à son service. « En posséderais-je un comme lui ? » se dit-il, et il rougit d'un noble enthousiasme.

D'abord il repassait la série précipitée des images, qui, devant la porte de la loge, avaient déterminé sa fuite soudaine, au mépris, semblait il, de toute logique. Qu'importait ce retour, prévu d'ailleurs et chaque jour imminent, de Louveau ? C'est les circonstances accessoires qui avaient dû égarer le jugement d'Henri. Qu'Ermeline fût émue à l'aspect de Frédéric, c'était chose probable ; mais elle ne l'aimait plus, elle aimait Souberbielle : et Souberbielle avait abandonné la place, comme s'il était défendu de lutter !

Eh bien ! cette injustifiable désertion lui paraissait tout au contraire une inspiration de la sagesse même. C'est que toujours, suivant cette loi de sa personnalité double qui attachait à chacune de ses péripéties de cœur un nouveau progrès intellectuel, il avait brusquement changé l'optique de son entendement au même instant où son cœur se brisait.

L'observation amoureuse des experts milanais, qui est subtile dans l'analyse, mais superficielle et féminine, ne lui suffisait plus. Il avait rebondi jusqu'à un sommet de science plus élevé, d'où il ne découvrait plus les détails dans leur isolement, mais le groupement des causes et le mécanisme des lois. Dépassant ses maîtres italiens, qui lui avaient enseigné la physiologie de l'amour, il en improvisait une métaphysique, et il y trouvait écrite sa condamnation.

Il ne considérait plus l'amour dans les individus, mais dans la nature, qui en use comme d'un instrument pour tous les progrès de l'humanité. Elle n'en autorise les transports, elle n'en consacre la légitimité par le plaisir, que suivant ses vues et son intérêt. Cet intérêt ne saurait être égal partout : chez les peuples qui ne changent guère et dont l'équilibre se maintient, elle ne peut viser qu'à des raffinements, sans importance fondamentale du sentiment ou de la beauté ; alors la passion n'est qu'un jeu, et les êtres qui s'aiment, se plaisent par des qualités extérieures, par d'imperceptibles délicatesses. Pour une race qui s'organise, comme la France de la Révolution, l'amour, ainsi qu'aux temps primitifs, redevient la chose capitale de la vie, et une vraie passion ne peut éclater entre deux êtres que si la communauté a besoin qu'ils se rencontrent et qu'ils s'unissent.

Appliquant à Ermeline ces principes, Souberbielle interprétait son passé, prophétisait son avenir. Il n'avait qu'à la comparer avec Volumnie pour comprendre qu'elle était femme, et l'espèce d'interdit qui la frappait, dans une société où toutes les femmes se trouvaient réduites à la virilité ou à l'excommunication. Mais l'heure était proche, où cette maladie sociale guérirait : cette guérison ne pouvait s'accomplir que par l'amour, et une Ermeline ne pouvait aimer que pour l'accomplir en effet. Qui élirait-elle, sinon l'un de ces hommes régénérés par l'héroïsme, et qui donc parmi ceux-ci lui était désigné plus clairement que Louveau ? — Louveau ? Elle ne l'aimait plus ! — Elle n'aimait plus le muscadin fripé d'hier : était-ce une raison pour qu'elle n'aimât point le guerrier superbe d'aujourd'hui ? Elle l'aimerait, fatalement. Et de cette hauteur où la pensée enthousiaste de Souberbielle planait, il lui semblait beau de stoïquement plier devant cette nécessité supérieure, de s'effacer.

Mais il eut une revanche de sentiments plus humains et une crise de jalouse rage. Au mépris de ses raisonnements il se demandait à voix haute : « Pourquoi lui et non pas moi ? » « Ermeline ! » cria-t-il encore, et il mordait ses draps si fort qu'il les déchira. Il en eut honte, malgré l'absence de tout témoin : il se sentait si relevé par son intelligence qu'il prenait un respect de lui-même, et il estima que, vis-à-vis de sa conscience sévère, il venait de faillir à sa dignité.

« Pourquoi lui, et non pas moi ?... Et d'abord, pourquoi lui et non pas Charlieu ? » se demanda-t-il, afin de se divertir de soi quelques minutes et de revenir à la sérénité par le désintéressement. Pourquoi lui et non pas Charlieu ? Car réellement elle l'avait aimé. Mais la réponse apparaissait trop simple, et elle ressortait si bien de ses principes qu'à peine Souberbielle s'y arrêta. Oui, quelques superficiels attraits l'avaient séduite, et elle avait fait une expérience loyale ; mais au dernier instant une révolte du moins physique avait dû lui enseigner qu'elle se trompait. Et Souberbielle, avec une seconde vue admirable, reconstituait la scène qui avait dû se passer entre Charlieu et Ermeline dans l'hôtellerie d'Albenga.

Il revint à lui-même : « Pourquoi lui et

non pas moi ? Car moi aussi elle m'a aimé. » Et les réponses étaient suggérées à son agile esprit si vivement qu'il put suivre à la fois deux raisonnements parallèles.

« Oui, se disait-il, elle m'a aimé ; mais d'une affection toute spéciale. Ce ne fut même pas une expérience de son cœur, ainsi qu'avec Charlieu, et si elle ne se refusait pas à moi, ce ne fut peut-être que par bonté. Maintenant qu'elle ne saurait plus s'offrir à moi, maintenant peut-être elle m'aime encore, bien qu'une gêne doive subsister entre nous, qui gâtera notre amitié à jamais. »

Et d'autre part, il se comparait à Charlieu. Que le chevalier, représentant d'un siècle mort, ne fût point l'amant désigné à Ermeline, c'était chose logique. Mais lui-même, Souberbielle, n'appartenait pas au passé. Ah ! c'est qu'il appartenait trop à l'avenir : si le chevalier était une victime de la Révolution, lui en était un produit unique et extraordinaire, une anormale primeur. Ses idées n'étaient point celles de son temps : il fallait bien qu'il s'en aperçût, car le langage de son temps ne suffisait plus à les rendre, et si claires qu'elles lui apparussent, elles lui apparaissaient incomplètement formulées. Ce progrès suprême de son intelligence, accompli simultanément avec la suprême brisure de son cœur, était prématuré pour l'époque : il rejetait Souberbielle loin de son siècle et bien des années en avant.

L'enfant, à cette découverte, fut enivré d'un tel orgueil que toutes ses douleurs s'évanouirent. Au sommet de sa tour d'ivoire, l'humaine souffrance ne l'atteignait plus. Mais il avait dix-neuf ans, l'âge où ni le cœur passionné, ni le corps neuf et vigoureux ne veulent réserver pour eux-mêmes le trop plein de leurs énergies. A quoi donc les emploierait-il, ces énergies créatrices, dont il avait dogmatiquement proclamé la stérilité? Il lui fut comme révélé que ce serait à des productions littéraires. Il songea au Borgone qu'il considérait comme le premier des poètes italiens, et il conclut hardiment : « Je serai le premier des poètes français. — Mais, ajouta-t-il, comment pourra-t-on me comprendre? Ah! je serai compris lorsque l'univers engendrera, par un développement naturel, des êtres bâtis comme je le suis moi-même par exception et par suite d'un hasard révolutionnaire. Il faudra pour cela quelque chose comme cent ans : je serai compris vers 1890. » Cette date lui fut soufflée avec une précision qui le stupéfia.

Mais il retomba encore au chagrin vulgaire. Il avait dix-neuf ans. Son cœur débordait. L'homme de génie qui venait de crever sa chrysalide, n'était pourtant qu'un Chérubin. Mon Dieu, qu'il aurait voulu être câliné ! Il consentait à se sacrifier, mais que ferait-il alors de ses tendresses? L'amour lui était refusé, mais l'amitié lui restait; et il avait deux amis excellents : Volumnie et Philippe de Viéville.

Il détermina aussitôt les causes de la sympathie qui l'avait attaché à tous les deux : tous les deux étaient comme lui-même produits monstrueux ou rejets de la Révolution, personnalités accidentelles et qui ne se continueraient point. Il se trouvait, à tout prendre, moins à plaindre que Philippe : car il pourrait au moins dévier vers la littérature, tandis que le duc de Viéville, avec de si belles ressources, n'avait réellement aucune destinée. Quel serait donc le terme pour celui-ci? Une voix fatidique répondit à Souberbielle : « La mort. » Et dans une terreur superstitieuse, il s'inclina, muet.

Initié aux secrets de la nature, il n'osait qu'applaudir et courber la tête. Il admit même, avec une sorte d'approbation austère, la sentence édictée contre celui qu'il aimait. Mais à la fin il se révolta. Non, il ne pouvait souscrire à ce décret sans murmurer. Que la brute ou que la matière subissent la fatalité machinalement; mais l'homme qui pense, juge aussi. Il a le loisir, il peut se payer le luxe de prendre en pitié les victimes. Et, fondu en une immense bonté, Souberbielle pensa jusqu'au matin au frère qu'il devait perdre. Il voulut du moins jouir de son amitié, de sa vue, durant ces jours, qui étaient comptés. Et résolument, dès son lever, il se rendit chez Volumnie, où il était sûr de trouver Philippe. Il ne s'arrêtait plus comme hier à des scrupules de discrétion : il estimait que, détaché des choses et supérieur à toutes les faiblesses, il avait le droit de pénétrer partout.

Chez Volumnie, une surprise douloureuse l'attendait : Philippe était bien là, mais un autre Philippe. Il avait goûté à la vie : il voulait vivre, et il l'affirmait avec cet égoïsme naïf qui semble nécessairement lié à tous nos accroissements. Sans prendre garde au chagrin probable de Volumnie et de Souberbielle, il déclarait qu'il entendait revoir sa patrie. Il réclamerait dès aujourd'hui au chevalier de Charlieu le certificat de services rendus à l'armée française, qui lui permettrait d'introduire l'instance en radiation. Il partirait pour la frontière le plus prochainement possible, afin d'être à même de la passer dès qu'il pourrait. Il saurait bien obliger sa sœur, car elle n'était qu'une femme, une veuve, et lui se trouvait le chef de la famille.

Souberbielle en fut légèrement froissé. Quelle ingratitude chez cet enfant, qu'il avait daigné prendre en pitié ce matin ! Puis il eut pitié davantage : les illusions de Philippe lui faisaient mal, car il le savait condamné. Cependant il ne put retenir un tendre reproche : « Tu nous quitteras? » dit-il. Philippe exalté l'embrassa, mais lui répondit : « Ma vie en dépend, » avec une assurance et une âpreté telles que Souberbielle eut le cœur serré.

Il sortit. Il était désœuvré. Il eut un désir cuisant d'aller chez Ermeline, mais il se le défendit, et rentra s'enfermer dans son bureau. Son désir ne s'atténuait point : il était forcé d'y résister d'une façon continue, d'une tension ininterrompue de sa volonté. Il craignait d'y céder, et s'alarmait de rester seul avec lui-même. Enfin Charlieu arriva; le chevalier avait un air si jeune, si emporté, que Souberbielle flaira du nouveau et l'interrogea : « Qu'arrive-t-il?

— Elle vient, répondit Charlieu triomphalement, de me mettre à la porte de chez elle. »

Son secrétaire, ahuri, le regardait. Il leva en l'air les deux bras : « Vous ne savez rien ! » Et il lui raconta toute la soirée de la veille. A la suite de ces événements, il avait cru pouvoir se présenter chez Ghita ce matin : elle avait refusé de le voir. Rien ne pouvait, mieux que cette contrariété, fouetter son amour né d'hier, et Charlieu qui en avait à demi conscience n'arrivait pas à se chagriner. Il se voyait lancé en plein imbroglio italien : il ne se tenait plus de joie, et il répétait à Souberbielle ce qu'hier soir il se disait au théâtre : « Comme cette vie est mouvementée, amusante ! »

Henri ne put se défendre de sourire, avec une petite satisfaction de vanité. « Cet homme, pensa-t-il, sera toujours en retard d'un degré sur moi ; il commence à comprendre la beauté de l'amour italien, au moment où moi je m'élève à la conception d'un art supérieur. »

Et poursuivant son idée : « C'est pour de bon qu'il aime cette fois ; car cet amour à l'italienne, qui ne saurait convenir à un Louveau ni à une Ermeline, semble fait juste à sa mesure ; il est sincère et passionné comme veut son cœur, et il ne sert pas à une œuvre de rénovation assez profonde pour qu'un Charlieu y soit inutile. » Henri faillit regretter en passant de ne pouvoir finir comme Charlieu du moins, puisqu'il ne pouvait finir comme Louveau. Puis, bien que cela n'eût aucun rapport avec ses réflexions précédentes, il cessa de résister au désir qui le poignait depuis si longtemps, et il se donna la permission d'aller visiter Ermeline.

Elle avait passé toute la matinée à errer chez elle, et à faire des mouvements, en apparence, sans but. En vérité, la série de ses gestes instinctifs exprimait ses états d'âme par une pantomime.

Cette crise de virilité, qui lui avait donné de la force pour chasser son mari, cette crise n'avait duré que peu d'instants. Cette déformation de la perspective par le grossissement des faits immédiats, s'était corrigée. Ermeline appréciait sainement toutes les conséquences de la récente péripétie : elles étaient inattendues. Au lieu d'achever le bouleversement de son cœur, l'événement d'hier semblait en avoir hâté le déblai et remis toute chose en sa place.

Elle pensait à Souberbielle comme au préféré, mais sans aucune teinte voluptueuse, et cela était désolant : toutefois à ce prix Souberbielle recouvrait ses droits à une affection particulière, et indépendante de l'action sentimentale qui devait se dérouler en dehors de lui.

Elle pensait à Charlieu, et chose étrange, bien qu'il n'eût joué aucun rôle dans la péripétie de la veille, elle sentait que le dernier lien qui subsistait entre elle et lui s'y était rompu définitivement.

Elle pensait à son mari : elle pensait à lui sans colère, et lui était d'autant plus indulgente qu'elle croyait avoir, en se livrant à lui, aboli pour jamais l'incommode reste d'affection qu'elle lui avait réservé jusqu'à ce jour.

Elle n'aimait plus personne, d'amour. Elle avait le cœur libéré. Et ce cœur, que rien désormais ne pouvait plus distraire de ses choix réguliers, ce cœur se réveillait déjà. Oui, déjà, sitôt après les orages de cette nuit, il réclamait à grands cris, avec le manque de tact d'un appétit mécanique, la nourriture de passion dont il avait faim. Ermeline éprouvait une sensation de délabrement. Elle était dans le vague, comme après une journée de jeûne.

A la faveur de ces brouillards, l'image de Frédéric lui revenait ; mais sans aucunement solliciter ses émotions, ne s'adressant

Ils trouvèrent la Monticelli dans les larmes.

qu'à son intelligence. La rencontre de cette nuit déterminait, à cet égard, un effet considérable qu'Ermeline ne soupçonnait point. Depuis qu'elle savait son mari sous-lieutenant, elle avait toujours été gênée sourdement par la contradiction de l'idée qu'elle se faisait des officiers, avec le souvenir qu'elle avait gardé de Louveau. Hier soir, elle n'avait pour ainsi dire pas dévisagé son mari, ni causé avec lui, elle n'avait pas eu commerce avec le nouvel homme, mais plutôt avec le souvenir de l'ancien, ressuscité comme dans une hallucination. Donc, elle n'avait pas pu ramener l'une à l'autre ces deux idées contradictoires de Louveau et de l'officier ; mais elle savait, par une preuve matérielle, que la conciliation en était réalisée. Encouragée aux hypothèses par la sécurité que lui donnait ce témoignage des sens, elle commençait, tout doucement et sans y prendre garde, à modifier son opinion touchant Louveau. Déjà elle renonçait à le haïr.

Ce relâchement ne s'indiqua pas encore avec assez de franchise pour attirer la consciente animadversion d'Ermeline ; mais il suffit pour être le secret motif d'une révolte, d'une protestation. Et elle aboutit à conclure qu'elle serait complice de son cœur, dès qu'une autre occasion d'aimer se présenterait.

C'est alors que Souberbielle entra. Elle ne l'avait pas revu depuis que si joliment et si discrètement il lui avait demandé des faveurs. Le cœur manqua à Ermeline. Mais elle n'eut qu'à regarder Henri pour comprendre qu'il se tiendrait à distance. Elle serra la main qu'il lui tendait, et ce fut moins un bonjour qu'un merci. « Quelle âme exquise ! » pensa-t-elle ; et elle se félicita de n'avoir point corrompu la noble affection qui l'unissait à cet enfant admirable. Vraiment ils ne furent pas une minute décontenancés, bien qu'il fût rude de changer si complètement d'attitude sans transition. Seulement, une mélancolie leur vint après les premiers mots, à cause de ce qui était mort entre eux.

Cette mélancolie parut les autoriser à s'entretenir de ce qui s'était passé la veille, et dont ils auraient mieux aimé ne rien dire. Mais ne fallait-il pas mettre Ermeline au fait ? Henri ne lui souffla mot de Frédéric ; mais il l'avertit qu'elle était aimée de Borgone et que Charlieu faisait la cour à la comtesse Monticelli. « Toute la ville en parle, ajouta-t-il avec son doux sourire triste : on dit qu'il faut être fou comme les Français pour changer de maîtresse en plein été. »

La raison d'Ermeline avait subi depuis vingt-quatre heures de trop fréquentes secousses pour ne pas reperdre l'équilibre au premier assaut. « Il m'aime ! » dit-elle : elle n'avait pas entendu autre chose. Elle était infiniment flattée, mais point comme toute femme le serait à la nouvelle qu'un homme l'a distinguée : c'est à l'école de Borgone qu'elle avait appris l'amour, elle le regardait comme son maître, avec cette arrière pensée que le maître est toujours au-dessus des disciples, et cependant il l'aimait ! Elle ne songea point qu'il était un grand poète, et, de plus, tellement beau qu'elle n'avait pu, la première fois, le regarder sans stupéfaction. Elle fut seulement timide et flattée comme un élève que son maître admet à l'honneur inespéré de collaborer avec lui.

Bien qu'elle eût ressenti plusieurs fois, rien qu'à voir le Borgone auprès de la Monticelli, certains troubles qui semblaient naître en elle par contagion, la surprise d'être aimée par Luigi n'intéressa point d'abord sa sensibilité. Pour qu'elle fût émue, il fallut (c'est la loi de ces affections qui se communiquent et se transmettent), il fallut qu'elle réunît les deux amants dans une même pensée, qu'elle se les représentât l'un à côté de l'autre. Aussitôt, elle eut le cœur profondément remué par Borgone, et du même coup, elle redoubla d'amitié pour la Monticelli.

Elle ne voulut prendre garde qu'à la moitié de cet indivisible sentiment. « Ghita m'accuse peut-être, s'écria-t-elle. Peut-elle supposer que je lui déroberai son amant ? » Et elle prétendit sur-le-champ y courir pour se disculper. « Henri, dit-elle, accompagnez-moi. » Sans réfléchir à l'inconvenance d'amener aujourd'hui chez la comtesse un étranger, elle partit précipitamment, à pied. Henri, perdant la tête comme elle, la suivit.

Ils trouvèrent la Monticelli dans les larmes. Toute la terre aurait bien pu défiler devant elle sans qu'elle se retînt de pleurer. Elle était restée au lit, en désordre, ses cheveux noirs épars sur ses épaules, et elle ressemblait ainsi plus que jamais à une belle Furie. Elle tenait un petit portrait du poète, et le baisait avec emportement.

Ermeline se précipita sur elle, pleurant aussi ; et pendant quelques instants, ce ne fut entre les deux femmes que des cris inarticulés. Enfin, Mme Louveau se dégagea, baignée des larmes de l'autre et des siennes, presque aussi échevelée que Ghita. Souberbielle, qui était à l'écart, l'admira douloureusement. Elle se retourna vers lui, et lui désignant la Monticelli d'un geste théâtral : « Ah! dit-elle, peut-on abandonner une telle femme! » Puis elle prit des mains de Ghita le portrait du Borgone, et le regardant, s'écria : « Mais qui ne comprendrait son chagrin? » Cette exclamation inopportune jaillit de son cœur avec un tel accent que Souberbielle en tressaillit. « Mon Dieu! dit-il, est-ce donc celui-ci qu'elle aimera? » Il eut un éclair de jalousie, car si ce n'était plus Louveau, il n'y avait plus de raison pour que ce ne fût pas lui-même. « Mais non, ajouta-t-il, c'est impossible. Ou bien ce sera une expérience encore, et une expérience inutile, comme avec Charlieu. »

Ghita commençait à reprendre possession d'elle-même et à s'étonner de la démarche d'Ermeline. Au premier instant, elle s'était laissée aller dans ses bras. La véritable jalousie, absolument brute et matérielle, ne va point d'abord sans son contraire : il est impossible de n'avoir pas avec sa rivale une certaine familiarité d'imagination; deux cœurs jaloux sont deux cœurs pareils, mécaniquement sollicités à une absurde sympathie.

Mais à présent qu'elle se ressaisissait, elle avait des envies de lui arracher les yeux. Ermeline jura qu'elle ne recevrait pas Borgone. La Monticelli en conclut : « Alors, qu'avons-nous de commun elle et moi, et qu'est-ce que cette femme vient faire ici? » Mais, à la réflexion, elle jugea devoir à Ermeline, pour cette démarche délicate et spontanée, une rare gratitude, et elle lui rendit des caresses de son mieux.

Ermeline partit, hors d'elle-même et véritablement folle de Ghita. Elle ne s'apercevait point que Borgone, toujours inséparable, à ses yeux, de la Monticelli, prenait une part de cette affection démesurée. Mais elle se trahissait par des paroles irréfléchies, irresponsables, disant à Souberbielle : « Ghita peut me savoir gré, c'est vraiment un grand sacrifice que je lui fais. » Et elle s'enorgueillissait d'être une héroïne de l'amitié.

Elle trouva, en rentrant chez elle, une lettre de son mari : elle la rejeta avec colère, elle avait bien l'esprit à celui-là! Mais elle se repentit de ce premier mouvement, parce que sa curiosité s'éveillait. Elle décacheta cette lettre, par bonté, se disait-elle : elle se flattait d'être aujourd'hui dans une veine de bonté.

Comme elle s'attendait à des effusions, le ton contenu, presque glacial, de l'épître, la surprit et lui déplut. Elle parcourut ce papier distraitement et le rejeta. Mais cette première lecture n'avait fait que la piquer davantage. Elle reprit la lettre et la lut plus attentivement. Louveau lui reprochait ses inconséquences. De quel droit? Mais elle ne pouvait se défendre de lui donner raison. En effet, toute sa conduite était fort peu explicable. Hier, elle aimait Souberbielle et elle était tombée dans les bras de Frédéric. Aujourd'hui... « Aujourd'hui, c'est heureux que je ne songe pas à Borgone. » Elle y songeait donc, puisque ce nom lui était venu aux lèvres? Cette richesse de sentimentalité la rendit fière, mais cette incohérence l'inquiéta. De vrai, elle n'y comprenait plus rien. Pourquoi donc Souberbielle ne se trouvait-il plus là, pour l'éclaircir? Elle lui en voulait de l'avoir laissée, oubliant tout ce qu'il devait souffrir auprès d'elle; et, dans un accès de prodigieux égoïsme, elle le ravalait au rang d'une sorte de domesticité intellectuelle.

N'ayant point goût à sortir, ni maintenant, ni le soir, elle demeura enfermée dans son appartement sans autre distraction possible que de relire la lettre de son mari. Ce qui la choquait surtout, c'est que Louveau, ayant le bon droit pour lui, prenait des airs d'autorité. Toutefois elle dut convenir, à examiner le détail de plus près, que ce n'était point là l'autorité d'un mari qui fait valoir ses droits, mais plutôt celle d'un amant qui réclame la réciprocité de l'amour. Même, ces arrogantes revendications s'enveloppaient dans une certaine humilité de la forme, par où Louveau semblait reconnaître la légitimité de l'injustice dans les sentiments, la raison de leur fantaisie contre la raison même.

Un peu réconciliée avec cette lettre, Ermeline la relut encore et alors elle fut pénétrée de la tendresse qui s'en exhalait. Cette lettre, ce n'était pas un cri de passion, tout de suite assourdissant : il fallait la relire et s'y accoutumer. Cela ressemblait, par une lointaine analogie, à ce doux pays de la Lombardie, qui n'a point, au premier coup d'œil, de beautés frappantes, mais qui lentement vous conquiert et irrésistiblement vous possède.

Cette dernière lecture apaisa donc Ermeline, comme l'aurait fait une promenade dans la campagne boisée, au bord des canaux étroits et des ruisseaux fins. En même temps, une image plus fidèle de Louveau métamorphosé achevait de s'installer en elle sans que sa conscience en aperçût rien, chassant les derniers vestiges du spectre ancien, que son imagination mal informée avait si cruellement, si injustement ressuscité cette nuit. Ermeline, qui n'arrivait pas à saisir l'enchaînement de ses idées, fut toute surprise d'éprouver alors une grande, une vraiment noble sensation de pardon et d'oubli : elle ne se douta guère que c'était à son mari qu'elle pardonnait, que c'était le Louveau d'autrefois qu'elle oubliait en faveur du nouvel homme. Ensuite, et malgré les répliques de sa conscience qui lui représentait l'extraordinaire multiplicité de ses mouvements de passion, elle eut encore l'impression que jamais son cœur ne s'était trouvé aussi libre. Elle finit cette journée dans un grand calme.

Celle du lendemain la rejeta d'abord aux vicissitudes du sentiment. Car, dès le matin, et même à une heure indue, Borgone se fit annoncer chez elle. Il avait compté la veille voir Ermeline à la Scala, mais avait trouvé la loge close. Elle fut troublée. « Je ne devrais point le recevoir, » se dit-elle. Mais elle s'avisa d'un argument contraire : « Il faut que je lui signifie son congé. » Elle était si prévenue en sa faveur qu'elle faillit se trahir quand il entra. Mais elle vit l'image de la Monticelli dans les larmes, et cette vue, qui redoublait son émotion, lui donnait en même temps le courage de se vaincre elle-même. « Partez, lui dit-elle de loin, avec feu, partez, je n'ai plus le droit de vous accueillir ici. » Elle ne réfléchit point qu'il était bizarre de se montrer avertie avant même que Luigi eût ouvert la bouche. Elle ne s'aperçut pas davantage que cette parole inconsidérée impliquait un regret, un aveu. C'est ainsi que Borgone l'entendit : et cet homme, qui d'ordinaire parlait si peu, en balbutiant, trouva des accents inspirés pour lui jurer qu'elle serait à lui, qu'il ferait fi de tous les obstacles. Quand elle fut seule, elle relut la lettre de son mari, qui de nouveau lui parut terne et odieuse : elle avait la plus haute admiration pour l'éloquence du Borgone.

Elle se rendit aussitôt chez Ghita ; mais ce n'était déjà plus, comme hier, dans la louable intention de la consoler : elle voulait simplement lui raconter son dernier exploit et lui en faire une sorte de reproche détourné. Car elle était suffoquée, dans le fond, que la comtesse ne luttât point avec elle de désintéressement et de sacrifice. Elle trouva la Ghita si froide que sa verve en fut embarrassée : au lieu de laisser courir son récit, elle le résuma en deux mots. Ghita repartit : « Vous ne l'aimerez pas, je veux bien ; mais vous ne l'empêcherez pas de vous aimer. » C'était la cause de sa froideur. Hier, elle avait vraiment chéri Ermeline, croyant lui devoir une atténuation sensible de sa jalousie ; elle avait depuis observé que la loyauté de Mme Louveau n'y pouvait rien ; elle demeurait aussi jalouse et, de plus, elle avait perdu tout prétexte de haïr sa rivale, ce qui l'eût au moins soulagée un peu. Les deux femmes, en se quittant, s'embrassèrent avec effusion ; mais en réalité, elles étaient brouillées complètement ; et Ermeline se jura, sans comprendre pourquoi par exemple, qu'elle ne remettrait plus les pieds au palais Monticelli.

« Après tout, se disait-elle, de mauvaise humeur, aucune loi divine ou humaine ne m'interdirait d'aimer Borgone, si la fantaisie m'en prenait. » Mais elle s'avisa qu'elle pensait à lui avec une parfaite indifférence, comme si en se désaffectionnant de la maîtresse, elle devait, du même coup, se désintéresser de l'amant.

En rentrant, elle reprit, pour la vingtième fois peut-être, la lettre de son mari. Ce qui la frappa le plus, cette fois, ce fut la logique serrée qui y régnait. Cela lui procura une impression de sécurité. Elle y sentit l'homme, car la dialectique est le signe de l'homme ; et s'opposant, dans le décousu de sa conduite, à la tenue des remontrances de Louveau, elle eut le sentiment de s'opposer, dans ce qu'elle avait de plus féminin, à ce que lui avait de plus viril.

Elle s'en ressouvint le soir, quand elle entra dans sa loge et qu'elle y trouva Souberbielle. Jamais son gracieux ami n'avait pu lui procurer cette réconfortante sensation : et elle comprit, sans commentaires plus explicites, elle comprit par intuition, pourquoi, tout en l'aimant jusqu'aux suprêmes complaisances, elle n'avait jamais considéré cet amour comme la fin sérieuse de son cœur. Courant alors aux conclusions par des traverses, sans s'attarder aux intermédiaires d'un raisonnement rigoureux, elle pardonna aussitôt à Frédéric ce qu'hier elle considérait comme son crime irrémissible, elle lui pardonna d'avoir défloré sa tendresse pour Henri, en y retranchant tout ce qu'il y avait de voluptueux.

Elle sauta de là à la pensée de Borgone et sentit qu'elle serait très ennuyée de le voir. Pour prévenir cette contrariété, elle lui

IL SE PROMENAIT A L'OCCASION
ENTRE LES ARBRISSEAUX DU RIVAGE.

dépêcha Souberbielle, afin de lui interdire absolument l'accès de la loge. Mais, lorsque Souberbielle remonta, comme Charlieu ne paraissait point, elle se trouva seule avec le jeune secrétaire. Cela ne lui causa aucun plaisir. Il lui sembla qu'elle était toute seule ; et elle se demanda, un peu piquée, pourquoi Louveau ne faisait pas ce que tant d'autres officiers français faisaient pour d'autres maîtresses : la route n'était pas si longue depuis Cassano jusqu'ici, que ne venait-il tous les soirs passer deux heures auprès de celle qu'il prétendait aimer ?

Louveau y avait bien pensé, sans aller jusqu'à le vouloir. C'est que son amour, subitement né à l'apparition d'Ermeline subitement révélée, s'était retrouvé, au lendemain de la dramatique rencontre, dans la lenteur et dans la règle d'un développement naturel. Il fallait reprendre les choses en sous-œuvre. Il fallait surtout éviter une surprise nouvelle des sens, qui n'arriverait pas à son heure : si Louveau se risquait à Milan et si Ermeline ne lui résistait point, tout serait à recommencer encore. C'est pourquoi il restait à Cassano, songeant à Ermeline continuellement, couvant avec patience le sentiment qu'il portait au fond de son cœur.

Cette retraite de Cassano était la mieux choisie pour une amoureuse rêverie. Le village ne se compose guère que d'une rue, qui suit le cours de l'Adda. Vers le milieu, cette rue s'élargit en place et le contour de cette place est tellement indéterminé, que l'on ne se sent point invité à la traverser dans un sens ou dans l'autre, mais plutôt à y vagabonder. Les maisons d'alentour sont précédées de hautes portes, pareilles à des arcs de triomphe. Ce n'est pourtant qu'une place de village, et des poules y picorent entre les gros cailloux qui pavent le sol. La route qui vient de Milan passe au travers et ensuite dévale précipitamment vers l'Adda. Le fleuve se divise en deux bras ; il est glauque et opaque : on s'étonne de le trouver transparent et incolore lorsque l'on en fait couler l'eau en perles entre ses doigts. Après le fleuve passé, on est tout de suite perdu sous les verdures ; en se retournant, on voit la ville groupée, que deux fins campaniles dominent. Les maisons qui s'étagent au flanc de la colline, ont des vignes en terrasse. Elles sont peintes de couleurs, plusieurs jaunes ou roses, une d'un violet doux. Et à droite s'asseoit le château rectangulaire en noires briques, avec une tour carrée. Le mur descend à pic dans le fleuve, soutenu de contreforts, paré de traînées de lierre.

C'est dans la tour que demeurait Frédéric. Cette petite garnison était si peu importante qu'il n'avait absolument rien à faire. Il se promenait à l'occasion entre les arbrisseaux du rivage ; mais c'est encore dans la tour qu'il pensait à Ermeline le plus volontiers, parce qu'il découvrait de là toute la même vue que de Milan, la plaine faisant illusion de forêt, les montagnes pâles en ceinture. Il devait, suivant ses calculs, regarder ces belles choses à la même heure qu'Ermeline : il les aimait à cause de cela, comme il eût aimé toucher des objets qu'elle eût touchés.

Mais lorsqu'il craignait de se trop divertir au spectacle des réalités extérieures, il trouvait un refuge meilleur dans la cour du château : elle était entourée d'un cloître, dont les ogives lourdes, inégalement évasées, reposaient sur d'assez sveltes colonnes. Au centre, il y avait un puits tout en briques, dont quatre piles soutenaient le toit en coupole. Soit qu'il errât sous les arcades, soit qu'il se reposât sur la margelle du puits, Louveau, comme un homme qui ne pense à rien, examinait tantôt du côté de l'entrée, tantôt vers le fond de la cour, l'appareil des briques, lesquelles étaient disposées ici par assises horizontales et là en arêtes de poisson. D'autres fois, il lisait les inscriptions gravées au mur par des promeneurs ; il en était une très simple : *Addio, Cassano d'Adda*, à qui son imagination prêtait une mélancolie pénétrante, et qui l'attendrissait.

Pourquoi donc voulait-il ainsi se refermer en lui-même ? Il n'en savait rien, car il ne lisait pas dans son propre cœur : il n'obéissait qu'à des instincts. Quelques jours plus tard, un autre instinct l'avertit qu'il pouvait retourner voir Ermeline.

Il voyagea comme la première fois, mais sans incident ; il se fit ouvrir la porte de la loge où il trouva Ermeline délaissée. Elle se réjouit de le voir, son plaisir toutefois fut diminué, parce que Louveau n'était point venu le jour où elle le désirait, mais un jour où elle ne l'attendait point. Puis ce plaisir acheva de sombrer dans la terreur, car elle sentit bien que si Louveau s'enhardissait, elle ne saurait pas se soustraire à lui. Certes, elle ne se révoltait plus, ainsi que l'autre soir, contre cet attentat : elle devinait seulement, comme Louveau, qu'il n'était pas encore l'heure. Cet instinct de temporiser plutôt que de refuser cachait-il un secret désir ? Oh ! non, si elle eût cédé, elle eût cédé de mauvais gré. Pourtant cette discrétion de Louveau, qu'elle devina dès les premières paroles, la fâcha un peu. Ensuite elle fut un peu confuse, comme si elle avait trahi une faiblesse et que lui, plus sage, s'interdît d'en profiter. Elle eut encore l'impression de se trouver en présence d'un être réellement homme et de se sentir plus femme auprès de lui. Simultanément, Frédéric sentait qu'au si rare contact de cette femme très femme il devait déjà un supplément d'éducation, et que cette éducation consistait, non dans un efféminement, mais au contraire dans une affirmation plus nette de ses qualités viriles. Il s'était bien troublé à la seule vue d'Ermeline troublée, mais sa résolution s'était affermie.

Leurs débuts furent un peu gênés : ils ne s'en trouvèrent que mieux à leur aise lorsque cette gêne se dissipa et ils s'entretinrent dès lors avec une véritable cordialité. Souberbielle avait très solennellement salué Louveau et s'était retiré. Ils restaient seuls. Prévoyant qu'il en serait désormais toujours ainsi, Frédéric revint le lendemain et les jours qui suivirent. Ils passèrent toutes ces soirées en tête à tête. Ermeline, touchée de cet empressement, témoigna pour la première fois à son mari un peu de tendre intérêt. « Vos voyages, lui dit-elle, vous font rentrer au milieu de la nuit, vous devez être fatigué. » Elle le regardait en même temps avec admiration, sachant bien qu'elle ne disait pas vrai et que cet homme vaillant ne pouvait point se fatiguer pour si peu. Frédéric en effet souriait négativement.

Ces menus détails, voilà tout ce qui se passait entre eux : il semblait donc que rien n'arrivât, et que les soirs successifs, toujours fussent pareils. Et Frédéric, si peu conscient de lui-même, s'étonnait toutefois d'une chose, c'est que la trêve de ses désirs se prolongeât. Il ne s'agissait point d'une trêve, mais d'un retournement de ses désirs, Frédéric le reconnut bientôt. L'homme qui aime sincèrement finit par acquérir cette noble impuissance de la femme au plaisir fatal et à l'égoïste sensualité. Louveau ne souhaitait plus d'arracher à Ermeline des faveurs qu'elle-même n'eût point avouées. Il ne cherchait donc plus à la vaincre, mais à l'animer, et il s'aperçut que, depuis plusieurs jours, il travaillait instinctivement à cette séduction d'Ermeline.

LA MONTICELLI VENAIT D'AUTORISER CHARLIEU A LUI FAIRE LA COUR.

Comment ? Par quels moyens, de tous les deux insoupçonnés ? Qui sait ? Mais l'instinct est infaillible. Louveau ne faisait peut-être qu'étaler avec un orgueil ingénu et sans calcul de plaire toutes ses beautés récemment acquises. L'effet en était irrésistible. Ermeline glissait sur une pente si douce qu'elle se laissait aller sans y prendre garde. Pas une fois, elle s'était encore demandé si elle aimait Louveau, mais elle ne pensait qu'à lui. Charlieu avait disparu. Volumnie avait disparu. Souberbielle, depuis plu d'une semaine, se réservait. Ermeline ne s'en apercevait point. Elle se croyait le cœur libre, et elle vivait enfermée, isolée, comme l'amante la plus passionnée, la plus exclusivement possédée par un homme.

Bientôt, à des troubles contagieux et à des frissons communiqués, Frédéric éperdu surprit en elle la première éclosion d'un désir : le sien, reprenant aussitôt sa forme simple, redevint aigu et immédiat. Le laissa-t-il entrevoir trop tôt? Elle fit comme une retraite de corps. Peut-être ne fut-ce d'abord qu'un mouvement voulu, sans aucune sincérité. Mais ensuite elle se révolta de bonne foi et ressuscita dans son imagination, comme pour protester, l'image de Borgone, qui, lui aussi, avait disparu. Elle se réveillait ainsi que d'un rêve. Elle ne se trouvait plus au courant de rien. Par une coïncidence fâcheuse pour Frédéric, la Monticelli venait d'autoriser Charlieu à lui faire la cour, semblant renoncer ainsi à son amant et délier Ermeline de ses promesses.

Telle n'avait pas été l'intention de Ghita, certes. Elle n'avait agi que par la plus naïve des manœuvres de jalousie ; avec peu de conviction d'ailleurs : car dans cet esprit tout d'une pièce, il persistait une certitude infrangible, têtue, que jamais elle ne ramènerait à elle Borgone. L'amour pouvait lui faire perdre la raison, mais non le bon sens. Et comme elle était persuadée que sa manœuvre n'aboutirait à rien, elle avait cédé aux instances de Charlieu, elle ne le consignait plus à sa porte.

Il était temps. Le malheureux chevalier dépérissait. Avec cela il était heureux, car il aimait. Mais ce bonheur tremblotait dans sa cervelle vide, comme la dernière lueur de raison dans celle d'un fou. Il ne parlait plus qu'à Souberbielle quelquefois ; et c'était une conversation atone, où il évitait de parti pris tous les sujets qui les eussent intéressés l'un et l'autre. Cependant, tous les jours, à la même heure, il se réveillait subitement, il redevenait l'homme d'autrefois, il courait de son pas alerte chez la marquise de Vigée Saint-Ange, où il avait toujours de l'esprit. Il oubliait totalement comme il avait d'abord songé à se défaire d'elle. Elle ne se souvenait d'aucun ami qui fût plus fidèle, plus exact, et aussi plus délicieux. Mais dès qu'il sortait de chez la marquise, Charlieu retombait au mutisme et se cassait comme un vieillard. Il n'avait plus, jusqu'au coucher, d'autre occupation que d'aller au corso voir si la Monticelli passerait — et jamais elle ne passait; au théâtre, lorgner le rideau de sa loge — et le rideau ne s'ouvrait plus.

Quand Ghita lui permit d'aimer, il reprit en trois jours. La comtesse, qui n'avait prétendu lui accorder que les plus minces satisfactions, fut à l'instant même débordée. Mais il était si bon pour elle et si patient qu'elle ne pouvait s'empêcher de lui être reconnaissante. Elle n'avait point du tout contre lui cette rancune habituelle dont les femmes paient les hommes qui leur servent d'instrument pour se venger. Au contraire, sa gratitude s'en augmentait. Du reste, si Borgone s'était représenté chez elle, elle lui aurait tendu les bras, et jeté l'autre à la porte.

Mais Charlieu n'avait de bonté que pour elle, et oubliait le reste du monde. Dans son rajeunissement, cette fois complet et sincère, tout ce qui restait en lui de l'autrefois s'évanouissait. Il y gagnait beaucoup, mais il y perdait ses belles manières. Sa rupture avec la marquise fut presque grossière par la soudaineté, par le manque de forme. Certes, le cœur de cette femme plus distinguée que sensible n'en reçut aucune atteinte ; mais elle fut très froissée. Et par une exagération de sa délicatesse (ce n'était que de la délicatesse et nullement du dépit), elle prit en haine cette ville de Milan où elle allait de nouveau rester seule. De sorte que cette intrigue légère eut bien le spirituel dénouement que le Charlieu de « Point de lendemain » avait imaginé : la marquise résolut tout d'un coup de céder aux instances de son frère, et de faire l'utile pour rentrer dans sa patrie.

Un matin, Philippe de Viéville vint embrasser Souberbielle chez Volumnie, tendrement, mais avec plus d'enthousiasme que de regret. Il partait pour un village des frontières. Henri et Volumnie pleurèrent. Philippe était trop exalté pour pleurer. La fièvre de ses yeux séchait ses larmes avant qu'elles jaillissent. « Henri, s'écria-t-il, dans peu de temps tu reviendras en France, et tu m'y retrouveras : nous serons frères comme ici ! » Ces illusions faisaient encore plus de mal à Souberbielle que la séparation même. Une immense pitié lui venait, à la pensée que tant de jeunesse et d'énergie, tant de noblesse et tant de cœur s'embarquaient pour les espérances et n'atterriraient qu'à la mort. Car de nouveau la prophétique voix criait à Henri l'avertissement funèbre.

Ils furent fusillés dans les plaines de Grenelle.

Hélas! il n'était que trop vrai. L'instance traîna en longueur, sans que la conclusion parût douteuse. Les certificats faisant foi des services rendus par Viéville aux armées, l'ordre du duc des Deux-Ponts au feu marquis, les faux passeports, une attestation de la municipalité de Manosque portant que la citoyenne Vigée Saint-Ange y avait séjourné sans interruption depuis janvier 92, tout cela les assurait du succès, mais ce succès fut leur perte. La nouvelle de leur définitive radiation leur parvint deux jours avant le 25 fructidor. Ils furent saisis dès leur arrivée à Paris, et le lendemain, fusillés dans les plaines de Grenelle. Cette aventure qui tenait aux élégances du siècle passé, devait, comme elles, s'achever dans le sang. La marquise, qui avait montré si peu d'aptitudes à la passion, fut admirable de courage, ou plutôt d'indifférence. Philippe ne fléchit pas davantage : toutes les forces qu'il gardait en réserve pour vivre ne devaient donc lui servir qu'à ne pas trembler devant la mort. Il se repentit au dernier instant d'avoir quitté Souberbielle avec trop de désinvolture : c'était peut-être la seule vétille de toute sa vie immaculée.

Quand Charlieu reçut la nouvelle, sa pensée était bien autre part : il ne remarqua même point que c'était lui, qui, par son égoïste conseil, avait assumé toute la responsabilité de cette catastrophe. Mais Souberbielle pleura beaucoup. Cet observateur de soi-même et des autres, que l'on devait plus tard accuser de sécheresse, et qui était l'âme la plus aimante, la plus enflammée, pleura comme un véritable enfant le dénouement tragique de sa dernière amitié d'enfance.

Il eut presque autant de chagrin ce jour-là, en recevant les adieux de Viéville. Quand le voyageur fut parti, il n'eut pas le courage de rester avec Volumnie, qui lui rappelait trop son ami perdu à tout jamais. Il s'en alla chez Ermeline. Il put à peine lui raconter, en quelques mots entrecoupés, ce qui venait de lui arriver encore. « Comme je suis seul et abandonné dans la vie ! s'écria-t-il amèrement.

— Mon pauvre enfant, dit-elle avec une sorte d'accablement, vous êtes bien malheureux. »

Et sans y penser, elle le prit dans ses bras comme naguère. Ce fut une caresse moins troublante, désillusionnée, mais encore bonne, et ils comprirent qu'ils pourraient désormais se repermettre sans danger les familiarités qu'ils n'osaient plus. Quelle consolation pour Henri! Il eut le sentiment qu'il venait de se réconcilier avec Ermeline, d'établir entre elle et lui-même un régime de vie satisfaisant. Comme on éprouve, après les séparations ou les brouilles, le besoin de se raconter toutes ses histoires, Souberbielle parla longuement de lui-même, et ensuite de leurs amis. Il apprit à Mme Louveau que, le soir, la Monticelli reparaîtrait à la Scala, et qu'elle avait autorisé Charlieu à l'y accompagner : le chevalier en était fou de joie.

Remis par cet entretien avec Ermeline, et reprenant dès lors intérêt à tout le *pettegolismo* de Milan, Souberbielle résolut de ne point manquer le théâtre, pour juger de l'effet produit par la réapparition de Ghita. Il s'accorda même comme une douceur exceptionnelle d'y conduire Ermeline ; mais il lui dit adieu devant la porte de sa loge, ne voulant point se rencontrer avec Louveau quand il viendrait. Il redescendit au parterre, et vit que tous les regards en effet étaient dirigés vers la loge où la Monticelli impassible trônait à côté de Charlieu. Mais se retournant tout à coup, il vit avec stupeur qu'Ermeline avait à côté d'elle Borgone transfiguré par la joie, discourant avec animation. « Enfin s'écria-t-il au dedans de lui-même, l'aime-t-elle? » Mais non, il n'admettait point qu'Ermeline pût aimer Borgone. Il n'en revenait pas quand même qu'elle eût profité aussi vite de la publique démarche de Ghita pour faire une démarche pareille, dès ce soir.

La Monticelli se tourna au même instant et aperçut Luigi. Son visage prit une expression de colère et, en même temps, d'indéfinissable contentement ; enfin elle pouvait donc détester sa rivale, sans ingratitude ni scrupules! Elle fixa Ermeline si obstinément que celle-ci eut les yeux tirés vers elle. Les deux femmes échangèrent un regard de défi. Cette muette déclaration de guerre avança les affaires de Borgone plus que deux mois de cour assidue. Et du coup fut abrogée dans le cœur d'Ermeline cette bizarre loi d'harmonie, qui soumettait son affection pour Borgone aux vicissitudes de son amitié pour Ghita. Elle était défiée, c'est bien : elle prenait le poète et le gardait. La porte de la loge s'ouvrit. Louveau entra. Et Ermeline se trouva entre ses deux amants.

Ce fut l'heure précise où commença entre les deux hommes une lutte de plusieurs semaines, et en Ermeline une double évolution sentimentale.

D'abord, le triomphe de Borgone fut

complet, foudroyant, incontestable. Comme Souberbielle l'avait observé justement, chez les peuples qui ne sont pas en voie de se renouveler, la naissance de l'amour dépend de superficiels attraits, qui le provoquent plus facilement et plus vite. La passion, aussi ardente, mais moins imprévue, obéit à des procédés classiques. Celle de Borgone, en effet, affectait cette maîtrise et cette simplicité des œuvres classiques, tout de suite aisément intelligibles, de nature à faire plus d'impression sur une âme nouvellement formée, fraîche émoulue de l'école si l'on peut dire, comme était celle d'Ermeline.

Aucune complication. Il aimait, tout uniment. Allumé d'un coup, le feu de son amour se propageait, se développait rigoureusement suivant les règles qu'Ermeline avait ouï formuler par les causeurs de cette ville, observateurs fins. Et rigoureusement ce qui se passait en lui, se passait en elle : elle éprouvait à son approche, ou à sa seule pensée, chaque fois, un rappel de l'émotion première éprouvée à sa première vue, et l'épanouissement simultané d'une joie morale, d'une joie physique. L'image de Borgone se parait pour elle, comme la sienne pour Borgone, de toutes les qualités, de toutes les beautés imaginables. Elle était, ils étaient tous les deux, à la fois les spectateurs avertis et pourtant les dupes de ce travail d'âme. Un instinct les obligeait de s'asseoir le plus près possible l'un de l'autre. Et sans aucune réserve, mais avec le plus grand calme, Ermeline pressentait déjà le plaisir qu'elle pourrait goûter à lui prodiguer des caresses et à en recevoir de lui.

Les choses avec Borgone se passaient si clairement qu'il n'y avait pas de place pour le doute et pour les inquiétudes. Il n'y avait pas moyen de se demander si l'on aimait ou si l'on n'aimait pas, si l'on était aimé ou non. Presque sans trouble, avec plus d'exaltation que de tendresse, ils s'étaient avoué qu'ils s'aimaient. le premier soir, en se tenant les mains comme pour un solennel engagement, et dans cette forme naïve qui avait servi à Souberbielle naguère (mais Ermeline ne s'en souvenait plus) : « Me voulez-vous du bien? — Oui. »

Et depuis, tous les soirs, attiré par un radieux sourire d'Ermeline, du parterre où il attendait le signal, Borgone montait dans la loge. Tous les soirs, avec une inspiration tous les soirs renouvelée, avec une souple éloquence excessivement redondante, il reprenait, il variait le thème de son amour. L'expression de cet amour n'empruntait aucune particularité, aucune originalité, ni à la patrie, ni à l'époque, ni à la personne même de celui qui le ressentait : c'était l'essentiel amour, l'immuable amour, l'amour éternel, et il n'appelait pas seulement la réciprocité de l'amour, mais aussi ce religieux respect qui pénètre les âmes au spectacle des choses effectivement éternelles et immuables.

Au milieu de sa joie sereine et comme contemplative, une seule émotion frémissante était procurée à Ermeline, par la présence obstinée de Louveau. Lui aussi venait tous les soirs. Le premier soir, par une de ces fantaisies d'insolence auxquelles ne résistent point les meilleures femmes, Ermeline avait présenté Louveau à Borgone, en disant d'une manière négligente : « C'est mon mari. — Je sais, » avait répondu le poète, avec une légère inclination. Il ne s'en était pas gêné davantage, un peu étonné seulement que ce mari (n'avait-il donc point de maîtresse?) eût l'inconvenance unique de rester en tiers incommode, dans la loge de sa femme, entre elle et l'amant reconnu.

Mais lui, Borgone, n'y prenait plus garde : tandis qu'Ermeline sentait continuellement se poser sur elle, bien qu'elle eût le dos tourné, ce regard sérieux et assuré de Louveau. Véritablement dédoublée, elle éprouvait tout à la fois les sensations calmes et larges qu'elle devait à l'amour enveloppant du Borgone, et un trouble continuel, dû à la seule présence muette de Louveau. Jamais Louveau ne l'avait bouleversée de la sorte avant qu'elle mît entre eux Borgone. Elle ne soupçonnait aucunement que cette situation de Louveau pût prêter au ridicule : cela ne la choquait point. Mais elle eût préféré de la jalousie et des reproches, enfin un prétexte pour dénouer, soit d'une façon, soit d'une autre. Cette attente, si patiente et muette, témoignait d'une si entière sécurité, qu'Ermeline, par contrecoup, en arrivait à prendre pour une comédie le jeu qu'elle jouait avec Borgone, et à penser que là, derrière, dans l'ombre, son intrigue avec Louveau se poursuivait, seule réelle, ou que du moins, si l'intrigue était interrompue, elle n'était pas tranchée, elle attendait toujours son dénouement.

Louveau s'étonnait lui-même du rôle qu'il acceptait, et que pourtant un instinct inéluctable lui ordonnait de soutenir toujours. Certes, le soir où son attaque prématurée avait semblé tout perdre, il avait ressenti un chagrin aigu — mais un chagrin bref, et ensuite il avait recommencé le siège d'Ermeline avec l'âpreté calme des gens qui ont foi. Il ne possédait point les lumières de Souberbielle, mais comme lui cependant, il avait une surnaturelle prescience de son succès ; et soit contagion, soit influence de conditions identiques, une pareille certitude commençait à s'installer dans le cœur d'Ermeline, bien qu'elle fût au plus fort de son intrigue avec Borgone.

Alors en elle, et malgré elle, se fit continuellement un parallèle entre les deux hommes. Louveau ne se recommandait point par les qualités de surface, qui, chez Borgone, avaient séduit à première vue la superficielle Ermeline. Elle ne pensait pas à lui comme à l'autre, avec un plaisir affriandé. Elle ne sentait pas en lui la correspondance de tous ses goûts et de toutes ses délicatesses ; mais elle ne pouvait se dissimuler qu'une souveraine puissance, puissance ne résidant ni en elle-même ni en lui, les poussait toutefois l'un vers l'autre, et elle avait conscience déjà de l'impérieuse fatalité qui exigeait leur union.

Mais comme il n'est pas de la femme de s'en tenir aux généralités, comme son esprit, automatiquement, les particularise et les fait sensibles, Ermeline transforma toutes ces idées vagues en images de surhumaines qualités, qu'elle attribuait à Louveau. Il lui apparut désormais comme un être prodigieux, presque hors de sa portée, presque hors de l'humanité, vers qui elle s'avouait qu'elle était attirée invinciblement : mais elle avait peur, et elle résistait de toutes ses forces.

Elle commençait à mesurer, comme naguère Souberbielle, toute la différence qui existe, entre l'art classique de l'amour italien, et cette esthétique sentimentale d'un ordre supérieur que suppose la rencontre d'une femme comme elle et d'un être prédestiné comme elle se représentait Louveau. Seulement, Ermeline était fraîche émoulue de l'école, et elle préférait l'art de son maître, cet art net, régulier, fini, à la formule nouvelle de passion : elle reconnaissait volontiers que celle-ci fût supérieure, mais elle ne consentait pas encore à la pratiquer. Tel un disciple d'hier, qui sera un grand artiste demain, mais qui redoute encore son originalité naissante, et qui a scrupule à s'y abandonner.

On ne résiste pas, sinon à sa destinée, du moins à son génie. Dès qu'Ermeline vit au delà, elle fit l'amour à Borgone avec peu de conviction. Sans qu'elle pût dire si elle l'aimait moins ou si elle ne l'aimait plus, ses paroles, ses émotions même, ne lui étaient plus suggérées que par la mémoire ainsi que des leçons apprises, comme si l'inspiration lui avait fait subitement défaut. Elle pensait aussi avec inquiétude au jour où le Borgone, si longtemps discret, réclamerait d'elle plus de complaisance ; et rien qu'à cette pensée elle avait une angoisse affreuse, comme à l'hôtellerie d'Albenga, le jour où Charlieu avait porté sur elle ses mains. C'était une si poignante sensation que l'envie lui venait de brusquement céder, à la première prière, pour en finir.

Mais Borgone, qui n'avait cependant aucun sens d'observation, devina qu'il fallait se réserver. Il comprit bien aussi qu'il n'obtiendrait rien tant qu'il n'aurait pas enlevé Ermeline. Et il lui proposait de venir avec lui à Naples, où une partie de sa famille résidait encore ; il essayait de la persuader avec des descriptions de la mer ardente, du ciel africain. Elle secouait la tête.

Louveau reprit l'offensive. Il ne lui parla pas davantage, le soir ; mais il lui écrivit quotidiennement de longues lettres. Dès qu'elle eut, entre ses mains qui tremblaient, la première, elle se vit d'avance vaincue, puisqu'elle était attaquée. Elle n'avait même pas besoin de lire ce qu'il écrivait : qu'importait le sens précis des mots? Et tout à coup, dans tout son corps, un tel désir se révéla d'appartenir à Louveau qu'elle voulut fuir. Honteuse, par une erreur commune à toutes les femmes pures, d'une sensualité que cette fois le plus noble amour justifiait, elle redevint pour un temps favorable à Luigi Borgone, justement parce que celui-là, elle ne le désirait point. Pour protester contre elle-même, elle fut prête à lui accorder n'importe quoi : elle refusait toujours d'aller à Naples, mais comme le duc Serbelloni voulait bien prêter à Borgone son admirable villa de Bellagio, comme on était au mois d'août, elle conseilla au poète d'accepter cette villégiature et lui laissa entendre que peut-être elle consentirait à l'y suivre.

Elle hésitait cependant à cause de Ghita, et cela n'était guère plus concevable, à cette extrémité. Mais la Monticelli supprima elle-même ce dernier scrupule en devenant effectivement la maîtresse de Charlieu, ce que tout Milan connut au bout de vingt-quatre heures.

Souberbielle fut averti le premier. Le

chevalier se confessait à lui jour par jour, ne sachant pas être heureux sans témoins. Il voulut même l'emmener chez sa maîtresse. Henri ne s'étonnait point qu'à la fin elle se fût donnée ; mais il s'étonna davantage de la trouver presque amoureuse. Il eut la curiosité de l'interroger, sachant qu'elle montrait son cœur à nu sans aucune gêne. « Ah ! dit-elle, c'est que le chevalier est si bon ! » Et elle cita tous les traits de sa bonté. Ce qui la touchait encore le plus, c'est qu'elle venait, grâce à lui, de goûter le plaisir divin de la vengeance. Mais elle répétait : « Il est si bon. »

— Voyons, répliqua Souberbielle, on n'aime point par gratitude ou par devoir.

— C'est évident, fit-elle avec assurance : mais il est si bon que je serais bien ingrate si je ne l'aimais pas.

— Ah ! se dit le jeune penseur, toute la logique des femmes est dans cette adorable absurdité.

En la quittant, il se rendit chez Ermeline, qu'il trouva toute aux préparatifs de son départ.

— Où allez-vous ? demanda-t-il.

— Au lac de Côme.

— Avec Borgone !

Ils se regardèrent. Elle avait envie de le consulter, car elle ne voyait plus clair dans son cœur. Mais ils restèrent tous les deux bouche close.

Lui, avec un peu d'amertume, songea qu'il aurait pu n'arriver qu'après son départ. Puis il songea, par simple réflexion d'égoïsme, à Louveau, qui viendrait en vain ce soir, et murmura, sans dire le nom : « Sait-il votre décision ? »

Elle fit un geste qui ne signifiait rien. Puis, devinant la secrète pensée d'Henri, elle le saisit par le cou et s'écria : « Oh ! toi, je t'aurais toujours dit adieu ! »

Il fut touché ; mais ensuite leur embrassement fut si morne qu'une mélancolie lui revint. Il s'en alla terminer la journée dans la chambre de Volumnie. Il la trouva si bonne et si amie qu'il fut consolé.

Il fouettait le cheval.

VII

Louveau arriva le soir à Milan, satisfait de la lettre qu'il avait écrite à Ermeline, le matin, comme d'une scène définitive. En effet, ne se parlant guère lorsqu'ils se rencontraient au théâtre, leur intrigue ne se poursuivait qu'au moyen de ces quotidiennes lettres. Elles demeuraient invariablement sans réponse ; mais Frédéric, à les écrire, prenait connaissance de ses propres sentiments ; et quant à ceux d'Ermeline, il en suivait la marche lente, le progrès incessant, rien qu'à la voir. C'est ainsi qu'il savait fort bien être d'intelligence avec elle, et tout près de recueillir enfin les fruits de sa longue patience, quoiqu'aux regards du public toujours attentif, ils se fussent l'un à l'autre parfaitement indifférents.

Sa stupeur fut profonde, lorsque, s'introduisant dans la loge, il se trouva face à face avec Souberbielle seul, presque dans l'obscurité, le rideau tiré. Ermeline lui avait remis la clef pour la donner à Volumnie ; mais Henri l'avait gardée pour lui-même jusqu'à demain, désireux de passer encore cette soirée tout seul à rêver de celle qui était partie. Il avait oublié Louveau, mais il ne prit pas d'humeur à sa vue : depuis que, pénétrant les mystères de la fatalité amoureuse, il avait décrété lui-même la réconciliation d'Ermeline et de Frédéric, sa jalousie s'était tue. Il s'était effacé devant l'autre par un sacrifice de raison. Et justement fier de cet effort, il en savait gré à celui qui lui en avait fourni l'occasion. De plus, il admirait, dans sa philosophie nouvelle, cet homme : il l'admirait comme une force de la nature.

Aussi, bien qu'il eût toujours évité de se rencontrer avec Louveau, Henri ne fut-il point embarrassé en sa présence. Il lui tendit sa main, que Frédéric prit machinalement. Il lui laissa même cette main quelques instants avec une affectueuse sympathie et, le regardant bien dans les yeux, il lui dit d'une voix pénétrée : « Elle est partie. »

Louveau, accablé, se laissa choir sur une chaise. Et ils demeurèrent ainsi très longtemps, jusqu'à la fin de l'opéra : discrets l'un avec l'autre, évitant réciproquement de coudoyer leur douleur. On entendait comme dans un lointain, à cause du rideau tiré, le bruit des conversations, auquel la musique ne faisait qu'un accompagnement ; et, par intervalles, après le silence réclamé par un coup de clochette, quelque ariette. Ce n'est qu'à la fin du spectacle, quand ils se levèrent tous les deux et descendirent, pour faire comme tout le monde, que Louveau interrogea très brièvement Souberbielle et apprit le lieu de retraite d'Ermeline.

Son retour à Cassano ne fut qu'un long cri, un cri sourd. Sa blessure au cœur lui faisait l'effet des blessures qu'on ne sent que refroidies. La brise nocturne rafraîchit son cœur, qui tout de suite commença de souffrir. Comme pour fuir devant son chagrin, il fouettait le cheval, il allait avec une rapidité désordonnée et le gémissement impersonnel qui s'échappait d'entre ses lèvres semblait mécaniquement produit par l'appel de l'air déplacé s'engouffrant dans sa bouche ouverte.

A la descente de Cassano, il ne modéra point son train. Il traversa la place au galop. S'il songea à ramener la voiture et à rattacher le cheval dans une écurie de l'auberge, ce ne fut que par habitude et dans une sorte de somnambulisme. Puis il rentra dans le château, dans la tour, s'enferma, se jeta tout habillé sur son lit ; attendant quelque chose qu'il n'aurait pu dire ; ne vivant plus que par la respiration précipitée, presque râlante, qui soulevait sa grande poitrine ; vivant si peu, qu'un instant, il crut avoir dormi et se le reprocha.

Le jour paraissait déjà, de très bonne heure. Il se leva, se traîna vers la fenêtre. Mais, persuadé que le paysage ne lui offrirait plus aucun attrait, puisque ce n'était plus le paysage qu'Ermeline pouvait contempler, il refusa de regarder au dehors. Aussitôt, changeant d'avis, il regarda : et le paysage au contraire lui parut triste, doux, comme un souvenir, comme le souvenir d'une chose finie impossible à recommencer. Il tordit ses bras vers la belle campagne, d'un geste où il y avait autant de fatigue que de désespoir. Puis, abaissant les yeux vers l'Adda qui coulait au pied des murailles, il fut tellement impressionné par la douce couleur de cette eau glauque, qu'il ne put se tenir davantage : ce héros de vingt-cinq ans fondit en larmes. Alors il s'écria : « Pourquoi est-elle partie ? » Mais il n'était ni assez curieux, ni assez subtil pour en rechercher les motifs comme l'eût fait un Souberbielle. Sa question n'avait pas d'autre portée que celle d'un enfant battu par un plus fort, et qui répète obstinément à travers ses larmes : « Pourquoi est-ce que tu me bats, puisque je ne t'ai rien fait ? »

Toute sa vie, durant plus d'un mois, ne fut qu'une répétition de ces solitaires angoisses. Son amour ne se modifiait plus aucunement. Il était tout simplifié, réduit au désir d'une possession immédiate, dont l'impossibilité rendait Louveau fou. D'ailleurs Louveau ne faisait rien pour reconquérir Ermeline : il ne lui écrivait même pas. Il allait parfois à Milan, mais sans s'y arrêter jamais : car, dans ces larges rues où l'air circule, sous le ciel gai, l'affairement sentimental qui se voyait partout lui était odieux. Il y allait uniquement pour faire la route de l'aller et du retour. Il ne visitait personne. Sa vie à Cassano était plus que jamais libre et désœuvrée. La petite garnison avait encore perdu de son importance, maintenant que la guerre s'éloignait, portée sur les rives de l'Adige et aux environs de Mantoue. Un seul officier d'un grade supérieur à Louveau était détaché à Cassano avec lui ; mais il logeait tout en haut du village, dans la villa du marquis d'Adda ; et il s'inquiétait peu de ses hommes, car il faisait l'amour avec la marquise.

Louveau aurait pu oublier qu'il était soldat. Il ne savait point les nouvelles, ni les projets de Bonaparte, ni que l'armée en opérations sur l'Adige était menacée, presque perdue. Il apprit donc avec surprise, un matin, vers la fin de septembre, qu'on le changeait de garnison. Une partie de ces troupes fraîches, reposées depuis si longtemps, allaient rejoindre le gros de l'armée. Lui-même, par suite de mutations, était incorporé maintenant dans la division du quartier général, lequel siégeait à Vérone. Mais la division se partageait entre cette ville, la forteresse de Peschiera et les forts de Brescia.

Louveau se réjouit d'abord de partir et de changer d'air ; mais il devint tout triste au moment de quitter sa chère retraite, son ermitage militaire de Cassano. C'était le suprême déchirement. Ensuite, il retomba dans une indifférence que ne put secouer ni distraire la route sans imprévu, pareille à toutes les routes du pays.

Pourtant, lorsque l'on fut proche de Brescia, il ne resta pas insensible à l'aspect nouveau des campagnes. La plaine s'accidentait un peu. La route, plus tortueuse, contournait des collines basses, toutes rondes. Et ces mystérieuses, ces inaccessibles montagnes qui enferment la Lombardie, semblaient enfin venir sur la troupe en marche et se rapprocher à chaque pas. Frédéric eut l'impression qu'il touchait aux bornes de cet éden, qu'il allait sortir de l'enchantement. Mais cet exode ne le désespérait point : l'éden, jusqu'à ses limites, était trop riant pour autoriser l'âme aux mélancolies.

Il eut toutefois le cœur serré en montant les rues de Brescia : c'était une ville de province, et qui lui fit regretter Milan, malgré sa haine de cette capitale. Aussi se réjouit-il d'apprendre qu'il ne se fixerait pas ici : il avait la bonne fortune d'être envoyé à Desenzano sur le lac de Garde. Cette joie ne dura encore qu'un instant. Des brumes s'élevèrent. Il plut. Le mauvais temps acheva de décourager Frédéric. Il ne se trouva plus assez fort pour affronter les surprises du voyage et d'un logis nouveau. Lui qu'avaient enthousiasmé les misérables villages de Garessio et d'Albenga, il méprisa les rues tortueuses de Desenzano et la place entourée d'arcades. La vue du lac surtout le navra : l'eau était presque décolorée ; elle se heurtait, à une très petite distance, contre un mur de brouillards, derrière lequel on ne pouvait point soupçonner les montagnes.

Il avaient tous des maitresses dans les environs.

Il se coucha sans avoir mangé, chez des inconnus. Il ne prit même pas la peine de regarder la chambre où il couchait. Son âme, comme un fidèle miroir des choses, était hachurée, elle aussi, par une pluie qui en troublait les profondeurs et qui en masquait les horizons. Mais son réveil n'en fut que plus splendide et plus saisissant. Une clarté pénétra en lui. Il devina, jusque dans sa chambre obscure, que tous les objets autour de lui étaient lumineux et azurés. Il sortit et d'abord il goûta une chaleur moite qui n'avait pas encore eu le temps de se glisser dans les maisons. A l'aventure, il s'en alla. Un homme jouait une musique chevrotante, pareille à ces stridentes chansons de cigales, qui semblent, dans les pays chauds, être la sonorité de la lumière. Et tout à coup le lac, tout à coup les imposantes montagnes lui apparurent.

Par delà la nappe très bleue, d'un bleu si exactement pareil à celui des saphirs que les regards s'y attachaient avec un respect d'éblouissement comme sur une matière précieuse, elles surgissaient, les montagnes invisibles d'hier, comme si une miraculeuse puissance les eût édifiées durant cette nuit. Pour Louveau qui, depuis des semaines, des mois, n'avait contemplé que des montagnes en silhouette et en déteinte, elles étaient surtout prodigieuses par la puissance de leurs reliefs, par leur aspect de substantielle et massive réalité. Elle semblaient les unes par-dessus les autres entassées, d'un vert excessivement noir, si noir que le lac d'azur qu'elles sertissaient saillait en clair, comme allégé, donnant bien la sensation, non d'une mer au niveau général des océans, mais d'une eau surélevée, tenue en l'air dans

Il choisit un bloc de pierre qui devint l'autel consacré a Ermeline.

une gigantesque coupe. Et les candides sommets éclataient d'une neige si rayonnante qu'on l'eût prise pour de la lumière gelée.

Lassé des hauteurs, le regard de Louveau redescendit vers les rivages. En face de lui, le lac était coupé par une langue de terre droite, d'où quelques végétations s'érigeaient, et terminée par une sorte de môle naturel. La rive, de ce côté, se prolongeait en insensible pente. Elle était parée de bouquets d'arbres.

Le charme désintéressé du paysage, le plaisir de voir pour voir, entraîna Frédéric à marcher le long de cette rive, tout au bord de l'eau. Il marcha longtemps. Il arriva enfin à la racine de la mignonne presqu'île où, par une timidité bizarre, il hésitait d'abord à s'engager. Il en demanda le nom à des paysans ; et ce nom : Sermione, lui parut mélodieux.

Il alla. Vers le milieu de Sermione, il rencontra les ruines d'un château. Puis il gravit une colline où pâlissaient des oliviers; et, lorsqu'il eut atteint le sommet, il se trouva comme isolé au milieu du lac.

D'ici, le tableau se composait. Frédéric découvrait trois nappes d'eau à peu près égales, à droite, à gauche et devant lui. Les deux premières s'arrêtaient à des collines basses, moutonnantes de verdures, et de part et d'autre semblables, qui peu à peu s'élevaient, symétriquement, vers les imposantes montagnes du fond, ainsi que deux rampes circulaires vers un autel.

Dès que l'attention se pouvait soustraire à cette beauté des couleurs, à cet harmonieux arrangement des lignes, ce qui frappait ensuite, c'était l'uni de cette eau, si lisse que le regard, devenu sévère, eût, par comparaison, presque trouvé des plissures à l'azur humilié du ciel. C'était aussi le grand silence, dont s'imposait la contagion : car Frédéric, bien qu'il fût seul, n'osait plus parler ses idées tout haut.

L'action de ce paysage sur son âme fut foudroyante : rien qu'à le réfléchir, elle se rasséréna, ... l'image d'Ermeline commença de flotter pour lui dans la mysticité du décor comme une Assomption. Image vague cependant et de laquelle il fut diverti toute la journée par l'égoïste plaisir de vivre et d'être guéri. Vers le soir, il s'inquiéta du service et des choses matérielles : elles comportent si peu d'ennui dans ce pays de la vie facile, qu'elles n'altèrent point la bonne humeur et qu'elles n'obsèdent point : on y peut être pratique sans bassesse comme sans souci. Louveau apprit avec plaisir qu'il n'avait fait que changer de retraite. L'oisiveté des troupes cantonnées sur le lac de Garde était aussi peu troublée, moins peut-être qu'à Cassano. Les hommes passaient leurs journées en promenades. Ils avaient tous des maîtresses dans les environs. Enfin la température était si douce qu'ils n'avaient point, jusqu'alors, fait usage de leurs billets de logement : ils bivouaquaient, la nuit, sous les grands châtaigniers du rivage et couchaient à la belle étoile.

Ces nouvelles furent pour Frédéric une joie de plus. Il étouffait rien qu'à l'idée de retourner ce soir dans cette maison où il avait dormi. Il résolut d'imiter ses camarades ; mais ce n'était plus un besoin de camaraderie exclusif et comme jaloux, qui l'invitait, ainsi que naguère, à se resserrer contre eux. Au contraire, il désirait la solitude. Il se chercha une retraite. Il la choisit tout au bout de la presqu'île, parmi les ruines.

Il eut peine, la première fois, à y trouver le sommeil, tant la nuit fut claire. Mais cette insomnie ne l'énerva point. Il ferma les yeux très tard et se réveilla cependant avec l'aurore : il n'était nullement fatigué. A peine fut-il effleuré par les rayons du matinal soleil, que son âme s'éleva de nouveau et avec allégresse vers Ermeline. Mais il eut d'elle une vision si neuve que son scrupuleux amour s'en inquiéta, comme d'un adultère d'imagination, comme si, oublieux inexplicablement, il se voyait réduit à combler avec son inventive fantaisie les lacunes de son souvenir.

A Milan, les moindres objets lui rappelaient Ermeline par détails et au moyen d'accidentelles particularités. Ici, elle se dressait devant lui plus une, plus simple, munie seulement de ses qualités essentielles, sans la diversité de la vie, mais avec la composition de l'art. Ainsi épurée, elle devenait une créature aérienne qu'il redoutait parfois de ne pouvoir saisir, telle une chimère, mais la radieuse figure le rassurait en souriant ; et elle continuait à flotter devant lui sur les sommets.

Fixement il la contemplait, il l'étudiait, comme les moins intellectuels observent et analysent ce qu'ils aiment. Mais avec un être si peu consistant, l'analyse ne pouvait aboutir à rien. En présence de cette beauté abstraite, Louveau ne pouvait éprouver que l'absolu de la passion dans l'absolu du calme. Son amour se dégageait de tous les accessoires. Les événements et les cir constances lui devenaient négligeables. Il ne parvenait pas à se souvenir de sa récente déception ; il ne pouvait que goûter un parfait bonheur, puisqu'il aimait parfaitement, et que son amie était cette image parfaite.

Ermeline, à ses yeux, n'était même plus une personne : elle n'était que la collection des qualités qui font la femme. Il soupçonna confusément qu'aux temps les plus lointains de sa mémoire, ce qui lui avait manqué, c'était la possession de cet adorable féminin : rien ne lui devait plus manquer, puisqu'il le possédait aujourd'hui par la contemplation et par le désir.

Et doucement, sous l'influence des surnaturelles beautés de ce lac et de son ineffable silence, il glissait à des idées religieuses. Respectueux d'Ermeline divinisée, respectueux de lui-même, il comprenait que c'est un culte qu'il faut rendre à la Femme, et il se reconnaissait digne de lui rendre ce culte. il s'estimait assez candide pour devenir le chaste prêtre de cette idole.

C'est alors qu'étonné lui-même et rougissant de ce qu'il faisait, mais encouragé par la complicité de cette solitude, il choisit à la pointe de Sermione, parmi ces ruines que l'on dit être d'une villa de Catulle, un bloc de pierre, qui devint l'autel consacré à Ermeline. Il y déposa les petits souvenirs qu'il avait d'elle. et il y grava son nom en lettres illisibles. pour être comprises de lui seul. Il serait mort de honte si un camarade l'avait vu : il ne se doutait guère que bien d'autres avaient, à cette heure, comme lui, l'instinct de déifier la Femme. et qu'un général français élevait un autel dans sa tente à la belle Visconti.

Désormais, c'est devant l'autel d'Ermeline qu'il passa des heures, à prier plutôt qu'à rêver. Grâce à l'esprit religieux qui était descendu en lui. il avait maintenant la foi. Il ne doutait plus qu'Ermeline un jour ne revînt à lui. S'il fallait un miracle. le miracle s'accomplirait. Il se jugeait aimé. peut-être méconnu encore ; mais il avait confiance. entièrement, dans l'avenir. Et il attendait.

Même dans cet état de dévotion amoureuse, Louveau ne s'abandonnait point à d'élégiaques mélancolies. Il approchait trop de la perfection pour ne pas goûter la plénitude de la joie ; et plus que jamais, plus encore qu'au temps de ses premières armes, la joie devait, chez ce héros jeune, affecter les allures de la gaîté. Son extase était toujours souriante. Il manquait de sérieux et presque de raison. Il faillit même compromettre sa vie par des enfantillages.

Bien que le mois d'octobre s'avançât, il ne renonçait pas à dormir en plein air ni à se baigner dans le lac. Il se baignait sous un berceau fait de branches de saules entrelacées ; il apercevait de là un peu de paysage bleu, dans un si poudroyant lointain. dans un si radieux mystère, qu'il ne pouvait se défendre d'affirmer, avec une étrange précision : « C'est là le séjour des Bienheureux. » Les journées étaient toujours chaudes, mais la fraîcheur plus grande des nuits devenait dangereuse. surtout après cette imprudence d'un bain prolongé. Un matin,

PARCE QUE JE NE T'AVAIS PAS REGARDÉE.

Frédéric s'éveilla fiévreux. Il eut un nouvel accès le lendemain. Alors cet homme beau et brave, qui eût risqué sa vie sans hésitation sur un champ de bataille, fut pris de cette peur brute qu'ont les soldats devant la maladie.

Il n'avait plus qu'à regagner son gîte du premier soir. Cela lui répugnait toujours. Mais enfin il y alla. Dès qu'il eut passé une nuit à couvert, il se trouva mieux. Il daigna regarder autour de lui. Rien ne justifiait ses préventions. La chambre était pauvre, nue, mais véritablement propre. Il y avait des images saintes. Et lorsque la fille de ces gens qui le logeaient, vint prendre de ses nouvelles, il fut heureux de reconnaître qu'il avait trouvé son asile dans une maison de famille où des femmes respiraient. Il ne manqua point de se rappeler, tant les conjonctures étaient pareilles, cette ferme aux environs d'Arles où on l'avait soigné plusieurs jours. Seulement cette atmosphère de famille et ce parfum de la femme l'avaient alors rendu encore plus malade et l'avaient fait fuir ; et cette fois, il guérissait, il se sentait retenu.

N'était-ce pas à l'événement contraire qu'il devait justement s'attendre, puisqu'alors il n'appartenait en propre à aucune femme, tandis qu'à présent il était la chose d'Ermeline? Cependant, il ne s'étonna point, et il comprit : au temps de son aventure d'Arles, il n'était pas mûr encore pour aimer la femme ; aujourd'hui, la volupté qu'il ressentait à découvrir un peu de féminin dans cette maison de paysan, ce n'était pas une infidélité à Ermeline, mais plutôt un hommage rendu à la présence réelle de cette divinité dans son cœur.

Frédéric s'accoutuma plusieurs jours à voir circuler autour de lui cette jeune fille. Il reconnut qu'elle lui jetait à la dérobée des regards d'admiration. Il essaya de lui parler. Elle répondait à peine et avec sauvagerie. Un matin seulement, elle s'enhardit jusqu'à lui dire : « Pourquoi n'êtes-vous pas revenu pendant si longtemps? » Il répondit en souriant : « Parce que je ne t'avais pas regardée. »

Comme il pouvait sortir aux heures chaudes, il emmena cette fille avec lui. Ils s'en allèrent lentement jusqu'à la pointe de Sermione ; et ils se reposèrent tout près de l'autel d'Ermeline, à l'ombre grise et bleue des oliviers. Les yeux de Frédéric erraient au loin vers cette échappée d'azur qui était pour lui l'Empyrée. Elle fermait presque ses longues paupières, dont les cils noirs se retroussaient. Il se traîna sur les genoux jusqu'à elle, lui mit les deux mains aux épaules. La tête de la jeune fille se renversa, et ils échangèrent de grands baisers.

Alors Frédéric se rappela qu'il ne connaissait point son nom ; mais il résolut de ne pas l'interroger. Qu'importaient ici leurs personnes? Ils étaient d'anonymes prêtres, qui, au pied d'un autel consacré, célébraient l'éternel mystère et consommaient le sacrifice.

Mais Louveau dut, le lendemain, quitter cette maîtresse de hasard : car les ordres d'une concentration sur Vérone arrivèrent à Desenzano dans la nuit, et toutes les troupes, dès le matin, commencèrent à se replier vers l'est.

Bien qu'il n'y eût nulle apparence, puisque l'on tournait le dos à Milan, Frédéric eut le pressentiment net que cette péripétie imprévue allait décider, sous peu de jours, de son amour et de son sort. Il recouvra toute sa santé, toute sa jeunesse et toute sa joie. Il marchait à la tête d'une troupe de quelques hommes. Il suivit d'abord la rive du lac de Garde ; il contourna la forteresse noire de Peschiera, qui se cache derrière des murailles très hautes, et ne montre par-dessus que ses toits noirs avec le campanile trapu de son église. Le Mincio en baigne les remparts. Il est du même bleu que le lac. Il enlace de ses bras une île charmante et verte en forme de vaisseau. La troupe en marche dépassa des collines hérissées de vignobles, traversa des plaines, qui parfois étaient vêtues d'arbres comme aux environs de Milan, parfois dénudées et roussies.

Ils arrivèrent à Vérone vers le soir, après avoir marché dix lieues. Frédéric fut sensible du premier coup à l'antiquité vénérable de cette ville. Comme il ne savait point regarder les objets en détail, il emportait quelquefois une impression plus fidèle des caractères généraux. C'est ainsi que Vérone, où réellement il n'apercevait point les maisons neuves, lui parut une héraldique cité toute construite en briques rouges, fortifiée çà et là de tours quadrangulaires, que surmontaient des créneaux arrondis et largement évasés. Après tant de verdure et tant de soleil il ne put, sans que son âme s'assombrît, pénétrer dans cette ville austère. Mais l'aspect belliqueux des choses lui inspira des pensées mâles et de viriles résolutions. Il marqua le pas d'une façon plus militaire ; et quand sa troupe défila sous la porte Borsari, dont les arcades, surchargées de délicates sculptures,

TOUTES LES MAISONS VENAIENT
DE S'ILLUMINER.

sont noires de la fumée des siècles, il porta haut la tête comme un triomphateur.

A quelques pas plus loin, la place des Herbes s'ouvrit tout à coup sur leur droite. Une foule s'y mouvait. Des détachements, qui arrivaient de toutes les directions, y faisaient halte. D'autres hommes, depuis plus longtemps en garnison à Vérone, s'y promenaient et tournaient à l'entour des arrivants comme pour prendre connaissance d'eux, avec cette méfiance du nouveau qu'ont les soldats et les écoliers. Tout le reste de la place était encombré par des tas, par des écroulements de légumes verts, de raisins aux grains allongés, de lourdes pêches, de figues trop mûres qui saignaient et montraient sous leur peau crevée des blessures de pulpe rose. Ces étalages s'abritaient sous d'immenses parasols bleus ou rouges, qui faisaient à la grande place comme un toit : et d'abord le regard ébloui de Louveau ne dépassa point cette barrière.

Mais il s'aperçut après coup que, de cette actualité vivante, surgissaient de tous les côtés les magnifiques débris d'autrefois : au centre, une tribune, supportée par quatre colonnes, plus loin, une fontaine si vieille que la main des femmes qui s'y étaient appuyées en tirant de l'eau, avait fini par creuser la pierre. Sur les façades inégales, saillaient de capricieuses terrasses et des balcons ventrus. Plusieurs maisons étaient décorées de sculptures, dont la masse informe subsistait seule ; d'autres montraient à nu la construction de leurs murs, à travers les déchirures de fresques rapetassées comme des haillons. Frédéric remarqua surtout, en haut d'une façade très haute, une superbe nudité de femme à qui la tête manquait. Et il vit encore au-dessus, dominant l'ensemble, une de ces tours crénelées qui demeuraient pour lui le type de cette architecture et le symbole de Vérone.

Les soldats rompirent les rangs, et s'en allèrent soit au château, soit à des logements en ville. Louveau, abandonné à lui-même, libre, s'engagea au hasard dans une courte rue, et déboucha presque aussitôt sur la place des Seigneurs, où aucun bruit de vie actuelle ne troublait plus le sommeil, ne troublait plus la mort du passé. C'était plutôt une cour intérieure, enclose entre des palais rouges, élevés, sévères, sans ouvertures, témoins des époques où la guerre se faisait à même les rues. Un seul, parmi ces sombres édifices était blanc et souriant d'élégances fines, de décorations éteintes, d'ors amortis. Des statues défuntes, au tournant de la voie prochaine, dormaient allongées sur des sarcophages, à l'abri de baldaquins de pierre déchiquetés et ajourés comme des reliquaires précieux.

Un café s'ouvrait sur la silencieuse place : mais les gens qui s'y attablaient, prenaient leurs places paisiblement et sans faire d'éclats de voix. Louveau y rencontra des officiers qui l'accueillirent. Il apprit d'inquiétantes nouvelles ; mais sa gaieté l'emportait, et il était heureux de sentir que son individualité, séparée depuis trop longtemps, allait enfin se reperdre dans le tout vivant de l'armée. Ses nouveaux camarades l'emmenèrent dans Vérone. Ils traversèrent avec lui l'Adige, qui fait des méandres comme un fleuve et qui roule comme un torrent, baignant des moulins, baignant des masures mélangées à des palais. Une épaisse brume émanait de l'eau lourdement. Alors ils montèrent sur une colline et, du sommet, ils regardèrent la vieille cité s'endormir dans les brouillards de novembre. La colline était plantée de cyprès, et tous les campaniles de Vérone, rigides, aigus, noirs, semblaient prolonger jusqu'à l'horizon cette plantation d'arbres funèbres. Bientôt, la masse empourprée des maisons d'où ils surgissaient disparut dans les brouillards ; et ils restèrent suspendus, coupés à la base. Puis ils furent eux-mêmes enveloppés, on ne distingua plus rien, mais longtemps encore les vapeurs mates luttèrent avec l'obscurité de la nuit.

Louveau resta dans cette ville plus d'une semaine sans pouvoir s'installer ni s'établir, en la fièvre continuelle d'une veille de bataille, dormant à peine la nuit. L'armée était tour à tour, et par de brusques soubresauts, héroïque, insouciante ou démoralisée. Des bruits couraient. Des nouvelles circulaient, contradictoires. Frédéric, en vérité, ne savait rien. Seulement il était sûr de toucher à une action décisive ; et comme son esprit simple faisait malaisément la distinction logique de deux choses simultanées, cette action devait, à ses yeux, être décisive tout ensemble pour la guerre et pour son amour. Il ne doutait pas de la victoire : sa foi même ne fléchit point, quand le 14 novembre au soir, il apprit qu'une partie de la garnison avait déjà évacué le château et se retirait par la porte de Milan.

Ce soir-là, il se jeta tout habillé sur son lit, prévoyant une alerte. Il s'endormit pourtant vers minuit, mais d'un sommeil lucide, presque attentif. De sorte qu'il fut réveillé tout suite par les grondements, cependant très lointains, des tambours. Il se dressa, écouta. Oui, on battait la générale dans les rues. Il se jeta à bas du lit ; écouta encore un instant, debout, puis descendit ; écouta, arrêté contre la porte de la maison ; puis l'ouvrit, cette porte, et se mit à courir sans savoir où il allait.

D'abord, il ne vit rien que la nuit. Puis il vit des ombres qui se glissaient, qui passaient vite. Et bientôt il fut entraîné dans le mouvement des hommes qui marchaient tous vers la même direction. Et les trois battements réguliers du tambour scandaient leurs pas. Frédéric se trouva porté par le flot sur la place des Herbes où était le rassemblement.

Toutes les maisons venaient de s'illuminer. Les habitants, réveillés par le bruit, avaient ouvert leurs fenêtres, et sortaient sur leurs balcons en brandissant de longues chandelles qui coulaient et fumaient au vent. D'autres levaient en l'air des torches qui incendiaient les fresques, et on ne pouvait reconnaître les personnages peints des vivants, qui étaient comme eux à moitié nus, malgré le froid piquant de novembre.

Mais tandis que les hauteurs s'éclairaient, la place même restait sans lumière, et les compagnies s'y groupaient en tâtonnant, en criant, pour se retrouver, des noms, des grades et des numéros. Elles partaient en avant, aussitôt formées, et leur place était aussitôt reprise : la multitude se renouvelait continuellement.

Louveau, ayant fait à son tour l'appel de ses hommes, se mit en marche. On lui ordonna un détour par la place des Seigneurs, qui était vide et muette. Il passa près des tombes gothiques, toutes blanches de lune ; puis il retourna vers le corso.

A des distances régulières, jusque très loin, les compagnies y étaient alignées, immobiles. Quelques instants après que celle de Louveau eut pris position, la tête de colonne se mit en marche. Et à mesure qu'elle avançait, on se réveillait aussi dans tous les palais du corso. Les fenêtres s'allumaient une à une, et les lumières semblaient courir après l'armée. Cette fantastique poursuite fit impression sur Louveau, qui, pour la première fois, soupçonna que l'on battait en retraite.

Soudain, il aperçut la porte Borsari qui se dressait à quelques pas. Elle était d'une noirceur telle qu'à travers les six trous de ses arcades la nuit, par contraste, semblait d'une grande clarté. Des gens de Vérone s'étaient embusqués là pour voir passer les régiments. Même, des gamins avaient grimpé aux sculptures, comme aux marches d'un escalier. L'un d'eux, plus hardi et plus adroit, s'était niché dans l'arcade du milieu. Ainsi détaché sur le vide, il apparaissait très grandi, mais on voyait bien que c'était un enfant. Il se tenait tout droit, avec les deux bras levés, sans doute s'accrochant de ses doigts crispés à quelque saillie de la pierre, et toute l'armée passait sous lui.

Louveau courba la tête en passant, et comprit enfin que tout espoir était perdu, que l'on fuyait. Il vit avec une infinie lassitude la route jusqu'à perte de vue. Il éleva un instant son âme vers l'ingrate et radieuse image d'Ermeline, en murmurant : « Pourquoi m'avez-vous abandonné ? »

Souvent ils se promenaient en barque.

VIII

Mais il l'accusait injustement : la correspondance des sentiments était au contraire si exacte entre son Ermeline et lui, que tout ce temps, elle avait rêvé de lui sur les rives du lac de Côme, tandis que lui rêvait d'elle sur les rives du lac de Garde : et de même en simplifiant, en épurant son souvenir que ne surchargeaient plus les détails d'un commerce quotidien, en réduisant cette chère image à l'unité essentielle et à la chimérique perfection.

Elle ne pensait qu'à lui. Elle oubliait qu'elle n'était point seule et qu'elle dépendait un peu de Borgone : si parfois sa conscience lui représentait qu'en acceptant de faire une retraite avec le poète, elle s'était engagée à lui, Ermeline prenait aussitôt les attitudes hautaines et ambiguës d'une personne bien déterminée à ne pas tenir ses engagements.

« D'où vient cet air *soutenu?* » lui demanda gaiement Borgone, le premier jour. Il se croyait au début d'une lune de miel, et se faisait fête surtout de soigner leur commune installation dans le pavillon élégant que le duc Serbelloni lui prêtait. Ermeline ne lui répondit que d'un geste évasif et dédaigneux, et ne s'inquiéta pas de lui davantage. Ils erraient ensemble parmi les labyrinthes et les grottes à surprise de ce jardin puéril et merveilleux. Ils suivaient les longues allées au bout desquelles on aperçoit toujours un point de vue arrangé du lac de Côme, ou bien la menaçante sauvagerie des montagnes nues et glaciales, taillées en dents de scie, qui ceignent le lac de Lecco. Mais les spectacles de la nature n'intéressaient pas Ermeline: elle était occupée tout entière à son travail intérieur.

Toutes les séductions de Louveau qui, jusqu'ici, chacune à part et en détail, avaient agi sur le cœur d'Ermeline, se systématisaient à présent. Elle rappelait à son imagination cette idée de l'officier jeune, héroïque et irrésistible, qu'elle avait eu naguère tant de peine à concilier avec le souvenir de Louveau : maintenant au contraire, elle ne la pouvait plus concevoir que personnifiée en lui. Elle créait sous son nom le dieu que devaient adorer toutes les femmes de la génération suivante : le beau guerrier, l'aimable vainqueur. Elle s'agenouillait la première devant cette idole; et son admiration tournait au culte.

Elle ne lui gardait plus de rancune pour les plaisirs trop étrangers à l'amour qu'il avait su lui faire goûter autrefois, et dont la fâcheuse récidive longtemps fut le plus sérieux obstacle à leur définitive entente. Il n'en était plus de trace dans la mémoire d'Ermeline. Aussi ne songeait-elle plus à disputer sa possession. Elle s'offrait. Elle n'avait plus aucun effroi des désirs qu'elle sentait bouillonner dans son cœur, à la pensée toujours présente de celui qu'elle chérissait.

La manière d'aimer de Borgone lui facilita le jeu du rôle double où les circonstances l'obligeaient. L'impersonnel poète se servait toujours d'expressions générales. Ce n'est pas sa maîtresse qu'il chantait, c'est l'amour. Elle s'y trompait de bonne foi, et lui répondait sur le même ton. Ils ne se disaient jamais une parole qui les touchât particulièrement l'un ou l'autre. Ils discouraient de sentiments ou de paysages. L'éloquence de Borgone enivrait Ermeline. Il se laissait prendre à ses visibles extases, et pouvait la croire amoureuse malgré sa résistance inattendue.

Souvent ils se promenaient en barque. Le lac de Côme n'a pas, ainsi que le lac de Garde, le silence et l'immensité. Sa forme allongée est celle d'un grand fleuve, dont le regard instinctivement cherche la direction et le cours. Sa couleur même n'est pas une, et le papillotage des nuances vives qui s'y heurtent divertit l'âme comme un bruit. Trop de villas peuplent les coteaux, trop de barques sillonnent le lac. On entend de loin les chutes rythmées des rames dans l'eau. On entend de loin des chansons. Ce n'est pas un décor sévère comme celui où Louveau rêvait religieusement. La sensualité est partout, et elle envahissait Ermeline.

Renonçant à ces trop hautes spéculations où jamais une femme ne se trouve à l'aise parmi des abstractions et des généralités, elle redescendit sur la terre ; elle réduisit son culte imaginatif et son chimérique servage à l'idée de pratiques plus humaines. Ce désir l'assaillit un soir qu'elle était couchée au fond de la barque. Elle souhaita que par un miracle il vînt, il se penchât sur elle, qu'elle n'eût pas la peine de bouger et qu'il la saisît dans ses bras. Sur le ciel, sur l'eau frissonnante, sur les feuillages tremblants, la lune était partout éparse et multipliée.

Ce ne fut pas Louveau, ce fut Borgone qu'elle vit tout à coup près d'elle, pleurant sur elle, disant : « Pourquoi ne veux-tu pas de moi ?» Elle tressaillit. Elle dit : « Rentrons ». Ils abordèrent. Mais tout le temps qu'ils remontèrent le très long sentier, elle marchant devant, lui la poursuivait, disant tout bas de tout près, son martyre, ses nuits sans sommeil, criant merci, stigmatisant avec une farouche éloquence l'égoïsme monstrueux d'Ermeline. Ce reproche la stupéfia, l'inquiéta, mais elle ne voulait pas avoir pitié, et elle montait toujours plus vite; et lui la poursuivait toujours, haletant, essoufflé, sanglotant.

En arrivant à un petit bois de pins, Borgone, comme s'il n'avait pu la suivre davantage, la saisit par le bas de sa robe blanche, très légère. Elle ne s'arrêta point, et lui, comme si toute force lui eût manqué, tomba. Alors elle fit halte et le regarda. Il était à genoux, renversé en arrière. Il était d'une sublime beauté. Ermeline faillit lui tendre la main ; mais brusquement elle s'échappa, rentra dans la maison, s'enferma dans sa chambre. L'expérience était faite : elle appartiendrait à Louveau, jamais à celui-ci.

Alors elle vit clair : elle vit enfin qu'elle avait fait la plus inconcevable des folies en venant se cacher ici, dans une retraite d'amour, seule avec un homme qu'elle n'aimait pas. Elle voulut avouer aussi qu'elle agissait mal ; mais il lui fut impossible d'éveiller un remords dans son cœur, et elle se trouva d'une férocité qui elle-même l'épouvantait. Le comble de ses incohérences fut qu'après cela sa conduite ne se modifia nullement. Au lieu de partir sans plus de retard pour Milan, où son devoir, où ses sentiments l'appelaient, elle traîna plusieurs jours encore, elle traîna plusieurs semaines à Bellagio. Elle avait accueilli Borgone, au lendemain de la nocturne scène, comme si rien ne se fût passé entre eux ; et ils avaient recommencé à se promener comme des gens qui s'aiment, parmi les enchantements du lac et du jardin Serbelloni.

Mais Ermeline à présent ne détournait plus de leur sens littéral les paroles de Luigi Borgone, et n'écoutait plus ses hymnes d'amour impersonnels comme un écho de la passion secrète qu'elle ressentait pour un autre.

Revenue à des idées plus nettes et positives, elle se voyait simplement, comme tous les soirs naguère, dans sa loge, à la Scala, placée entre deux hommes très différents ; et elle recommençait, comme alors, une quotidienne, une continuelle comparaison.

Borgone, qui, à Milan, avait triomphé si facilement et si vite, n'obtenait plus le moindre avantage, dans ce nouveau duel avec un absent. Ermeline se faisait un malin plaisir de vérifier que tous les attraits du poète n'avaient même plus sur elle leur effet coutumier de superficielle séduction. Elle n'avait plus peur maintenant des formes originales et hardies qu'affectait sa passion pour Louveau : elle s'était enfin élevée à l'intelligence de cette esthétique supérieure, et du même coup elle était devenue insensible aux classiques manifestations de l'art d'aimer tel que Borgone le pratiquait.

Parfois elle contemplait ce visage admirable; elle se rappelait l'expression de prière et de désespoir qu'il avait su prendre l'autre nuit, et elle éprouvait une grande fierté à se dire que, même ainsi transfiguré, ce visage ne l'avait point émue. Elle remarquait aussi, avec irritation, les termes généraux qu'employait cet amour pour se déclarer : et il lui semblait que le poète récitât une leçon. Celui qu'elle avait vénéré comme un maître, elle le méprisait aujourd'hui comme une espèce d'imitateur, dont les sentiments et les paroles ne jaillissent point des entrailles.

Il faut reconnaître que l'inspiration du Borgone se tarissait. Il avait besoin d'être secondé pour rester égal à lui-même. La résistance d'Ermeline avait fouetté d'abord son imagination. Mais la corde, toujours tendue au même degré, se fatiguait de répéter la même note. Il devenait évident que l'habitude seule et une excellente éducation du cœur, permettaient à Borgone de se soutenir encore. Ermeline, avec une jolie subtilité, découvrait on ne sait quoi d'harmonique entre cette idylle ainsi réduite à la pure convention et le conventionnel décor de ce lac partout arrangé. Ce lac de Côme, elle finit par le prendre en horreur, en même temps qu'elle prenait en horreur Borgone. Elle exigea que la voiture ni les barques ne la conduisissent plus de ce côté. Elle préféra celui de Lecco : c'était un scandale, car le sauvage lac de Lecco n'agrée point aux âmes italiennes, qui n'admettent les paysages que d'une riante aménité.

En se retrempant dans une plus mâle nature, Ermeline décupla ses énergies amoureuses et son courage. L'inspiration de Borgone s'y éteignit au contraire tout à fait. Ermeline l'écrasait de son dédain. Il ne trouvait plus une parole, et elle s'exaltait en silence. Après cinq ou six jours, elle lui dit : « Nous partirons demain matin pour Milan. » Il n'essaya point de lutter : il était las. Et puis la saison des villégiatures était close; octobre finissait. Cette étrange lune de miel avait duré plus de deux mois.

Dès son arrivée à Milan, Ermeline, si âpre, si mauvaise depuis plusieurs semaines, eut une pensée de douceur : elle fit prévenir Souberbielle. C'était bien pour se mettre au fait des nouvelles, mais c'était aussi pour le voir. Henri eut peine à la reconnaître, tant elle avait l'air implacable. Ell l'embrassa, mais avec plus d'emportement que de tendresse; et tout d'un coup, songeant comme il eût été meilleur de l'avoir là-bas auprès d'elle, à la place de l'autre, elle lui dit inconsidérément : « Tu m'as bien manqué pendant ces deux mois. »

Lui, avait saisi les deux mains d'Ermeline. Il la voyait avec ravissement. Mais il sut se rappeler à temps qu'il ne comptait point pour elle. Cela lui atténua le coup qu'elle ne lui ménagea pas ensuite, car elle lui demanda aussitôt : « Et mon mari? »

Il la regarda fixement. Il comprit tout, et s'enorgueillit d'avoir deviné si juste. Il fit malicieusement attendre la réponse à Ermeline; puis enfin il lui annonça le départ de Frédéric pour Desenzano. Elle ne pleura point comme Frédéric il y a deux mois quand elle avait fui. Elle cria de rage. Elle repoussa les mains d'Henri. Elle se reprocha ensuite ce mouvement, redevint femme, et se mit à pleurer sur son épaule avec toute la tendresse d'autrefois.

« Que vas-tu faire? » dit Souberbielle.

Son geste répondit qu'elle ne savait pas. Puis elle reprit : « J'irai ce soir au corso. Viens. » Il entendit qu'elle voulait rester seule et qu'elle n'osait pas le renvoyer plus explicitement. Il partit.

Le soir, quand il arriva au corso, presque toutes les voitures étaient en mouvement et faisaient leur tour des bastions. Ermeline avait déjà fait arrêter la sienne. Elle appela Souberbielle d'un geste impatient. Il comprit qu'elle l'appelait en hâte pour occuper sa portière et pour en écarter Borgone. Il accourut. Mais Ermeline était distraite; ils se parlèrent à peine.

La voiture de la Monticelli passa; Ghita n'aperçut point Ermeline, et lorsqu'elle eut, suivant l'usage, parcouru deux fois toute l'avenue, elle se fit arrêter, sans y prendre garde, à quelques pas de son ennemie. Charlieu vint la joindre aussitôt, et ils se parlèrent avec abandon. Ermeline les regardait, surprise; Souberbielle en deux mots lui apprit que Charlieu était doublement vainqueur, car sa maîtresse l'aimait.

Cette nouvelle mit Ermeline en fureur. Elle fit le possible pour attirer sur elle les regards de Ghita. Mais la Monticelli était bien trop occupée. Alors, avisant Borgone qui passait, Mme Louveau l'appela, dans une pensée de défi: et elle dit à Souberbielle : « Allez... Allez retrouver M. de Charlieu. » Il y fut. Au même instant, Ghita, distraite enfin par cette importune arrivée, tourna les yeux; et elle vit tout près d'elle Ermeline, penchée affectueusement sur Borgone, qui ne pouvait croire à tant de bonheur. Puis nonchalamment Ermeline se releva, regarda son ancienne rivale, put voir qu'elle venait de porter un coup terrible au précaire amour de Ghita et de rallumer toutes ses jalousies. Au même instant, la comtesse cria : « Partons! » d'un tel accent que plusieurs femmes se retournèrent. Le cocher manœuvra parmi les quatre files de voitures, toutes maintenant stationnées, et prit la route du palais Monticelli, bien que l'on fût encore à plus d'une heure de l'*Ave Maria*.

Le soir, Ermeline ne manqua point l'Opéra. La loge de Ghita ne s'ouvrit point. Seulement, le lendemain, un peu avant l'heure du corso, comme Borgone prenait une glace devant l'hôtel de ville, il remarqua un matelot qui circulait entre les tables, et qui avait l'air de chercher quelque visage de connaissance. C'était un de ces matelots de Gênes que des particuliers payaient alors pour jeter le couteau à leurs ennemis. Il s'arrêta juste en face de Borgone, à une distance de plusieurs pas. Heureusement le poète, paralysé par la peur, ne chercha pas à fuir : il eût été poursuivi, rejoint et poignardé. Il fit seulement une retraite de corps, et le couteau lancé ne lui traversa que le bras. « C'est manqué », dit le matelot, et il s'éloigna tranquillement sans que personne osât l'inquiéter. On s'empressa autour de Borgone qui ne semblait pas trop grièvement blessé. On l'emporta. Et la nouvelle se répandit.

Ermeline arrivait pour le corso, avec Souberbielle dans sa voiture. Henri l'entretenait du siège de Mantoue, et lui expliquait la situation critique de l'armée. Ermeline s'affolait, pensant à son mari : on pouvait se battre demain, et lui mourir, sans qu'elle l'eût revu. La voiture fut arrêtée par le rassemblement des piétons devant l'hôtel de la Ville. On se répétait à voix haute, avec émotion mais sans surprise, que Luigi Borgone venait d'être frappé par un assassin aux gages de quelque femme.

« Qu'y a-t-il? » dit Ermeline, se penchant. Souberbielle, qui avait entendu, essayait de lui apprendre la nouvelle avec ménagement. Mais elle n'en fut qu'étonnée. Elle comprit d'ailleurs d'où venait le coup, et qu'elle-même en était la cause indirecte, avec cette fantaisie qu'elle avait eue de rallumer la jalousie de Ghita. Mais elle n'eut aucune conscience de responsabilité, aucun remords. Sa conclusion fut simplement que les mœurs italiennes lui étaient antipathiques. Cet assassinat de cinquième acte dénouait bien un classique imbroglio. Cela devenait de la tragédie banale, et décidément elle se dégoûtait du Borgone.

— On l'a transporté chez lui? demanda-t-elle.

— Oui.

Elle ajouta froidement : « Il est convenable que j'y aille. Henri, accompagnez-moi. » Mais une peur qui lui vint de voir du sang et des bandages. la ramena enfin à un peu plus d'humanité. Elle s'attendrit et murmura : « Pauvre garçon. » Souberbielle, plus littéraire, dit avec émotion : « C'est un grand homme. »

Ce rappel du génie de Borgone ne préparait à Ermeline qu'une désillusion de plus. Grand homme, Luigi ne l'était guère pour le moment. Les vertus positives et l'égoïsme pratique de l'Italien reprenaient le dessus. Cet élu, en qui une divinité parlait à certaines heures, ne présentait plus aujourd'hui que l'enveloppe vidée du poète, c'est-à-dire un être assez plat et assez vulgaire. Il trouvait un peu fort et très sot de se faire assassiner pour une femme qui venait de passer deux mois en tête à tête avec lui sur le lac de Côme, sans même lui abandonner le bout de ses doigts. Il fut avec Ermeline d'une froideur dont il ne lui dissimula point les motifs. Cette mesquinerie la révolta. Quelle différence entre cette peur des coups et l'héroïsme d'un Louveau! Elle se représenta les blessures que pouvait recevoir Frédéric. Quant à celle de Borgone, c'était une plaisanterie : les linges qui l'enveloppaient n'étaient même pas tachés de sang. Le poète n'avait pour lui qu'une chose : c'est que, renversé dans son lit et tout pâle, il était prodigieusement beau. Mais Ermeline le regardait sans trouble et se disait en elle-même : « Je l'ai vu encore plus beau, il ne m'a pas fait impression. »

Quand elle sortit, elle dit à Souberbielle, d'un air dégagé : « En somme, il n'a rien du tout de sérieux. » Et elle remonta dans sa voiture avec la satisfaction du devoir accompli.

A peine s'y trouva-t-elle seule qu'elle eut l'idée d'un autre devoir, bien mieux fondé en raison : ne devait-elle point voler au secours d'une autre victime, au secours de celui qui était son mari? Ce qu'elle prenait pour un ordre de sa conscience n'était que l'expression déguisée d'un secret et violent désir. Ce projet hardi exalta les instincts romanesques d'Ermeline, et elle ne put alors se défendre d'observer qu'il n'était guère noble d'abandonner le poète blessé, assassiné pour elle. « Et pourquoi donc ? se répliqua-t-elle avec hauteur. Nous ne sommes rien l'un à l'autre et nous ne tuera si je reste. Je dois me sacrifier. »

Ce fut une décision prise, et Ermeline ne la raisonna plus. Une impulsion toute

ELLE HÉSITA D'ABORD PUIS VITE SE DÉVÊTIT.

nous aimons pas. » Heureusement, elle inventa un prétexte moins discutable : « Je suis un danger pour Borgone. Cette femme est folle de jalousie : elle récidivera. On le

physique dont elle ne savait plus les origines, l'obligeait de quitter Milan et de partir à la recherche de son mari. Cette force magnétique resta quelques jours encore à l'état virtuel : Ermeline, bien qu'elle en subît l'influence latente, ne cessa point de vivre sa vie coutumière, de voir Souberbielle et même Borgone, de paraître au corso et à la Scala. Puis un jour, ce fut le vendredi suivant, sans qu'elle pût démêler pourquoi aujourd'hui plutôt qu'hier, elle fit appeler un voiturin et résolut de se mettre en route deux heures plus tard.

Elle fit peu d'apprêts : elle n'emportait avec elle que des bijoux. Elle se hâtait cependant, n'ayant que deux heures : car elle voulait écrire une lettre d'adieu à Souberbielle. Elle ne voulait dire adieu qu'à lui. Elle ne pensait à personne autre. Et tout en allant, en venant, elle méditait sa lettre : elle n'en trouvait pas encore les mots; mais elle en avait le sens général dans la pensée, et la musique dans les oreilles. Elle pressentait qu'elle y saurait mettre toute la complication, la subtilité, la fausseté, l'exquis et l'inintelligible du sentiment qu'elle éprouvait pour Henri.

Mais quand elle fut assise devant sa table, tournant sa plume entre ses doigts, elle ne put davantage préciser. Elle n'écrivit que le nom d'Henri, en haut de la feuille blanche. Et tout à coup elle s'avisa qu'elle ne pouvait partir pour les aventures, avec cette incommode robe de femme. Si elle redemandait à Henri ces vêtements qu'il lui avait prêtés autrefois? Et elle pensa qu'il lui serait doux de les revêtir de nouveau.

Elle courut au bureau de Souberbielle, et lui fit signe, dès la porte, qu'elle désirait lui parler en secret dans sa chambre. « Henri, dit-elle, je pars à l'instant même pour Brescia et pour Desenzano. Personne que toi ne le sait. J'ai voulu te dire adieu. » Il ne répondit rien, courba la tête. Elle le baisa au front. Puis elle reprit tout bas avec timidité : « Rends-moi les vêtements. » Il leva sur elle ses yeux qui brillaient de larmes, et lui dit : « Tu les veux? » Il ouvrit une armoire et les lui montra. Ils étaient bien usés, bien las. Quelle folie de partir ainsi équipée! Mais c'était la fantaisie d'Ermeline. Sa main tremblait un peu en les touchant. Elle ne sait comment faire, n'osant prier Souberbielle de la laisser seule. Mais il comprit l'embarras de la jeune femme : il s'assit au chevet du lit, cacha sa tête dans l'oreiller, et ne bougea plus. Elle hésita d'abord, puis vite se dévêtit, se revêtit, mais si maladroitement qu'Henri dut la rajuster. Il lui dit, la regardant encore de ses yeux humides : « Tu me les as repris pourtant!

— Je te laisse les miens en échange », répondit-elle, et elle l'embrassa, puis elle s'enfuit, cachant son travestissement sous un manteau. Il put à son aise pleurer dans la robe qu'elle lui donnait.

Quant vint l'heure du corso, Henri ne se sentit point le courage d'y aller. Il aima mieux faire une visite à Borgone. Il avait une grande admiration pour le poète, et à l'âge de Souberbielle, de telles admirations ne vont point sans une certaine tendresse. Il voulait se charger d'apprendre au poète, et avec ménagement, la désertion de celle qu'il aimait. Ne fallait-il point pour cela quelqu'un d'habile, et qui pût ensuite consoler Luigi, quelqu'un d'intelligent, qui pût ausi lui donner des explications? Car il importait avant tout de justifier Ermeline.

Souberbielle trouva Borgone debout. Le blessé était guéri depuis deux jours ; mais il n'osait encore se montrer, jugeant la Monticelli fort capable de recommencer son coup. Il déclara cependant que, tant pis ! il ne manquerait pas le bal ce soir à l'hôtel de Ville. Ce soir en effet, comme c'était vendredi, l'Opéra faisait relâche, mais il y avait bal et conversation au Casino. Souberbielle, qui n'y songeait plus, en fut tout attristé. Il s'était promis de passer la soirée tout seul dans la loge d'Ermeline. Au bal, comme il sentirait plus cruellement l'absence de son amie! Et il se disait avec naïveté : « Pourquoi n'a-t-elle pas attendu jusqu'à demain? »

Il redevint maître de lui. Il annonça au Borgone qu'Ermeline avait quitté Milan. Il entreprit de lui faire comprendre tout ce qui s'était passé au fond de ce cœur tumultueux. Mais il vit avec étonnement que le poète, qui avait du génie, n'entendait rien à ses subtiles analyses. Borgone fut superbe dans son courroux. En vérité, celle qu'il avait chantée deux mois l'abandonnait sans un mot d'adieu! Il avait dans ses manuscrits tout un volume de sonnets amoureux adressés à Ermeline et datés de Bellagio : quel volume de rageuses palinodies il allait composer à présent! Et il en fit une sur-le-champ presque sans y penser. Lui, le fougueux partisan des Français, en présence de ce jeune Français, il se mit à improviser l'ode célèbre qui marqua l'une de ses nombreuses et légendaires volte-face : « Italie! Italie! Les dominateurs étrangers sont vaincus : tu es libre! Devant les vieilles troupes de Sa Majesté Impériale, ils vont fuir pitoyablement, les sans-culottes, les sans-souliers! » L'inspiration lui revenait, et le vent avait tourné. Souberbielle, enthousiasmé par la verve lyrique de ce poème que Borgone lui dicta presque au courant de la plume, ne prenait pas garde à l'impertinence de l'apostrophe et à la versatilité de cet homme.

Il termina la journée chez Volumnie, dîna chez elle. Et le soir ils allèrent au bal. C'était dans une salle vraiment grandiose, comme une salle de palais. Il y avait peu de dorures et point de luxe de détail, mais de grands contours, des arcades en carton-pâte imitant le marbre ; pour tous meubles, des banquettes et de vastes sièges commodes comme des bergères. On causait par petits groupes. Toutes les femmes en interrègne d'amant s'ennuyaient ensemble dans un coin.

Henri aperçut le chevalier, qui lui apprit que Ghita était souffrante : mais elle avait exigé qu'il vînt et ne retournât point chez elle après. Souberbielle profita de l'occasion pour lui confier Volumnie, et, resté seul, il s'installa dans un grand fauteuil à rêver. Cette attitude n'avait rien d'insolite, et nulle importune curiosité ne venait déranger Henri. Il regardait fixement une place qu'Ermeline avait occupée souvent à ces bals du vendredi ; et il pensait : « Peut-être que je ne la reverrai jamais. » Il avait eu la même pensée en disant adieu à Philippe. A ce poignant souvenir, il s'abîma dans la plus noire mélancolie. il se prit lui-même en pitié. il se dit : « J'ai trop souvent pour mon âge cette sensation d'irréparable et de jamais plus. » Il prit alors, ce qui lui arrivait rarement, conscience de son extrême jeunesse, de son insuffisante maturité : il reconnut qu'il n'était pas encore à l'épreuve de pareils chagrins.

Il vit Borgone qui passait. Il se leva pour le saluer respectueusement. Le poète lui dit : « Je pars. Je souffre beaucoup de mon bras. » Souberbielle fit quelques pas et s'aperçut que Charlieu s'était également retiré. laissant Volumnie toute seule. Il courut à elle et lui dit : « Je suis vraiment un bien maussade compagnon. » Puis, plus bas : « Partons, je t'en prie, j'ai trop de peine. » Elle se leva et lui prit le bras.

« D'ailleurs, dit elle. à la porte, il est déjà plus de onze heures. » Ils attendirent quelques minutes leur voiture qu'on ne trouvait pas. La nuit était très froide et très obscure. La circulation se trouvait empêchée par quelque chose qu'ils ne virent point ; et ils durent faire un grand détour, suivre l'avenue de châtaigniers du bastion. D'un bout à l'autre de l'allée déserte, pas un réverbère n'était allumé ; et le cocher conduisait avec précaution, n'ayant pour se guider que la lueur de ses lanternes.

Dans la voiture, Henri ne disait rien. Il avait reposé sa tête sur l'épaule de Volumnie, et pour se tromper à cette caresse, il fermait les yeux, il se disait : « C'est Ermeline. » Soudain, ils entendirent un grand cri de détresse, et au même instant les chevaux, enlevés d'un coup de fouet, partirent au galop. « Arrête ! » cria Volumnie. Le cocher n'obéit pas. « Arrête, brute ! » répéta Souberbielle, baissant la vitre. Alors Volumnie, avec sa poigne virile, saisit des deux mains le cocher par les deux basques de son habit, et tira : il perdit l'équilibre, culbuta, roula jusque par terre, levant du même coup les guides et arrêtant court l'attelage.

« Qu'y a-t-il donc ? demanda Volumnie, aussitôt descendue.

— Sainte Madone ! cria le cocher, je suis perdu. J'ai vu un homme qui luttait seul contre trois assassins. »

Souberbielle arracha une des lanternes de la voiture et partit en reconnaissance, tirant Volumnie par la main. Le cocher se lamentait : « Ne me laissez pas seul ! » Ils allaient promenant leur lanterne à ras de terre, ne distinguant rien ; lorsque tout à coup, Henri glissa, tomba dans du sang à genoux, et portant ses mains en avant éclaira le visage de Borgone évanoui, reconnut en même temps qu'il vivait : mais il avait encore un couteau planté dans l'épaule.

Henri essaya de le soulever. Il ne put. Il appela le cocher désespérément ; mais ce poltron n'eut garde d'entendre. Volumnie alors prit les jambes molles et lourdes du blessé, Souberbielle la tête, et à grand'peine ils le transportèrent jusqu'à la voiture, sous laquelle ils trouvèrent le cocher blotti. « Monte sur ton siège, cria Souberbielle exaspéré, ou je conduis moi-même et je t'abandonne sur la route. »

Ils ramenèrent Borgono à son logis. Volumnie resta pour le veiller, Souberbielle retourna au Casino, où il eut la chance de trouver encore un des chirurgiens de l'armée. Il le conduisit jusqu'à la maison du poète, mais n'y rentra pas avec lui : il avait hâte de prévenir Charlieu. Le chevalier dormait déjà. Henri secoua la porte de sa chambre. Le dormeur s'éveilla en sursaut, ouvrit. Souberbielle, hors d'haleine, balbutia : « Mme Monticelli vient de faire assas-

ILS ALLAIENT, PROMENANT LEUR LANTERNE AU RAS DE TERRE.

siner Borgone. Je l'ai ramassé sur le bastion. »

Charlieu fit : « Ah ! » et le regarda comme sans comprendre ; puis machinalement il s'habilla, posant des questions sans suite, faisant répéter plusieurs fois le bref récit. Dès qu'il fut prêt, il se rendit avec Souberbielle au palais Monticelli. Ils trouvèrent Ghita dans sa chambre pleine de lumières. Elle était tout habillée, debout, folle. Elle se jeta sur Charlieu. « Que vas-tu croire ? lui dit-elle. Que je l'aime encore ? Je te jure que non. Mais je n'ai pu le revoir avec cette femme. J'ai perdu la tête.

— Elle est partie, lui dit Souberbielle, et ils se détestent tous les deux.

— Mon Dieu ! et j'ai fait tuer un homme pour cela !

— Un homme ! répéta ironiquement en lui-même Souberbielle, relevant le mot : car le sang-froid de son intelligence ne se démentait point. — Elle sait qu'elle n'a plus lieu d'être jalouse, et aussitôt elle n'aime plus : ce n'est plus son amant infidèle, c'est *un homme* qu'elle a fait tuer ! »

Charlieu s'empressait auprès d'elle. Il la consolait comme une malade. Voyons, qu'allait-elle faire ? Car sûrement la chose s'ébruiterait. On y mêlerait de la politique, Borgone étant connu pour un fougueux partisan de la France.

« Vous ignorez son poème d'aujourd'hui, interjeta Souberbielle : « Italie ! Italie ! les dominateurs étrangers... »

Mais les autres ne l'écoutaient guère. « Vous viendrez demeurer chez moi, disait le chevalier, vous n'aurez rien à craindre sous ma protection. » Et il reprenait son projet favori d'un établissement définitif à Milan.

« Vous êtes bon, disait-elle. Comme je me sens mieux ! » Et ils s'oubliaient dans les bras l'un de l'autre, à faire des rêves pour l'avenir. Souberbielle voyait avec envie ce merveilleux égoïsme de l'amour. Voilà, s'il avait pu choisir, le bonheur qu'il se fût souhaité. Une plus noble destinée l'attendait ; mais quel serait l'aliment de son cœur, quelles seraient les douceurs de sa vie ?

La porte s'ouvrit. Volumnie entra. Son apparition fut comme une réponse. Henri, comme s'il n'y avait pas eu de témoins, lui tendit les bras en souriant. « Eh bien ! dit-elle, il échappera encore cette fois. » Personne ne songeait plus à Borgone. Mais Charlieu ne manquait jamais d'à-propos.

— Ma foi, tant mieux ! déclara-t-il.

— Vous êtes un noble cœur, lui dit Souberbielle non sans quelque ironie : vous ne souhaitez pas la mort de votre rival.

—Eh ! mon cher, c'est que s'il mourait, on ne l'oublierait plus. Le remords est le plus tenace des souvenirs.

Souberbielle ne se démonta point : « Est-ce, dit-il, une vérité profonde, ou un mot d'esprit ? »

Mais Charlieu n'était point en humeur de disputer. Il renvoya Volumnie et Souberbielle. On se sépara de bonne amitié, avec cet entrain de vivre, avec cette allégresse qui nous vient indiscrètement de toutes nos émotions excessives, joyeuses ou douloureuses, et qu'on est surpris de ressentir à la fin des plus sombres journées où les événements lugubres se sont entassés dramatiquement.

En revenant dans la voiture avec Volumnie, Souberbielle ne pouvait s'empêcher de lui faire mille enfantillages et mille malices. Il n'avait plus vingt ans, il en avait quinze. « Si notre cœur, pensait-il, est parfois étrange, que dire des fantaisies de notre tempérament ? Après tant de secousses, comment puis-je être si gaîment animé ?

« — Oh ! regarde donc ta robe », dit-il à Volumnie comme elle se débarrassait de son manteau. La robe blanche avait en bas une large bordure de sang. Henri prit négligemment un mouchoir, en mouilla le coin, et nettoya le bout de ses doigts, qui étaient aussi tout sanglants. Puis il jeta le mouchoir, et mit ses bras autour du cou de Volumnie, longtemps, comme un enfant qui a sommeil et qui s'oublie ainsi. Et cette nuit fut la plus calme qu'il eût dormie depuis bien des mois.

« Qui vive ? »

IX

Ermeline fit en un jour, et presque sans arrêt, les vingt lieues qui séparent Milan de Brescia. Elle ne sentait point la fatigue : non qu'une virile énergie la soutînt ; plus femme que jamais au contraire, puisqu'elle devait à un pur sentiment et à une pensée fixe la surabondance de cette forme nerveuse, et ces ressources physiques hors nature. A Brescia, son premier souci fut de s'informer si Desenzano était loin. Quand elle sut qu'il n'y avait d'ici là que sept lieues, elle voulut pousuivre sa route. Le refus seul du voiturin l'en empêcha.

Elle n'insista pas. Agie comme un objet inerte par une force extérieure et toute matérielle, elle se butait stupidement au moindre obstacle, et d'elle-même ne bougeait plus. Elle serait au besoin restée dans sa voiture toute la nuit, attendant qu'il plût au cocher de repartir. Mais celui-ci ayant dételé le cheval et remisé la voiture, elle fut bien obligée de prendre une chambre dans l'auberge. On lui demanda si elle voulait manger : elle n'y songeait pas, mais elle fit signe que oui. Et elle mangea des choses qu'on lui servait. Elle but un peu de vin blanc qui la réconforta : elle s'aperçut, se sentant mieux, qu'elle avait dû être fatiguée. Alors elle but beaucoup, puis se coucha et s'endormit aussitôt, poursuivant sa route dans son rêve.

Elle s'éveilla aux premières lueurs du jour ; mais le jour à cette époque paraissait déjà fort tard. Elle eut beau secouer son voiturin, elle ne put quitter Brescia qu'à huit heures, et l'allure du cheval fut si lente qu'elle n'arriva pas à Desenzano avant midi. Durant cette course de quatre heures, elle n'ouvrit pas la bouche et ne vit absolument rien : elle n'eut, à la lettre, que deux sensations, celle du temps qui passait et celle du chemin parcouru. Quand elle mit pied à terre, ce village aux tortueuses rues dont l'aspect misérable avait serré le cœur de Louveau, cette place entourée d'arcades, tous les objets enfin ne l'affectèrent d'aucune émotion. Seulement, comme Desenzano était le but de son voyage, elle avait décidé, dans la simplicité de son raisonnement, que Louveau serait la première personne qu'elle y rencontrerait, ou, pour mieux dire, qu'il n'y avait à Desenzano que lui.

Quand elle se trouva sur la place, toute seule, la nécessité de chercher ranima son intelligence, et elle consentit à réfléchir, mais avec une mauvaise volonté. D'abord elle mangea. Puis elle imagina, mais à grand'peine et après de longues temporisations, un moyen praticable et simple pour s'informer de son mari.

Elle interrogerait le premier soldat venu ; et dans ce dessein elle se mit à errer par le village : elle n'y aperçut pas un seul uniforme. Elle chercha donc parmi les gens du pays à qui elle oserait parler. Mais sentant sur elle la curiosité des passants, elle s'intimida. Elle ne voulait point s'adresser aux hommes parce qu'elle était femme, ni aux femmes à cause de son costume. Elle guetta les enfants, mais encore exigeait-elle une figure qui lui inspirât confiance. Il ne lui vint pas à l'idée qu'elle gaspillait un temps précieux. Heureusement, tous les riverains du lac de Garde ont les yeux clairs et sympathiques; et elle ne tarda pas à rencontrer un jeune garçon qu'elle put dévisager sans effroi. Elle lui dit : « Que sont devenus les soldats français?

— Partis... » Et d'abord l'enfant refusa de s'expliquer davantage; mais il prit confiance, lui aussi, parce que ce jeune homme qui l'interpellait avait une voix douce et parlait suffisamment l'italien. Il déclara tout d'un coup, avec une volubilité haletante, qu'il y avait eu un Français chez ses parents; et qu'alors on y savait peut-être pour quel endroit les troupes étaient parties; et qu'au moins sa sœur pourrait le dire. car le soldat en question était son ami. Il ajouta naïvement : « Je le sais, moi, parce qu'il y a trois jours, quand il est parti, ma sœur l'a embrassé beaucoup de fois, et aussi parce que je couchais dans la même chambre. »

Il voulut absolument qu'Ermeline montât chez lui. Elle y trouva une jeune fille taciturne, qui enfin, pressée de questions, déclara, en fronçant les sourcils : « Le mien s'en est allé à Vérone.

— Son nom? » dit Ermeline.

La jeune fille rougit, fit signe qu'elle ne répondrait pas. Ermeline reprit, suppliante : « Est-ce qu'il ne s'appelait point Louveau? » Le nom de Louveau est difficile à prononcer pour des Italiens, à cause de l'accent déplacé. La paysanne fit répéter ce nom, le prénom aussi, et finit par dire : « Je crois que c'est celui des Gambero.

— Conduis-moi chez les Gambero, petit ». dit Ermeline. C'était dans la même rue, deux maisons plus loin. A la porte, l'enfant dit : « C'est aussi à la fille qu'il faut parler, parce que le Français était aussi son ami. »

La Gambero était bien celle que Frédéric avait aimée un jour, en l'honneur d'Ermeline absente. Il ne lui avait pas demandé son nom, mais elle connaissait celui de l'officier. Et elle ne fit point de difficulté pour apprendre à la voyageuse que Louveau, comme tous les autres, s'était retiré sur Vérone.

« Merci », dit Ermeline simplement, et elle redescendit dans la rue. Elle n'avait aucune idée de ce qu'elle devait faire. « Contente? » lui demanda son guide en souriant, et il lui tendit sa main ouverte. Elle y laissa tomber une pièce de monnaie, et remarqua : « Tiens... il ressemble à Souberbielle. »

Elle se dirigea ensuite vers le lac, marchant au hasard, pas même droit. Le paysage lui fut masqué, ainsi qu'à Frédéric le premier jour, par des brouillards. Et puis, la nuit tombait déjà. Ermeline eut froid, elle eut faim. Elle revint à l'auberge, tranquillement, et se fit servir à souper. Elle aurait eu dessein de passer à Desenzano tout le reste de ses jours, qu'elle n'aurait pas davantage pris son temps.

Mais au milieu du repas, la volonté de partir lui fut suggérée soudain. Elle interrogea la servante : « Quelle est la distance de Vérone?

— Dix lieues.

— Il faut un peu plus de trois heures », calcula-t-elle et elle ordonna qu'on avertît son voiturin : elle comptait se mettre en route au sortir de table. Mais le voiturin, qui avait traité pour venir jusqu'à Desenzano, s'en était retourné depuis longtemps. Ermeline ne souffrait aucun retard. Il fallait qu'elle partît sur-le-champ, et qu'elle arrivât cette nuit même à Vérone. Elle irait plutôt à pied.

L'aubergiste complaisant se mit en quête d'un véhicule, car Ermeline voulait partir, mais elle ne faisait rien par elle-même pour rendre son départ possible. Au bout d'une heure, l'aubergiste reparut : il n'avait trouvé ni cheval, ni voiture, ni cocher. Ermeline restait atterrée, les yeux fixes, lorsque ce garçon de quinze ans à qui elle avait parlé sur la place, vint à elle et lui déclara qu'il la conduirait bien, lui, si elle voulait : il n'avait pas peur, ni de la nuit, ni de la guerre; et ses parents possédaient une carriole.

« Va la chercher », dit-elle. Elle lui donna de l'argent tout de suite; puis elle eut la fantaisie de connaître son nom. Il répondit : « Je m'appelle Cappello, Giovanni. »

Il revint plus d'une demi-heure après. Malgré l'argent, sa mère, son père surtout avaient longtemps refusé leur bidet et leur carriole. Enfin il ramenait l'un et l'autre. La voiture était découverte, faite de planches à peine équarries, et disjointes. Il n'y avait qu'un coussin de cuir, et par terre de la paille. Mais le cheval marchait bien. Ils partirent à dix heures du soir, au milieu d'un attroupement. Un vent glacial soufflait. Ermeline était insensible à la bise. Elle ne se souciait que d'aller vite. Pourtant elle recouvra une minute la sensation du froid, mais par procuration, par pitié pour cet enfant qui était mal vêtu.

« Tu grelottes », lui dit-elle. Il répondit : « Non », en claquant des dents. Alors elle exigea qu'il prît place dans la voiture, et qu'il conduisît, les guides jetées par-dessus le siège. L'enfant refusa d'abord, par fierté, puis céda. Elle l'enveloppa, pour le réchauffer, dans un pan de son manteau. Il s'endormit contre elle. Elle lui retira des mains le fouet, et excita le cheval qui prit le galop.

A Peschiera, il y eut des difficultés pour passer. Les portes étaient fermées à pareille heure. Giovanni se réveilla et demanda : « Qu'y a-t-il ? » Il essaya de parlementer avec le chef du poste, mais inutilement. Les voyageurs furent obligés de retourner en arrière et d'aller passer le Mincio à plus de deux lieues. Puis ils remontèrent vers la grande route, qu'ils joignirent au passage d'un hameau sans importance. Il y eut encore la traversée d'un autre village à environ une lieue plus loin. Ensuite, la route s'enfonçait droit dans une immense plaine, dont la nuit exagérait encore l'aspect de régularité : c'était des champs rectangulaires, tous égaux, tous pareils, séparés par des lignes d'arbres tous de même hauteur et de même force. Une à une ces lignes parallèles de silhouettes venaient sur vous comme les lames d'un éventail qui se déploie; et en avant, sur la route, on ne voyait qu'un peu de l'haleine du cheval dans la lueur des lanternes rougies par le froid. Que les allures fussent ou non rapides, la fuite dans ces ténèbres paraissait vertigineuse.

Tout à coup le cheval se mit au pas. Le souffle lui manquait. Cependant il n'y avait pas apparence de montée. Au même instant Ermeline perçut un bruit sourd et lointain. Elle crut d'abord que c'était le vent qui grondait. Mais non. Le vent était tombé. Elle eut cette bizarre et indéfinissable sensation qu'on entendait le froid. « Arrête, écoute », dit-elle à l'enfant. Il éleva la main, le cheval s'arrêta court. Ils écoutèrent. Le cheval écoutait aussi, car il dressait les oreilles et levait le nez. Puis il s'ébroua violemment. « Chut ! » fit le garçon; et comme si la bête eût compris, elle termina son ébrouement par une série de petits grognements étouffés. Ils écoutèrent encore. Ils crurent d'abord qu'ils se trompaient, que la campagne était silencieuse. Puis ils s'étonnèrent de l'avoir cru, car ils entendaient maintenant ce grondement d'une façon si distincte que cela semblait venir de tout près.

Le petit, si brave au départ, se mit à trembler. Ermeline cria : « En avant. » Et il dut obéir. Elle l'injuria, parce que le cheval ne trottait pas assez vite. Il fit claquer son fouet désespérément. Le cheval reprit le galop. Et malgré le bruit du galop, malgré le bruit de ferraille de la voiture, on entendait encore l'autre bruit, le mystérieux grondement.

Giovanni fit halte, brusquement. Il dit : « Je vois des ombres de gens à cheval. » Un chemin, à droite, coupait la route. Il s'y gara. Presque aussitôt, en effet, les pas d'une troupe à cheval s'entendirent. Ce n'était qu'une pointe d'avant-garde, sept cavaliers. Les deux premiers allèrent en avant. Les deux suivants s'engagèrent dans le chemin, l'un à droite, l'autre à gauche de la route.

Ce dernier aperçut la voiture. « Qui vive ? » cria-il, Ermeline répondit : « Je suis la femme d'un officier français. » L'homme appela son maréchal des logis, qui prit une lanterne de la voiture et la mit sous le nez d'Ermeline. Elle répéta : « Je suis la femme d'un officier français. » L'homme penché du haut de son cheval, retournait la paille avec la pointe de son sabre, soulevait les coussins. Il fouilla l'enfant, puis porta la main sur Ermeline. « Laisse-la, dit le bas-officier, c'est une femme. » Le cavalier qui avait reconnu l'autre moitié du chemin, revint et dit brièvement : « Rien de suspect. » Alors, la troupe se reforma en colonne, et partit sur la route au grand trot.

« En avant ! » dit Ermeline. Mais Giovanni mit du temps à rajuster la lanterne, à reprendre ses guides. On entendit de nouveau les pas sonores d'une cavalerie, et tout un escadron passa.

Enfin la route fut libre. Ils repartirent. Quelques minutes après, l'enfant cria : « Regardez. » Ermeline se dressa derrière lui et vit quelque chose comme une muraille plus noire que la nuit. On entendait le bruit d'un pas collectif, cadencé ; mais cette muraille qui marchait, ne semblait pourtant ni avancer, ni reculer. Puis tout à coup, elle fut dans le rayon lumineux des lanternes. On vit toute la face éclairée d'un rang d'infanterie. « A droite ! » commanda une voix. Giovanni gara la voiture. Ce rang passa, puis un autre, et à une faible distance, deux autres, et ensuite deux autres encore, et le défilé ne finissait plus.

« Qu'est-ce donc? demanda Ermeline effarée.

— Eh! répondit en ricanant le petit, avec l'empressement des gens de sa race à prendre parti contre les vaincus, c'est toute la garnison française de Vérone qui fuit. »

Ermeline lui jeta un regard de mépris indicible. Dans le chaos de toutes ses idées, son pointilleux patriotisme se retrouvait. « Suis-les », ordonna-t-elle simplement.

Il fit tourner le cheval et repartit au pas le long de la colonne. Mais on venait de commander halte et repos. Les soldats avaient formé les faisceaux et rompu les rangs. Ils étaient assis ou couchés sur les talus de revers. Pas un ne parlait. Pas un ne fit attention à Ermeline. Elle attendait, frémissante mais sans pensée, que la marche reprît. Elle n'avait même pas songé que Louveau était parmi tous ces hommes et qu'il suffisait d'une chance pour qu'elle le rencontrât; mais confusément elle était sûre que son sort allait se décider.

Quand la voiture fut revenue au point de croisement du chemin, Ermeline put constater que la tête de la colonne s'était arrêtée justement là. Au même instant, des commandements à voix sourde furent répétés de loin en loin dans toute la profondeur de l'armée. Ce fut ensuite le cliquetis, le pétillement des fusils quand on rompt les faisceaux. Ermeline tressaillit, comme au bruit d'une décharge. Les rangs furent aussitôt reformés. La marche reprit. Mais la première compagnie, au lieu de poursuivre en avant et de front, s'engagea par le flanc gauche, dans le chemin. La seconde fit de même et ainsi toutes les autres. Et chaque fois qu'une compagnie nouvelle recevait le commandement inattendu de quitter la grande route de la retraite pour revenir en arrière par un biais, un frisson courait parmi tous les hommes, perceptible comme un bruissement de feuilles, révélant dans cette multitude tout à l'heure funèbre, l'intelligence du hardi mouvement et l'allégresse anticipée de la victoire.

Ermeline comprenait aussi, dans sa netteté géométrique, ce mouvement tournant qui devait, le lendemain, après une retraite feinte, ramener Bonaparte sur les derrières d'Alvinzi, au champ de bataille d'Arcole. Et d'abord son patriotisme en triompha. Elle dit au gamin : « Tu vois bien qu'ils ne fuient pas. » Une voiture de cantine passa contre la carriole très vite, frôla les roues. « Marche donc », répéta Ermeline à Giovanni.

Ils avancèrent au pas fatigué du cheval, se maintenant, toujours, à la hauteur du même rang. Comme la route était redevenue droite, on voyait bien, en avant et en arrière, la masse ténébreuse des bataillons. On n'entendait toujours que la cadence du pas, qui était à présent relevé, dispos et résolu.

Tout se simplifiait pour l'entendement d'Ermeline, parmi cette grande rareté d'impressions. Précédemment, à travers les aventures de son voyage, elle n'avait senti autre chose que l'action d'une force qui l'attirait; il ne lui restait de même à présent qu'une seule idée, c'est qu'elle avait touché au but. Et au moment où elle se lançait dans la plus hasardeuse des entreprises, elle goûtait les joies paresseuses du succès et de la sécurité. C'est un peu plus tard qu'elle pensa directement à Louveau. Elle se représenta enfin qu'il était ici et tout près d'elle, bien que perdu entre ces hommes; mais elle ne s'avisa point qu'elle pouvait, en courant le long de la colonne, le voir. Même elle était si fortement frappée par cette unité d'une armée en marche où les individus ne comptent pas, que peut-être, si elle avait vu Frédéric à son rang, elle n'eût point osé l'appeler à voix haute, et se fût contentée de suivre en le dévisageant.

Et de nouveau oubliant son mari, elle eut l'étrange sentiment qu'elle n'était point partie à la poursuite d'un seul homme, mais à la poursuite de l'armée qu'elle l'avait rattrapée enfin, et qu'elle marchait patiemment au flanc des compagnies, guettant un intervalle pour s'y glisser. Alors les toiles de fond de sa mémoire se déchirèrent, et elle revit l'Ermeline d'autrefois, l'Ermeline excommuniée dans cette chambre de Paris drapée d'une soie demi-deuil, dans cette chambre sans issues et sans fenêtres, dans cette chambre absolument close et séparée. Et si obscure que fût sa conscience, il lui parut que ce ressouvenir lui était suggéré par un contraste, parce que la prisonnière évadée, ayant elle-même levé son interdit, n'avait plus aujourd'hui qu'un pas à faire et qu'un geste pour reprendre victorieusement sa place dans le sein de sa communauté.

Fatiguée, et de plus bercée par les monotones alternatives de ces impressions et de ces pensées peu diverses, Ermeline était à chaque minute sur le point de succomber au sommeil. Plusieurs fois ses yeux se fermèrent, et aussitôt se rouvrirent à la brûlure, sur ses paupières, du froid qui devenait plus aigre vers l'aube. Mais dès qu'elle s'aperçut que le jour était proche, par habitude elle n'eut plus sommeil. A gauche de la route, une blancheur s'élevait, plus opaque et plus merveilleusement candide que Les taillis qui s'épaississaient au voisinage du fleuve se dessinaient en noir sur le brouillard blanc avec une netteté délicate.

Puis en arrière apparut une autre blancheur, celle d'un sommet couvert de neige :

Tous ces hommes se mirent a chanter.

celle des glaciers. C'était un brouillard, mais si velouté, si pareil à une lourde étoffe, qu'il ne donnait point à la vue les idées de l'humidité ni du froid. Ermeline reconnut que la plaine de ce côté était légèrement déclive. Elle devina que l'Adige y coulait, non loin sans doute, mais invisible. une petite tache, si prodigieuse d'éloignement et d'élévation, qu'elle avait l'air dans l'infini comme une étoile. Puis des collines plus modestes, sur l'autre rive du fleuve, commencèrent à marquer leurs crêtes légères comme avec une cernure d'aurore. Puis à chaque regard en arrière, à chaque regard de côté, Ermeline vit jaillir d'entre les vapeurs des sommets de montagnes et des sommets d'arbres. On eût dit une région de la terre longtemps recouverte par les eaux et qui lentement émergerait : car les brumes, après s'être partout répandues, s'enfonçaient dans le sol peu à peu.

Bientôt les hommes eux-mêmes n'y furent plus noyés que jusqu'aux épaules, et leurs faces d'abord s'éclairèrent, comme s'étaient éclairés les sommets. Et Ermeline frappée par cette prestigieuse analogie, perdant quelques minutes le sens des hauteurs comparatives, les vit à la lettre plus grands que nature, géants, égaux aux montagnes, égaux à la majesté du paysage.

Brusquement il fit jour, et les géants se réduisirent à la taille médiocre du soldat français. Mais toute l'armée, d'un bout à l'autre, se mit à parler dès qu'elle vit : et ce fut d'un effet saisissant. Tous ces hommes qui, silencieux durant la marche de nuit, avaient donné à Ermeline aussi proprement que possible, l'impression des pièces d'échiquier, furent à l'improviste des vivants, qui parlaient haut et clair dans le matin.

Toute la vision d'Ermeline en fut immédiatement changée. Il lui sembla que son âme fatiguée subissait un réveil étourdissant et pénible. Après les sensations raréfiées et si facilement intelligibles de cette nuit, elle retombait dans toutes les complications de la réalité diurne. Elle ne concevait plus l'unité de cette armée, mais la multitude de ces hommes, et sa raison s'y affolait. Elle ne comprenait plus les mouvements. Elle ne se comprenait plus elle-même, reprise et tiraillée par la multiplicité incohérente de ses sentiments, de ses hésitations et de ses peurs; cessant d'être l'inconsciente qu'une force magnétique agit, et qui, pour obéir, passerait au travers du feu; n'étant plus qu'une femme sans défense, qui ne sait ce qu'elle fait ni où elle va. Car où allait-elle, où allait-elle et pourquoi sur cette route toute droite?

La route se borda de maisons accolées les unes aux autres comme dans une ville. Ce n'était pourtant qu'un village, et un village qui n'était qu'une rue, laquelle n'était elle-même que la route, mais élargie en cet endroit et spacieuse comme une esplanade, avec une petite église à chaque bout. C'était un village mal groupé, le commencement d'une cristallisation de village de part et d'autre de la route : un de ces villages qu'on traverse et qui n'arrêtent point les voyageurs.

« Le hameau de San-Giovanni, dit à Ermeline l'enfant qui la conduisait.

— Tu connais donc le pays?

— Oui », dit-il. Elle se sentit alors moins perdue.

Toute la troupe, une seconde fois, avait fait halte. Ermeline descendit de voiture, et osa s'approcher des groupes. Elle avisa un officier tout jeune et se dit : « Comme il ressemble à Souberbielle! » C'était sa manie depuis hier de retrouver Souberbielle partout. Enhardie par cette ressemblance illusoire, elle demanda au jeune officier s'il ne connaissait pas le sous-lieutenant Louveau. Il secoua la tête négativement. Cet échec suffit pour la décourager. Elle remonta dans sa voiture et voulut partir un peu en avant. Mais à quelques pas du village, elle fit arrêter encore et se tourna, pour voir si la tête de colonne se mettait en marche. Bientôt elle vit de loin remuer et courir sur la place, puis les rangs se former, s'immobiliser, elle entendit les commandements, et l'armée vint sur elle. Et tous ces hommes qui, au lever du jour, s'étaient mis à parler, se mirent à chanter. Ce furent d'abord des éclats de voix épars et intermittents, puis tout à coup une cacophonie formidable et superbe, sans autre harmonie que l'accord absolu du rythme, scandé par la cadence du pas.

Plus tard, à la première fusillade qui lui déchira les oreilles, le saisissement d'Ermeline ne fut pas plus vif qu'à la soudaine explosion de ces chants. Ils lui révélèrent effroyablement l'intensité de la tempête qu'elle affrontait à l'étourdi, elle, femme. Quand le premier rang de soldats fut sur le point d'atteindre la voiture, l'enfant fouetta le cheval, et il parut à Ermeline que c'était la poussée de cette multitude qui la faisait malgré elle et inéluctablement avancer. Elle n'avait pas plus de volonté ni de résistance que la feuille sèche dont le vent se joue.

L'armée hurlante et joyeuse se développait sur la route : et la route était pleine de charmantes surprises, et se diversifiait à tous les pas. Maintenant, des peupliers bas l'ombrageaient à droite, et on découvrait par delà une campagne boisée comme celle de la Lombardie, sillonnée comme elle de canaux étroits et de ruisseaux fins. A gauche, beaucoup de petits arbres décelaient le voisinage du fleuve, sur un terrain plus inégal. L'armée hurlante et joyeuse se développait sur la route : et ensuite, pendant très longtemps, la route fut toute droite. Elle coupait des herbages perlés de rosée, moelleux à l'œil, et d'un vert cru comme au printemps. Des rideaux de peupliers s'y déroulaient suivant de capricieuses courbes. On les voyait, on les comptait à travers leur transparence jusque très loin, et cette succession donnait au paysage une profondeur illimitée.

Après cela, ce fut encore la campagne de Lombardie : on aurait pu croire que la retraite avait continué, et que l'armée en fuite arrivait dans les environs de Milan. Mais cette campagne était déserte, sans une ferme, sans un paysan : elle ne révélait que par sa culture ses habitations invisibles. Plus loin, l'armée traversa un misérable hameau de sept ou huit feux; mais toutes les portes des maisons étaient closes, et pas une tête ne se montrait aux fenêtres. Plus loin, on en dépassa un autre, mais qui était à quelque distance du chemin, et disséminé sous les saules. Puis la route devint tortueuse, et la campagne d'une végétation luxuriante. De l'eau claire coulait dans les fossés, et les canards de Barbarie y glissaient parmi les feuilles planes des nymphæas. C'était comme un coin de parc; d'arbre en arbre, des vignes pendaient en festons. Giovanni empoigna au passage une grappe flétrie que les vendangeurs avaient oubliée.

Puis des maisons apparurent de loin en loin, et bientôt des maisons en groupe, d'un seul côté de la route, à gauche. Vis-à-vis surgissait une église, dont le campanile était une tour carrée, coiffée d'un chapeau conique très bas, que flanquaient quatre petits obélisques surmontés de boules en pierre et de croix en fer. Et les troupes dépassèrent le village; la voiture d'Ermeline les suivit : mais elles quittaient la route frayée. Ermeline mit pied à terre, dit à l'enfant : « Où sommes-nous? » Il répondit : « A Ronco ». Alors elle s'éloigna et s'en retourna vers l'église.

Mais elle revint aussitôt sur ses pas, ressortit du village, et arriva enfin à un endroit d'où l'on voyait, au flanc de la route, une muraille en terre couverte d'herbes, pareille à un rempart de ville. Une à une, les compagnies escaladaient cette muraille et disparaissaient derrière. Derrière, que s'y passait-il? Ermeline avait l'inquiétude et l'effroi de ce mystère, mais elle ne pouvait pas se résoudre à grimper pour voir. Et toujours des compagnies, des bataillons, des demi-brigades montaient et disparaissaient. Et à la fin, Ermeline se trouva seule. Elle prit peur, elle courut à toutes jambes jusqu'à Ronco. Elle y retrouva Giovanni. Elle lui dit : « Quel est ce mur qu'on aperçoit de la route? » Un épouvantable fracas de ferrailles retentit, qui, plusieurs minutes les empêcha de s'entendre, et l'artillerie, aux grandes allures, traversa le village : « Quel est ce mur? » dit Ermeline. On finit par comprendre qu'elle parlait de la digue élevée le long de l'Adige. Quand elle sut que derrière ce mur un fleuve coulait, il lui sembla que toute l'armée venait de s'y précipiter en silence dans un prodigieux suicide. Alors elle remarqua le silence de mort. Dans l'unique rue de Ronco, sur la place de l'église, il n'y avait plus personne, personne qu'elle et l'enfant. Un grand nombre de chariots dételés étaient abandonnés çà et là, brancards en l'air.

Le canon tonna, et tout de suite avec une extrême violence. Ils en furent d'abord soulagés : c'était un bruit; mais il leur parut ensuite que ce bruit venu d'autre part faisait plus morne le silence du village. Les rues qui auparavant étaient vides, leur semblèrent plus vides, les maisons plus hermétiquement closes, et les chariots plus abandonnés. Ils se mirent en quête d'un abri. Ils ne voulaient plus se quitter. Ils se donnaient la main.

Seule, l'église n'était point fermée. Ils n'eurent qu'à pousser la porte. Ils traversèrent la nef démeublée, et allèrent tous les deux s'asseoir sur la marche basse de l'autel. Ils ne se disaient rien. Ils écoutaient. Les coups se succédaient, lourds, sourds. Chacun, après un intervalle appréciable, était suivi d'un frémissement de toutes les vitres. Parfois, à un coup plus fort, quelque chose craquait, et deux ou trois fragments de verre, mais tout petits, tombaient d'en haut sur les dalles.

Ils écoutaient. Ils n'avaient pas devant les yeux les réalités d'une bataille, les évolutions de troupes, les chutes lamentables de morts et de blessés, le sang. Ermeline ne se représentait pas Louveau dans le carnage, et son cœur n'était pas en proie aux angoisses. Elle n'avait même aucun sentiment personnel d'appréhension. Elle écoutait ce bruit qui n'était pour elle qu'un bruit, sans autre signification. Elle étudiait ce bruit, et son ouïe affinée devenait puérilement habile à y distinguer des voix différentes et ensuite à les reconnaître. Tout entière à ces sensations brutes, elle ne s'étonnait point de se trouver dans une église, avec un petit rustre qu'elle connaissait depuis vingt-quatre heures à peine. Ils étaient tous les deux stupides et paralysés comme le bétail d'une étable qui brûle.

Cependant, après des heures, la faim les chassa de leur retraite. Ils s'arrêtèrent à la porte un instant, étonnés de la sonorité plus criarde des coups en plein air. Puis, ils errèrent dans le village. Comme il n'y avait personne, il était impossible de trouver un morceau de pain : et leur faim devint une détresse. Ils se serrèrent, il s'accotèrent l'un contre l'autre, et regardèrent droit devant eux, vers la route. L'anxiété de la bataille les prenait maintenant. Que se passait-il, là-bas, dans cette campagne dissimulée?

Ils ne se représentaient toujours aucune image de sang et de mort. Leur anxiété n'était ni pitoyable ni humaine : elle venait seulement d'une machinale révolte de leur raison contre le mystère. Que se passait-il, là-bas? Une seule voix leur répondait, celle du canon; mais ils continuaient, ainsi que dans l'église, à l'écouter sans la comprendre, sans se figurer que c'était la voix même de la bataille; et d'autre part, comme l'idée de ce mystère appelle par analogie celle de silence, cette bataille qu'ils ne voyaient pas leur semblait, malgré ces tonnerres, effroyablement muette, comme les mêlées à l'arme blanche des temps antiques.

Alors ils consultaient le ciel, que ces continuelles détentes de l'atmosphère bouleversaient profondément. Les nuages, à toute minute, changeaient de forme et de couleur. Ils se massaient ou ils s'étiraient, ils se déchiraient subitement, devaient fondre en brèves ondées, ou se précipiter sur le sol en durs grêlons. Comme l'heure du crépuscule approchait, les vapeurs qui masquaient le soleil se teintaient de lueurs d'incendie. Ce ciel, habituellement si pur à cette fin de l'automne, n'était nulle part franchement bleu. Lorsqu'un souffle en balayait les brumes et qu'il apparaissait à nu, il affectait des verts presque douloureux, maculés de taches rouges qui glissaient et qui coulaient lentement comme des larmes sanglantes à demi coagulées. Puis un rideau se tirait d'un seul coup depuis l'horizon jusqu'au zénith, un rideau violacé, tout uni, mais déchiqueté à la tête comme les créneaux de Vérone.

Ermeline et son jeune guide suivaient d'un œil attentif ces variations qui leur semblaient une série de signaux. Ils n'en possédaient point la clef, mais fascinés par cet énigmatique spectacle, ils ne se lassaient point de scruter l'infini révélateur et inintelligible. Ils ne se parlaient point, mais ils pensaient ensemble, rien qu'à se frôler. Ils restaient toujours accotés l'un contre l'autre, et ne bougeant pas, pour ne pas exaspérer la souffrance de leur faim sourde. Ils savaient d'instinct qu'à la moindre dépense de mouvement, leur faim crierait. Puis, par inconséquence, ils se décidèrent à marcher un peu, sans se détacher l'un de l'autre. Ils allèrent lentement, très lentement. Et ils arrivèrent à cet endroit de la route où l'on apercevait la digue entre les arbres. Cette vue réveilla un instant l'intelligence d'Ermeline. Elle se rappela la disparition de l'armée par là. Elle comprit qu'elle avait seulement quelques pas à faire pour voir par-dessus ce mur tout le champ de bataille peut être. Elle détacha son épaule de l'épaule du petit. Elle s'avança, tentée. Giovanni la suivit. Puis ils tombèrent au pied du haut rempart vêtu d'herbes. Il faisait froid, car la nuit venait.

Et Ermeline rampa le long du talus, avec une lenteur extraordinaire, avançant de quelques pouces toutes les minutes. L'enfant, prostré, ne faisait plus attention à elle. Soudain, les canons ne grondèrent plus. Il y eut encore quatre décharges d'infanterie, séparées par de longs silences. Puis ce fut le silence tout à fait. La nuit était venue.

Au bout de très longtemps, Ermeline frissonna, et comme si elle se réveillait, dit en sursaut : « C'est fini. » Elle se mit à ramper plus vite. Mais comme elle atteignait enfin la crête du mur, elle vit surgir — oh! cela fut fantastique véritablement — un homme, et puis un autre : ils avaient des visages barbares et charbonnés. Ils passèrent, et d'autres vinrent, d'autres survinrent. Et Ermeline vit reparaître toute cette armée, comme elle l'avait vue disparaître ce matin.

Elle eut l'œil tiré par la métallique blancheur d'un bidon, à la ceinture d'un soldat. Elle se jeta dessus pour boire, en poussant des cris de désespoir et d'attendrissement. L'homme s'arrêta, et sans dire un mot lui versa entre les dents quelques gouttes d'un liquide, qui la brûlèrent. Puis, revenant comme d'un étourdissement ou d'un rêve, elle se trouva un morceau de pain dans les mains. Alors elle se mit à pleurer, et à craindre qu'on ne lui volât ce pain que quelqu'un lui avait donné. En même temps elle y mordait et en avalait une grosse bou-

DANS L'OMBRE, DES OMBRES SE MOUVAIENT.

chée. Elle se leva, courut se cacher dans l'église, mangea et tomba par terre, ivre, endormie.

Malgré le froid glacial, malgré la dureté de sa couche, elle dormait : d'abord dans une inconscience absolue, et puis avec la conscience de lutter, de défendre son précieux somme contre des tentatives de réveil. Et tout à coup son sommeil fut déchiré, avec le bruit, dans ses oreilles, d'une étoffe qui se déchire. Elle dressa d'un mouvement tout son buste et, assise, regarda autour d'elle.

Dans l'ombre, des ombres se mouvaient. Des hommes allaient et venaient, et il y en avait d'autres couchés, depuis l'autel jusqu'à la porte : c'est de ceux-ci que s'élevait un gémissement ; mais on eût dit, dans la confusion de la nuit, que c'était l'église elle-même qui gémissait, qui gémissait de toutes ses forces vers le ciel.

Ermeline se leva toute droite. L'église était comme un hôpital sans lits. Cette comparaison qui se fit en elle, lui fit comprendre que les gens couchés par terre et alignés sur deux rangées étaient des blessés. En effet, tous les blessés qui avaient pu se traîner jusqu'à Ronco, ou que l'on avait ramassés, on les avait déposés là sur une maigre litière de paille. Il y en avait un, de temps à autre, qui expirait avec un grand souffle rauque. Alors, deux hommes l'enlevaient pour faire une place libre qui était occupée aussitôt. On rangeait les cadavres derrière l'autel, les uns par-dessus les autres. Ils s'étageaient en branlante pyramide. Le tas finit même par s'écrouler avec un horrible bruit de chute molle.

Par instinct de femme, née garde-malade et infirmière, et sans plus de pensée que la femelle qui lèche les blessures de son petit, Ermeline descendit vers tous ces souffrants, afin de les soigner. Elle ne choisit pas. Un hasard lui désigna l'homme qu'elle secourrait et qu'elle réconforterait. Elle entendit un cri plus aigu. Elle se pencha vers celui qui l'avait poussé, lui souleva la tête, l'installa mieux, et s'accroupit à côté de lui.

« Où êtes vous blessé ? » lui dit-elle.

Cette voix de femme étonna le soldat un instant. Mais il était trop abattu pour poser des questions. Il se tut d'abord, ensuite répondit : « Au bras. J'ai le bras cassé. » Elle soupira et ne bougea plus.

« Vous êtes toujours là ? reprit-il.

— Oui », fit-elle.

Brusquement, la pensée de son mari lui était revenue. Sans émotion, avec un peu de curiosité seulement, elle dit : « Vous ne connaîtriez pas le sous-lieutenant Louveau ? » Il répondit : « Non. » Elle insista, donnant le numéro de la demi-brigade où Louveau était sous-lieutenant. Le soldat secoua la tête, puis mélancoliquement il dit ces paroles singulières : « Nous sommes beaucoup de morts et de blessés. » Mais ces inquiétantes paroles ne troublèrent point Ermeline. Elle conclut seulement, comme si quelque chose raisonnait en elle indépendamment de sa personne même : « Peut-être bien qu'il est ici ? » Elle distingua que le blessé faisait de son bras intact un geste signifiant : qui sait ?

Ils se turent longtemps. Puis Ermeline l'interrogea sur le succès de la bataille : « Sommes-nous vainqueurs ? » Elle exigeait une réponse précise, un oui ou un non. Quoiqu'elle n'eût point réfléchi à tout cela depuis hier, elle se persuadait maintenant que les Français étaient vaincus puisqu'ils avaient reculé. Le soldat put l'informer mieux. L'issue de la bataille était incertaine. Bonaparte n'était revenu à Ronco passer la nuit, que pour savoir les nouvelles de l'autre armée ennemie qui pouvait le surprendre par derrière. Mais les nouvelles n'étaient pas encore menaçantes, et on reprendrait l'offensive demain. Quant au détail de la bataille, Ermeline apprit avec étonnement que ce soldat n'en avait guère saisi plus qu'elle-même. Il s'était trouvé avec toute sa demi-brigade sur un large rempart de terre vêtu d'herbes et dominant le fleuve. Deux fois on les avait lancés en avant. La seconde fois, il avait perdu connaissance tout à coup. Ermeline se fit alors une idée générale des batailles : c'étaient de mystérieuses journées où tout ce qui arrive tient du miracle, et où l'on se démène sans savoir pourquoi contre un ennemi toujours invisible, peut-être fictif. Elle voulut ensuite connaître la forme et l'aspect du champ de bataille. Mais le soldat n'en avait vu que la digue où il était placé — au delà, de l'eau qui coulait, puis de la vase de marécage, et des hommes qui tombaient dedans. On voyait aussi, mais très loin, des montagnes tour à tour découvertes ou voilées par des brouillards et par des fumées d'artillerie.

L'homme s'interrompit pour dire, d'une voix soudain brève et étranglée : « J'ai soif. »

Ermeline se leva, marcha jusqu'à la porte de l'église. Elle se rappela que dehors, sur la place, il y avait une fontaine. Elle sortit. Elle trouva une grande cruche de terre vernissée, qui était accrochée à la fontaine. Elle pompa, d'un geste las, mais courageux et long, remplit la cruche, l'emporta dans l'église, et se mit à chercher la place de son blessé, d'après des points de repère. Mais elle se perdit dans ses calculs. Comme elle restait là, une main brûlante saisit sa main, une bouche avide se tendit. Elle fit boire l'homme. Et puis comme elle n'avait pas de raison pour préférer l'un à l'autre, elle s'installa près de celui-ci. Pour qu'il eût la tête plus haute, elle lui fit un oreiller de ses genoux.

« Vous ne connaîtriez pas le sous-lieutenant Louveau? dit-elle.

— Oh! si, fit l'homme : il y a bien longtemps qu'il a été tué, à Mondovi.

— Mais non, répliqua Ermeline avec humeur, puisque je l'ai vu pour la dernière fois en août dernier.

— Alors, c'était un autre », dit l'homme, indifférent.

Elle se leva, s'éloigna. Et elle passa de l'un à l'autre, distribuant l'eau fraîche. Ils flairaient tous, de très loin, qu'il y avait à boire, et ils se soulevaient, ils appelaient Ermeline. Et infatigablement elle allait, elle venait, elle sortait avec sa cruche vide, la remplissait à la pompe, et revenait.

La dernière fois qu'elle ouvrit la porte, il faisait jour, un pauvre jour terne, un pauvre crépuscule frileux. Elle entendit les roulements de tambour et les appels de clairon. Comme elle restait devant la porte de l'église et qu'elle en bouchait la sortie, des gens la bousculèrent pour passer : les moins blessés d'hier s'étaient levés, ils allaient joindre leurs régiments. Ermeline, à cette minute, fut assez lucide pour comprendre et pour admirer. Des larmes coulèrent le long de ses joues ardentes; et elle aima si passionnément ces héros qu'elle eut en eux pleine confiance. Elle saisit l'un d'eux par le bras et lui dit : « Vous ne connaîtriez pas le sous-lieutenant Louveau? » Il fit signe que non et s'éloigna.

Elle vit se former les compagnies, les passa en revue avec soin, et ne découvrit pas celui qu'elle cherchait. Elle suivit l'armée sur la route, la vit comme hier matin escalader la digue et disparaître ; mais elle en conclut que l'armée reparaîtrait ce soir comme hier. Elle en conclut même que chaque jour, indéfiniment, ce serait ainsi. Et elle revint à la fontaine, emplit sa cruche, poussa la porte de l'église. Mais il faisait jour à présent : elle s'arrêta au seuil, épouvantée.

Ce qui lui fit horreur d'abord, c'est que la paille où tous ces hommes gisaient n'était plus de la paille, mais un fumier sanglant. Un ruisseau rouge coulait entre les deux litières, le long de toute la nef, jusque dehors. Au fond, le tas des victimes jetées maintenant sur l'autel faute de place derrière, donnait la vision affolante d'un sacrifice humain. Le monceau informe se hérissait de jambes et de bras rigides. Un cadavre s'était renversé la tête en bas, face à la porte, et demeurait ainsi accroché. Il battait l'air de ses deux bras ainsi qu'un chanteur éperdu, et le trou de sa bouche grande ouverte paraissait chanter en effet une *Marseillaise* muette de la mort.

Mais plus lamentable encore que cette mort aux gestes violents, plus lamentable était la plainte de tous les blessés couchés à terre : car ils se tordaient les uns contre les autres, en gémissant tous, comme se tordent dans leur nid pêle-mêle les petits oiseaux éclos d'hier, avec des cris pénétrants et menus qui contiennent toute la misère des êtres et toute la douleur de vivre. Ermeline eut les épaules secouées par un grand sanglot; puis elle reprit sa monotone distribution d'eau, ne sachant pas inventer de soins plus intelligents ; mais au lieu de donner à boire comme cette nuit, par instinct brut, et avec une indifférence machinale, elle était folle de pitié, elle pleurait sur tous, elle souffrait avec tous.

La canonnade recommença. Au premier coup, Ermeline frissonna. Ah! hier, ce bruit ne lui représentait rien, n'était pour elle qu'une sonorité, de l'air remué. Mais aujourd'hui, elle savait. Chaque détonation remuait en elle un tel amas de funèbres images, que c'était à en perdre la tête d'entendre ce bruit. Elle n'entendait pas seulement : elle voyait. Elle devinait là-bas un hôpital en plein air, bien autrement spacieux que celui-ci. Elle essayait de compter les coups et de supputer combien un seul pouvait tuer ou blesser de gens ; mais elle s'arrêtait stupide devant l'effroyable multiplicité de la mort. Elle aurait voulu se cacher pour ne plus entendre et ne plus voir. Elle ne pouvait pas non plus rester ainsi : il lui fallait un protecteur, un homme. L'idée de Louveau l'assaillit. Ah! comme elle regrettait de ne pas l'avoir cherché mieux tout à l'heure ! Elle l'eût suivi. Oui, elle l'eût suivi sous les balles, et elle aurait eu moins peur l'ayant auprès d'elle dans un véritable danger, que seule ici dans un danger chimérique.

Tous ces malheureux qu'elle oubliait poussèrent une grande plainte. Alors elle qu'elles ne pourraient pas le supporter. Pourtant, elle se précipita dehors, égarée, tordant ses bras. Des bruits formidables venaient de partout.

Ces gens portaient l'uniforme autrichien.

se représenta pour la première fois sincèrement et avec une réelle angoisse que Louveau peut-être agonisait comme ceux-ci. Mais elle gardait bon espoir, comme les mères qui voient mourir leurs enfants et n'y veulent pas croire, parce qu'elles sentent

Juste devant la porte, elle rencontra le petit Giovanni Cappello. Il attelait, tranquillement. « Que fais-tu? » lui dit-elle. Il répondit : « Je vais voir la bataille. » Lorsque la bête fut attelée, pendant que lui montait sur le siège, elle monta dans la voiture. Il partit sans rien objecter, comme si la chose eût été d'avance convenue.

A la sortie du village, il fit halte, tourna la tête et expliqua d'abord à Ermeline qu'il emportait des provisions; puis, qu'il comptait suivre la route jusqu'à l'Adige, passer le fleuve au bac d'Albaredo, et remonter le cours d'un torrent, l'Alpone, qui se jette dans l'Adige près de là. Giovanni toucha ensuite le cheval, qui prit le trot.

En moins d'un quart d'heure ils atteignirent le fleuve. Ils eurent une échappée sur la plaine, toute moutonnante d'arbustes nains, toute hérissée de petits saules; et le bruit des fusillades redoubla subitement, comme si une porte s'était ouverte. Mais ils ne virent absolument rien. Au loin, la sérénité des montagnes bleues restait immuable. Il n'y avait d'autre témoin de la bataille qu'un grand cadavre de cheval, sans doute roulé depuis la veille par le courant, et qui s'était planté enfin, de ses quatre pieds raidis, comme de quatre piquets dans la vase des rives.

Le passeur consentit à recevoir la carriole et les deux voyageurs sur le bac, assez détérioré, dit-il, parce qu'il y avait passé hier toute une brigade de Français. Il affirmait que les Autrichiens avaient même abandonné le village d'Arcole, tout au bout de la route qui suit l'Alpone; et on ne comprenait pas pourquoi les bruits de bataille recommençaient aujourd'hui.

Ermeline et Giovanni trouvèrent en effet le bourg d'Albaredo parfaitement calme. Dans les rues larges et propres, tous les habitants se promenaient. C'était, malgré la canonnade toute proche, un spectacle de paix et comme un tranquille dimanche. Ermeline, après avoir goûté cette trêve et respiré, sentit un mélancolique regret : car échappant au cauchemar de la bataille, elle perdait soudain tout espoir de remettre la main sur son mari.

Ils repartirent dans la direction d'Arcole, avec une sceptique allégresse : ils ne prenaient plus au sérieux cette bataille, qu'on entendait toujours et qu'on ne voyait pas. La route qui d'Albaredo remonte vers Arcole, sans beaucoup s'éloigner de l'Alpone pénètre néanmoins assez profondément dans la campagne pour que la vue ne puisse de là plonger dans la plaine basse, enfermée entre le torrent et l'Adige. Ils s'impatientèrent à la fin de tourner aveuglément autour de la bataille qu'hier ils entendaient sur leur droite et maintenant sur leur gauche. Ils crurent, ils espérèrent s'être égarés. Ils retournèrent sur leurs pas et s'informèrent : c'était bien la route d'Arcole ; ils repartirent. La route, décrivant de capricieux méandres, était bordée de part et d'autre d'acacias tellement touffus qu'on s'y trouvait emprisonné comme dans un fossé de verdure. Lorsque par hasard une brèche s'ouvrait dans ces taillis importuns, d'autres arbres en quinconce à même les champs bouchaient la vue quelques pas plus loin.

ON POSA LE CORPS SUR UNE TABLE ENTRE DEUX BOUGIES.

Cependant le fracas des fusillades et des canons devenait si violent qu'Ermeline et Giovanni étaient obligés de crier pour s'entendre. Elle n'avait plus peur, oubliant la signification sanglante de ces bruits. Puisqu'ils redoublaient d'intensité, c'est donc qu'ils se rapprochaient, c'est qu'elle-même se rapprochait de son but. Toute son âme, de nouveau réduite à la simplicité d'une émotion, tendait à l'unique désir de voir enfin cette bataille. Et ce désir impliquait bien celui de retrouver son mari; mais elle ne pensait plus à Louveau formellement. Elle voulait voir : seulement l'idée qu'elle allait voir, au lieu de satisfaire sa curiosité, flattait son cœur, et elle haletait, dans une amoureuse trépidation.

Giovanni fouettait son cheval, qui dressait les oreilles à chaque décharge, mais qui ne faisait pas d'écarts et qui précipitait le trot. La route piqua vers la gauche. Ils virent quelques maisons basses et misérables, vis-à-vis d'un grand mur qui masquait à demi la façade d'un palais. Ils s'orientèrent : ils avaient continué à tourner autour de la bataille: car, bien qu'ils eussent tourné à gauche, c'est de la gauche et non d'en face que venaient les bruits.

Quand ils passèrent le long des maisons aperçues, ils virent qu'elles étaient si basses parce qu'elles étaient effondrées. Des piliers, surmontés de vieilles statues, flanquaient de distance en distance le mur du palais. Or, de ces statues, les unes gisaient en morceaux, les autres, restées debout, étaient mutilées et noircies. C'était toutes les traces d'un combat, mais d'un combat d'hier. Il ne restait pas un vivant dans ce hameau : il n'y restait pas même un cadavre.

La route faisait encore une grande courbe, et passait devant une église pareille à celle de Ronco. Ensuite elle allait tout droit, et elle s'interrompait brusquement comme si elle eût croulé dans un abîme. Ils entendirent les bruits de bataille en avant. « Nous arrivons », se dirent-ils, et inconscients du danger, ils se hâtèrent. Au bout de la route, à l'endroit où elle disparaissait, ils virent enfin des petits nuages de fumée blanche.

Sans bien savoir lui-même pourquoi, Giovanni jeta la voiture vers la gauche, à travers champs. Et presque aussitôt ils découvrirent une digue, comme à la sortie de Ronco. Derrière ce rempart, il y avait deux lignes d'hommes, les uns agenouillés et tirant, les autres debout, préparant et leur passant des fusils.

On était si près d'eux qu'on percevait, par-dessus la basse des canons, le bruit sec qu'ils faisaient quand ils armaient leurs fusils. Des balles bruissaient au-dessus de leur tête. Elles hachaient menu les feuilles et les branches d'arbre qui tombaient sur Ermeline et sur Giovanni debout, elle derrière lui, dans la voiture stationnée.

A chaque détonation venue d'en face, plusieurs des hommes alignés lâchaient leur arme et roulaient jusqu'en bas du talus. D'autres les remplaçaient; et cela se faisait si régulièrement, avec une telle impassibilité, qu'il fallait un instant de réflexion pour comprendre que les hommes qui tombaient ainsi étaient morts.

Ermeline remarqua tous ces détails avant celui qui, semble-t-il, aurait dû tout d'abord la frapper : ces gens portaient l'uniforme autrichien. Elle s'attendait si peu à tomber parmi les ennemis, qu'elle forma l'hypothèse compliquée, insoutenable, de quelque ruse de guerre. Puis elle revint à la simple vérité, elle dit : « Ce sont les ennemis, partons. » Au même instant, Giovanni poussa un cri léger, un « ah! » de surprise plutôt que de douleur, et se renversa sur Ermeline. Il était mort.

Ermeline fut si étonnée qu'elle ne fut pas autrement émue. Mais quand la tête de l'enfant se posa inerte sur son épaule comme pour s'y endormir, quand elle sentit couler entre son collet et son cou un filet de sang tiède, elle eut une crise de maternité; elle embrassa en pleurant son petit compagnon mort, elle saisit les rênes, et conduisant debout, d'une main, de l'autre serrant contre elle le misérable petit cadavre, elle repartit dans la direction d'Albaredo. Elle excitait le cheval de ses sanglots, mais comme elle laissait les rênes flottantes et le mors libre, le cheval sans appui allait à sa guise, lentement. Elle mit plus d'une heure pour atteindre Albaredo. Le petit mort était déjà presque froid. « Mon Dieu! dit-elle aux premiers passants qu'elle rencontra, l'enfant est mort. »

Elle avait l'air d'une folle. On la recueillit dans une maison. On posa le corps sur une table entre deux bougies. Elle s'assit auprès et le veilla. On la prenait pour la mère, et de longtemps on n'osa point rentrer dans la salle où elle était avec le mort. Enfin, parce qu'on n'y entendait aucun bruit, on ouvrit la porte, et on la trouva profondément endormie. Comme hier sur la marche de l'autel, elle était tombée endormie sur la poitrine du petit mort.

On l'enleva. On la coucha sur un lit. Des

femmes prirent soin de l'enfant mort. Elle dormait toujours. Elle ne s'éveilla le lendemain que vers midi. Il y avait déjà plusieurs heures que le canon tonnait. C'était le troisième jour de la bataille. Ermeline sortit sans rien dire à personne, oubliant cet enfant mort, comme hier elle avait oublié les blessés. Quand elle se trouva dans la rue, elle vit des soldats français de tous les côtés, elle en vit jusqu'au bord du fleuve, où elle vit aussi un pont de bateaux qui hier n'existait pas ; mais elle ne cherchait plus à se rendre compte. Il ne lui restait que deux idées, simultanément fixes : la première, c'est qu'il fallait retrouver son mari ; la seconde, c'est qu'elle n'avait véritablement pas de chance, pour la première bataille où elle assistait, de tomber sur une bataille qui durait trois jours.

Elle descendit vers le pont. Des curieux étaient répandus autour des soldats qui en avaient la garde. La présence de ces étrangers l'enhardit. Elle prit la main d'un bas-officier, et lui posa son éternelle question : « Vous ne connaîtriez pas le sous-lieutenant Louveau? » On lui répondit non, comme toujours. Alors elle s'assit, écoutant la canonnade, et se disant : « J'attendrai ici que cette bataille soit terminée. » Elle était certaine de retrouver son mari, comme par enchantement, dès le dernier coup de canon. Aussi demeurait-elle tranquille à regarder l'eau couler. Mais comme il passait à toute minute des estafettes galopant vers Ronco, elle leur demandait à chacune sans se lasser : « Est-ce que la bataille va bientôt être finie ? » Des gens, autour d'elle, riaient.

Elle était déjà blasée sur les spectacles de la mort.

Puis les Français revinrent en masse, repoussés d'Arcole, et les bruits de fusillade se rapprochèrent. Ermeline se réfugia dans la maison où elle avait dormi. « C'est pour l'enfant que vous venez? » lui dit-on. Elle se rappela vaguement et répondit : « Non, l'enfant n'est pas à moi. Moi je suis ici pour chercher mon mari. » Et elle regarda sans pitié ce cadavre qu'on lui montrait. Elle était déjà blasée sur le spectacle de la mort. Tout le monde se tut : les balles sifflaient dans la rue. Et la bataille passa comme un grain.

Aussitôt après, Ermeline voulut sortir. Les gens qui étaient là lui défendirent de bouger. Elle obéit. La nuit tomba. Le canon ne grondait plus. Des pas d'homme retentirent sur le sonore pavé. Elle voulut encore se lever et sortir. Mais on heurtait à la porte. C'était des soldats français harassés, qui cantonnaient dans le village; ils exigeaient des lits. Ermeline dit au premier qui entra : « Vous ne connaîtriez pas le sous-lieutenant Louveau? »

Elle fournit des indications précises. Le soldat ne savait point, mais sans doute le capitaine pourrait dire. Le capitaine n'était pas mieux informé, mais quand il vit une femme, les mains jointes, il se mit en quête de renseignements. Et vers neuf heures, il vint apprendre à Ermeline que la demi-brigade de Louveau bivaquait dans le voisinage du pont d'Arcole.

« Où allez-vous? dit-il, étonné qu'Ermeline le quittât sur le champ, sans un remerciement, sans un mot.

— J'y vais, répondit-elle simplement. Je connais le chemin. »

Elle refit la route d'hier, à pied. Elle n'avait peur de rien. La nuit était noire, et Ermeline allait à tâtons. Elle marcha deux heures, mais elle ne sentait aucune fatigue. Elle marchait d'un pas égal. Elle retrouva le village d'Arcole et le reconnut parfaitement. Elle reconnut aussi l'endroit où la voiture avait tourné à travers champs, et celui où l'enfant était mort. Mais elle continua tout droit sur la route.

Au bout, à l'endroit où la chaussée paraît de loin rompue et effondrée, elle passa un pont de bois très petit, jeté sur un torrent d'une digue à une autre digue. Et de là elle vit enfin en face d'elle cette plaine triangulaire, autour de laquelle depuis hier elle avait toujours tourné. Les feux de bivouac en repéraient le contour. Et cette immense figure de géométrie était d'une si frappante netteté qu'Ermeline, bien que son esprit fût ailleurs et dans les brouillards, comprit subitement toute la bataille. Elle comprit l'effort accompli sur ces trois digues par cette armée, qui à plusieurs reprises s'était enfoncée comme un coin dans les troupes ennemies, et avait fini par les disloquer, et maintenant dormait épuisée sur la place.

Elle sentit l'heure venue de se faufiler dans cette armée, d'y prendre rang. Elle s'avança. La sentinelle qui gardait le pont, cia : « Qui vive? » Elle demanda très doucement : « Dites-moi où est le pont d'Arcole. » Et quand elle sut que c'était là, ce pont fait de quelques poutres, elle s'étonna qu'on se fût battu durant trois jours pour si peu de chose.

Elle demanda où étaient la demi-brigade et la compagnie de Louveau. Elles avaient établi leurs feux le long de l'Alpone, sur la digue. Ermeline trouvait tout naturel que les choses prévues s'accomplissent avec cette facilité. L'idée ne lui vint même pas que Louveau pût être blessé ou mort.

Mais il fallait encore le découvrir parmi tous ces hommes étendus. Un officier faisait une ronde, précédé d'un soldat qui portait un falot. Il voulut bien venir en aide à Ermeline, et il ordonna au soldat d'éclairer un à un les visages des dormeurs. Ils allèrent courbés, cherchant ainsi celui qui devait vivre, comme un mort parmi des morts. Et puis, l'officier s'aperçut tout d'un coup qu'Ermeline ne suivait plus.

Elle avait reconnu Louveau, et sans même un cri de surprise, elle s'était agenouillée près de lui. Elle l'avait réveillé en lui mettant les deux mains sur les épaules. « Frédéric, murmurait-elle, c'est moi. Je suis venue. Il m'est arrivé bien des choses, et l'enfant est mort. Je suis fatiguée ; mais tu dois être fatigué aussi; car ajouta-t-elle avec une expression de lassitude infinie, tu t'es battu bien longtemps. » Et elle essayait de distinguer dans les ténèbres ses traits qu'elle trouvait si beaux. Lui aussi se soulevait pour la bien voir. Ils se trouvèrent si près l'un de l'autre que leurs lèvres se réunirent. Ils ne se parlèrent plus. Ils ne bougèrent plus. On aurait pu croire qu'ils étaient morts : ils dormaient. Et leur première nuit d'amour dans cette campagne silencieuse, au milieu de cette armée anéantie, ce fut un rêve.

Milan et Vérone, 1882-1888-1896.

MODERN-BIBLIOTHEQUE

Prochain volume à paraître :

JEAN RICHEPIN

de l'Académie Française

Les Caresses

Illustrations d'après les dessins

DE

PAUL ALLIER

MODERN-BIBLIOTHÈQUE

VOLUMES PARUS :

Paul ADAM — Mlle Dhamelincourt.

Barbey d'AUREVILLY — Les Diaboliques.

Colonel BARATIER — Epopées Africaines. — Au Congo.

Maurice BARRÈS, de l'Académie française — Le Jardin de Bérénice. — Du Sang, de la Volupté et de la Mort.

Tristan BERNARD — Mémoires d'un Jeune Homme rangé.

Jean BERTHEROY — La Danseuse de Pompéi. — Le Double Amour.

Louis BERTRAND — Pépete le bien-aimé.

BINET-VALMER — Les Métèques.

Henry BORDEAUX, de l'Académie française — L'Amour qui passe. — Le Pays Natal. — L'Amour en fuite. — Le Lac Noir. — La Petite Mademoiselle. — La Peur de vivre.

BOULENGER — Coupiées.

Elémir BOURGES — Sous la Hache.

Paul BOURGET, de l'Académie française — Cruelle Enigme. — André Cornelis.

René BOYLESVE, de l'Académie française — La leçon d'Amour dans un Parc. — Mademoiselle Cloque.

Adolphe BRISSON — Florise Bonheur.

Gaston CHÉRAU — Monseigneur voyage.

Michel CORDAY — Vénus ou les deux Risques. — Les Embrasés. — Les Demi-Fous.

Alphonse DAUDET — L'Evangéliste. — Les Rois en exil.

Léon DAUDET — Les Deux Etreintes. — Le Partage de l'Enfant. — Les Morticoles. — La Romance du Temps présent.

Paul DÉROULÈDE — Chants du Soldat.

Lucien DESCAVES — Sous-Offs.

Henri DUVERNOIS — Crapotte. — Nounette. — Le Mari de la Couturière.

Georges d'ESPARBÈS — La Légende de l'Aigle. — La Guerre en dentelles.

Ferdinand FABRE — L'Abbé Tigrane.

Claude FERVAL — L'Autre Amour. — Vie de Château. — Ma Figure. — Ciel Rouge.

Léon FRAPIÉ — L'Institutrice de Province.

Théophile GAUTIER — Le Capitaine Fracasse (2 vol.) — Mademoiselle de Maupin.

E. et J. de GONCOURT — Renée Mauperin. — Germinie Lacerteux. — Sœur Philomène. — Chérie.

Gustave GUICHES — Céleste Prudhomat.

GYP — Le Cœur de Pierrette. — La Bonne Galette. — Totote. — La Fée. — Maman. — Doudou. — La Meilleure Amie.

Edmond HARAUCOURT — Dieudonat.

Myriam HARRY — La Divine Chanson.

Abel HERMANT — Les Transatlantiques. — Souvenirs du Vicomte de Courpière. — Monsieur de Courpière marié. — La Carrière. — Le Sceptre. — Le Cavalier Miserey. — Chronique du Cadet de Coutras. — Les Confidences d'une Aïeule. — Le Char de l'Etat. — Coutras, soldat. — Serge. — Coutras voyage.

Paul HERVIEU, de l'Académie française — Flirt. — L'Inconnu. — Les Yeux verts et les Yeux bleus. — L'Alpe Homicide. — Le Petit Duc. — Deux Plaisanteries. — L'Armature. — Peints par eux-mêmes. — L'Exorcisée.

Charles-Henry HIRSCH — Eva Tumarche et ses Amis.

Henri LAVEDAN, de l'Académie française — Sire. — Le Nouveau Jeu. — Leurs Sœurs. — Les Jeunes. — Le Lit. — Les Marionnettes.

Jules LEMAITRE, de l'Académie française — Un Martyr sans la Foi.

Pierre LOUŸS — Aphrodite. — Les Aventures du roi Pausole. — La Femme et le Pantin. — Contes Choisis. — Les Chansons de Bilitis.

Maurice MAINDRON — Blancador l'Avantageux.

Paul MARGUERITTE — L'Avril. — Amants. — La Tourmente. — L'Essor. — Pascal Gofosse. — Ma Grande. — Le Cuirassier blanc. — La Force des Choses. — Sur le Retour.

Marin MICHAELIS — L'Age dangereux.

Octave MIRBEAU — L'Abbé Jules. — Sébastien Roch.

Eugène MONTFORT — La Turque.

Lucien MUHLFELD — La Carrière d'André Tourette.

Marcel PRÉVOST, de l'Académie française — L'Automne d'une Femme. — Cousine Laura. — Chonchette. — Lettres de Femmes. — Le Jardin secret. — Mademoiselle Jaufre. — Les Demi-Vierges. — La Confession d'un Amant. — L'Heureux Ménage. — Nouvelles Lettres de Femmes. — Le Mariage de Julienne. — Lettres à Françoise. — Le Domino Jaune. — Dernières Lettres de Femmes. — La Princesse d'Erminge. — Le Scorpion. — M. et Mme Moloch. — La Fausse Bourgeoise. — Pierre et Thérèse. — Femmes. — Lettres à Françoise mariée. — Le Pas Relevé. — Les Anges Gardiens. — Missette. — L'Adjudant Benoît. — Féminités.

Michel PROVINS — Dialogues d'Amour. — Comment elles nous prennent. — Le Professeur d'Amour.

Henri de RÉGNIER, de l'Académie française — Le Bon Plaisir. — Le Mariage de Minuit.

Jules RENARD — L'Ecornifleur. — Histoires Naturelles. — La Maîtresse.

Jean RICHEPIN, de l'Académie française — La Glu. — Les Débuts de César Borgia. — La Chanson des Gueux.

Ch. ROBERT-DUMAS — Amour Sacré.

Édouard ROD — La Vie Privée de Michel Tessier. — Les Roches blanches.

André THEURIET, de l'Académie française — La Maison des deux Barbeaux. — Péché mortel.

Fernand VANDEREM — Les Deux Rives.

Pierre VEBER — L'Aventure.

www.ingramcontent.com/pod-product-compliance
Lightning Source LLC
LaVergne TN
LVHW012018220826
846092LV00001B/400

9782329769301